Louise K.

KASTANIENALLEE

Roman

KREMAYR & SCHERIAU

Die Trafik

Die Trafik war wie eine kleine dunkle Höhle. Man musste zwei ausgetretene Stufen überwinden, bevor man die quietschende Türe erreichte, die meist erst nach dem zweiten Stoß nachgab und in einen schummrigen und beengten Verkaufsraum führte. Der einzige Hinweis darauf, dass man bereits im 21. Jahrhundert angekommen war, hing in Form eines chromglänzenden Zigarettenautomaten neben dem Eingang. In den Scheiben der alten Eichenholztüre spiegelten sich, wenn zu Mittag die Sonne direkt auf das Glas traf, nicht nur zahlreiche Finger- und Handabdrücke, sondern auch unzählige Aufkleber – bei den meisten hatten die Kunden längst vergessen, worum es eigentlich gegangen war – sowie ein abgegriffenes, wendbares Schild mit der jeweiligen Aufschrift: *Geöffnet – Geschlossen*. Das abgetretene Linoleum in undefinierbarer Farbe wölbte sich über den unebenen Boden und die kleine Verkaufstheke hatte auch schon bessere Tage erlebt. An den Wänden lockten in Regalen aufgefächert bunte Magazine zu allen nur erdenklichen Themen und im Hintergrund ragte die hohe Wand mit den Rauchwaren auf, daneben gab es Feuerzeuge, Aschenbecher und was der ambitionierte Raucher sonst noch alles benötigte.

Die Luft war immer ein wenig abgestanden, naturgemäß roch es nach Rauch, aber auch nach frischem Tabak und jeden Montag, wenn also eine neue Arbeitswoche begann, nach Raumerfrischer Marke »Tannennadel« und Abflussreiniger. Der Abflussreiniger musste sein, denn übers Wochenende verlegten sich die alten Rohre immer wieder und es gab ein scheinbar unlösbares Problem mit der kleinen Toilette, die hinter dem Verkaufsraum und dem angrenzenden Aufenthaltsraum lag. Und wie es in den alten Gründerzeithäusern so ist, verfügte die Trafik noch über eine weitere Vorratskammer, die als Lager diente, sowie eine Hintertüre auf den Gang.

Nein, die Trafik war kein Glanzstück an Gepflegtheit und Sauberkeit, was allerdings durchaus verwunderlich war, denn eingedenk ihrer ausgezeichneten Lage an einer frequentierten Kreuzung in bester Gegend hätte man doch längst etwas entstauben und renovieren können.

Hermann

Aber daran war Hermann Hartl, momentaner Besitzer und Betreiber der Trafik, nicht im Geringsten interessiert.

Er war ein Mann undefinierbaren Alters, aufgrund seiner Körperfülle aber praktisch faltenlos. Als junger Mann hatte er ganz andere Ambitionen gehabt, wollte Betriebswirtschaft studieren, beschäftigte sich mit Aktienkursen und war in seinen frühen Zwanzigern davon überzeugt, eines Tages schwerreich zu sein, mit einer eleganten Frau an seiner Seite über die Croisette zu seiner Yacht zu spazieren und den Rest seiner Tage beschaulich in seinem Chalet im Engadin zu verbringen. Die Boulevardzeitungen würden sich, ebenso wie die seriösen Wirtschaftsblätter, um die seltenen Interviews mit ihm reißen, nur auf dem alljährlich in Davos stattfindenden Weltwirtschaftsgipfel – wohin ihn sein Chauffeur vom Engadin aus in seiner diskreten Limousine brächte –, da würde er mit allen sein Wissen und seine Weisheit teilen. Und unter dem anhaltenden Applaus aller anwesenden Regierungschefs, Wirtschaftsminister und Vorstandsvorsitzenden würde er sich bescheiden verneigen.

So fantasierte er all die Jahre vor sich hin, in seinem alten Jugendzimmer in Buche Natur: Ein schmales Bett mit verwaschener Superman-Bettwäsche, der alte Schrank, der kleine Schreibtisch, auf dem er sich schon mit Abiturfragen abgemüht hatte, bevor er es dann mit Ach und Krach an der Tourismusschule bestanden hatte. Er lag stundenlang rauchend und kiffend auf seinem Jugendbett, während die Semester verstrichen, ohne dass er eine einzige Prüfung abgelegt hätte. Irgendwann hatte Onkel Kurt, bei dem er aufgewachsen war und bei dem er auch jetzt noch wohnte, genug. Das Ultimatum war gestellt, entweder drei Prüfungen im nächsten Semester oder Schluss mit der Subvention. Kein Jugendzimmer, keine Zigaretten, und logischerweise auch kein Stoff mehr … Äußerst unangenehm für Hermann, der keine einzige Vorlesung inskribiert hatte und eigentlich gar nicht wusste, worum es bei seinem Studium gegangen wäre.

Also musste Plan B her: Der Onkel besaß ja ein gut gehendes Geschäft. Als Kriegsversehrter hatte er sich um eine Trafik bemüht und diese dank seiner immer noch guten Verbindungen zu den ehemaligen Kameraden, die jetzt wieder in Amt und Würden waren, auch erhalten. Eine Granate hatte ihm im Zweiten Weltkrieg irgendwo in Polen das rechte Bein um ein gutes Stück verkürzt, sodass er sich nur mehr wankend fortbewegen konnte. Er war einer der Ersten gewesen und das hatte er jetzt davon. Kurt Hartl konnte sich Zeit seines Lebens einer gewissen Bitterkeit nicht erwehren, all die Ideale und großen Ideen, man durfte sie jetzt ja nicht einmal mehr denken! Die grau-braune Uniform mit den mittlerweile äußerst unrühmlichen Abzeichen und Aufnähern, die er noch einige Zeit aus reiner Sentimentalität ganz hinten im Schrank hängen gelassen hatte, wanderte irgendwann in die Mülltonne und die schwere Verletzung ließ ihn über die Jahre zum bedauernswerten Opfer mutieren.

Hermann hasste seinen Onkel Kurt aus tiefstem Herzen. Vor allem für das schwerfällige Humpeln, schon das Geräusch, dieses unregelmäßige Klopfen und Stampfen jagte ihm die Gänsehaut über die Arme. Das Positive war allerdings, dass man den Onkel schon von Weitem hören und so jedes Mal Zigarette oder Joint schnell verschwinden lassen konnte.

Als Hermann sich also eingestehen musste, dass es weder mit dem Studium noch mit Davos oder der Côte d'Azur etwas werden würde, und auch Onkel Kurt immer intensiver einen ordentlichen Lebenswandel seitens seines Neffen einforderte – wozu hatte er denn sein rechtes Bein gegeben, wenn nicht, um der Jugend eine sinnvolle Zukunft zu ermöglichen? –, trat sein Plan B in Kraft, und der lautete: Übernimm doch einfach die Trafik. Zumindest fürs Erste. Als Übergang. Um sich neu zu orientieren. Studieren konnte man später auch noch. Jetzt hieß es die Ärmel hochkrempeln, Geld verdienen und ein Leben aufbauen. Für den Rest wäre es nie zu spät. Außerdem gab es da ja noch Heidi. Aber zu ihr später. Aus Hermanns anfänglichem Plan B, kurzfristig in des Onkels Trafik einzusteigen, waren dann allerdings viele Jahre geworden, der Onkel im Alter immer schmerzgeplagter und hinfälliger, bis zu seinem Ableben, als Hermann endgültig mit der Trafik dastand und als würdiger Nachfolger die Geschäfte zur Gänze übernahm.

Hermann Hartl war nun seit Jahren Trafikant mit Leib und Seele. In seinem Laden gingen die unterschiedlichsten Menschen ein und aus und er war zu einem Meister der Einfühlsamkeit geworden. Da das Geschäft nicht nur in der besten Gegend der Stadt gelegen war, sondern auch in unmittelbarer Nähe der noblen Privatklinik Leopoldshof, gaben sich Ärzte, Professoren, aber auch zahlreiche Berühmtheiten aus Kunst, Kultur und Sport sowie alles, was sonst noch als berühmt durchging, die alte Trafiktüre in die Hand. Hermann kannte sie alle. Er wusste, wer sich das Bauchfett absaugen und die Lippen aufpolstern ließ, wer den einen oder anderen Gallenstein zum Abschuss freigegeben hatte. Jeder und jede kam früher oder später bei ihm vorbei, um Lesestoff oder Rauchwaren zu besorgen, oder einfach nur, um sich die Beine zu vertreten. Hermann sorgte immer für ein erweitertes internationales Sortiment und auch dafür, dass der Informationsfluss in alle Richtungen aufrecht blieb. Mit einem charmanten Grinsen zwischen seinen Pausbacken begrüßte er aus seinem altmodischen Repertoire mit »Küss die Hand, gnädige Frau« oder »Habe die Ehre, Herr Hofrat«, und die Kunden waren zufrieden.

Tatsächlich war das Geschäft zu Zeiten des Onkels noch besser gewesen: der verkaufte noch jede Menge Briefmarken und Briefpapier, KFZ-Steuermarken, Kurzparkscheine, viel mehr Zigaretten und Zeitungen. Das gab es jetzt nicht mehr, die meisten Dinge konnte man online erledigen, ob Kurzpark-Gebühren zahlen, Korrespondenz führen oder Zeitung lesen. Dieser Umstand störte Hermann aber keineswegs: Er hatte längst einen viel lukrativeren Geschäftszweig erschlossen.

Die Nähe zum Leopoldshof, aber auch der jahrelange Umgang mit den Kunden hatten sein psychologisches Feingefühl geschärft. Er erkannte die Einsamen und emotional Bedürftigen. Und an die machte er sich heran. Er war freundlich, aber vor allem hilfsbereit und sah schnell, ob es sich auszahlen würde, noch freundlicher zu sein, und ob die Hilfsbedürftigen sich seine Unterstützung und Freundschaft auch leisten könnten. So kam es, dass

Herr und Frau Hartl – und hier kam Heidi ins Spiel – alten Damen und Herren bei Behördengängen halfen, komplizierte Formulare für sie ausfüllten oder mit ihnen auf die Bank gingen. Letzteres besonders gerne, erhielt man auf diese Weise doch einen klaren Einblick in die finanzielle Situation der betreuten Person, worauf man die Strategie noch verbessern konnte. Gerne besuchte man die Leute auch in ihrem privaten Umfeld, brachte Blumen zum Geburtstag vorbei, wenn die Enkelkinder wieder einmal vergessen hatten, oder lieferte Einkäufe ab. Bei solchen Gelegenheiten konnte man nicht nur einen Zusatzverdienst einstreifen, sondern auch die eine oder andere schöne Vase bewundern, die dann nicht selten bei den Hartls zuhause wieder auftauchte. Manchmal als Geschenk, manchmal aber auch einfach nur eingesteckt.

All diese Tätigkeiten wurden von Hermann mit buchhalterischer Akribie dokumentiert. In seinem Aktenschrank im sogenannten »Herrenzimmer«, dem ehemaligen Zimmer von Onkel Kurt, hielt er seine Papiere unter Verschluss. Ach ja: Hermann hatte natürlich nicht nur die Trafik des Onkels übernommen, sondern auch die ganze Wohnung. Alter Mietvertrag, versteht sich. In diesem Aktenschrank fanden sich also sämtliche Unterlagen zu den diversen Projekten der Hartls. Informationen zu potenziellen Opfern, geschätzten Vermögen, Verwandten oder etwaigen Konkurrenten, aber auch detaillierte Aufzeichnungen zu sämtlichen Tätigkeiten der Hartls, wann und wo und vor allem was für wen erledigt und was dafür lukriert worden war. Hermann konnte nicht anders – er sah sich nun einmal als Mann der Wirtschaft.

Allerdings verfolgte er noch einen weiteren Plan. Die Idee dazu war ihm schon vor längerer Zeit gekommen, da war die Tochter noch in die Volksschule gegangen. Bei einem dieser unerträglichen Elternabende, die er anfänglich noch pflichtbewusst besucht hatte, war ihm plötzlich klar geworden, dass er sein Leben ändern musste. Die Vorstellung, dass es noch Jahrzehnte so weitergehen würde, er als ewiger Dienstleister, mit dieser Frau und diesem Kind, jagte ihm einen Schauer über den Rücken. Von diesem Moment an hatte er begonnen, an seinen Abgang zunächst zu denken und dann aktiv daran zu arbeiten. Er besorgte sich einen absperrbaren Schreibtisch und verwahrte dort alles, von dem er nicht wollte, dass es seine Frau zu Gesicht bekam.

Seine Machenschaften blieben wohl in der Nachbarschaft nicht unbemerkt. Da man aber allgemein der Meinung war, dass sich auf diese Weise wenigstens irgendjemand um die arme alte Frau Soundso kümmerte, ließ man die Sache unbesprochen und Hermann Hartl bereicherte sich ungeniert. Man drückte ein Auge zu, wenn man sah, welche Mengen die Hartls aus dem Supermarkt wegschleppten, um dann aber nur eine einzige Einkaufstasche bei der betreuten alten Dame abzuliefern. Oder, wenn Hermann Gartenarbeit verrichtete und die Hälfte der frischen Blumenerde im Kofferraum seines Kombis verschwand.

Heidi

Heidi Hartl war ein bedeutender Teil der Unternehmung. Und sie sah ihrem Mann mit den Jahren immer ähnlicher. Die Figur ähnelte einem Sitzsack, das blasse Gesicht prall und immer leicht verschwitzt, das Haar vernachlässigt und ungepflegt, der praktische kurze Schnitt längst verwachsen. Als berufstätige Frau, sie war ja Geschäftsfrau mit Mehrfachbelastung, fand sie für überflüssige Dinge im Alltag keine Zeit. Sie unterstützte Hermann tatkräftig dabei, andere zu unterstützen und sorgte immer dafür, dass die »kleine Anerkennung« nicht vergessen wurde.

Dabei war Heidi in jungen Jahren gar nicht einmal so unattraktiv gewesen. Wohl immer ein wenig rundlich, verkörperte sie von klein an das strapazierte Klischee der etwas drallen, mit runden Backen und runden Formen versehenen, aber stets gut gelaunten Frau, bei der man an Milchrahmstrudel denken musste. Sie hatte gute Chancen, ihr Leben so zu gestalten, wie ihre Mutter und Großmutter, bei denen sie vaterlos aufgewachsen war, es in ihrer Kindheit in herrlichen Farben entworfen hatten: Ein netter Mann natürlich, mit solidem Einkommen natürlich, zwei adrette Kinder natürlich und das alles in einem properen Häuschen, das sie hingebungsvoll pflegen und reinigen würde, während der Gatte seiner gut bezahlten Profession nachginge und die Kinder mit glänzenden Noten aus der Schule heimkommen würden.

Damit sie eine echte Chance auf dem Heiratsmarkt hätte, hatte ihre Mutter sie in eine Tourismusschule geschickt, die sie auch erfolgreich abschloss, während die Großmutter sie zur Erbin des Schrebergartens an einer Flussmündung vor der Stadt einsetzte, damit das Mädel auch über eine geeignete Mitgift verfügte. Alles war aufs Beste ausgedacht, wenn da nicht dieses Klassentreffen gewesen wäre …

Das Absolvententreffen fand einige Jahre nach dem eigentlichen Schulabschluss des Jahrgangs statt, weil sich bis dahin niemand bereit erklärt hatte, eine Feier zu veranstalten. So wurde das Fest von Jahr zu Jahr verschoben, bis sich schließlich eine Gruppe von Klassensprechern zusammenfand und endlich, endlich eine Party organisierte.

Heidi war direkt nach der Schule als Servierkraft in eine Patisserie-Kette eingetreten, wo sie vier Tage die Woche in der mintgrünen Uniform des Unternehmens

Kaffee und Kuchen an kleine Tischchen brachte. Sie hatte sich gegen eine weiterführende Ausbildung entschieden und diesen Entschluss gegenüber Mutter und Großmutter damit begründet, erst einmal auf eigenen Beinen stehen und eigenes Geld verdienen zu wollen, um danach eine weitere, prestigeträchtigere Ausbildung ins Auge zu fassen. Das Argument, vier Tage im Service würden wohl nicht reichen, um größere Summen zu erwirtschaften, entkräftete sie mit der Ansage, an firmeninternen Weiterbildungskursen teilnehmen zu wollen. Die Mutter nahm es seufzend, die Großmutter skeptisch zur Kenntnis. Heidi verbrachte also die Zeit bis zu ihrer Begegnung mit Hermann in diversen Filialen der Konditorei, und weil die Angestellten am Ende des Tages übriggebliebene Kuchen und Torten mit nach Hause nehmen konnten, legte sie langsam, aber sicher an Gewicht zu. Ihre Freizeit widmete sie ihrer geheimen Leidenschaft: der Lektüre von Klatschzeitungen und Schnulzenromanen, immer einen Teller mit Kuchen neben sich.

Das Absolvententreffen führte also Heidi und Hermann, die einander während der Schulzeit kaum wahrgenommen hatten, zusammen. Es war schon spät geworden, das Weinlokal, wo die gut besuchte Veranstaltung stattfand, hatte schon die letzte Bestellung ausgerufen, die Musiker packten, nachdem sie zum wiederholten Mal das *Harry Lime Theme* gedudelt hatten, ihre Instrumente für den Heimweg ein. Die meisten waren schon gegangen, nur ein harter Kern hielt noch durch und hatte sich um einen Tisch gruppiert. Heidi und Hermann waren auch dabei, wobei Heidi eigentlich gar nicht gerne abends lang unterwegs war, viel lieber lag sie mit einem Roman im Jogginganzug auf der Couch. Aber heute, heute hatte sie das Bedürfnis, etwas gegen ihr Langweilerinnen-Image tun zu müssen, und als letzte weibliche Teilnehmerin der Party unter lauter illuminierten Ex-Mitschülern dabei zu bleiben. Sie hielt eine Zigarette in der einen, den wer-weiß-wievielten weißen Spritzwein in der anderen Hand, und lachte über die pubertären Witze der Runde. Das Schicksal nahm seinen Lauf und führte die beiden auf dem Weg zu den Nassräumen zusammen.

Hermann hätte sich ja vielmehr für die schicke Alice interessiert, mit der Heidi angekommen war. Nicht, weil die beiden so gute Freundinnen gewesen wären, vielmehr hatten sie den gleichen Anreiseweg gehabt und waren daher gemeinsam auf dem Fest erschienen. In der klassischen Kombination: die eine schick und frech, die andere unauffällig und schüchtern, man konnte sie aber jedenfalls nach der Nummer der Schicken fragen. Alice war schon lange gegangen, die Idioten hätte sie schon in der Schule nicht gebraucht, und Hermann fand – ebenfalls nach unzähligen Gläsern Spritzwein – die gute Heidi ganz nett, außerdem war sonst keine da.

»Wir müssen heiraten, ich bin schwanger.«

»Wie jetzt, schwanger?«

»Wie brauch' ich dir jetzt wohl nicht zu erklären, oder?«

Dieses Gespräch fand drei Monate nach dem Absolvententreffen statt, wobei sich die beiden in der Zwischenzeit nur einmal auf einen Kaffee getroffen und auch sonst kaum korrespondiert hatten.

Das musste Hermann erst einmal verdauen, das hatte ihm noch gefehlt: die ewigen Streitereien mit dem Onkel, die öden Stunden als rechte Hand in der Trafik, und jetzt auch noch die fade Heidi, die nicht einmal mit der schicken Alice befreundet war.

Das Leben sah im Moment nicht sehr rosig aus. Aber Hermann war nicht nur sehr von sich selbst und seinen Fähigkeiten überzeugt, er war auch ein Mann der Tat. Er beschloss, die Situation für sich zum Besseren zu gestalten. Er würde mit Heidi an seiner Seite die Trafik übernehmen, der Onkel wurde ohnehin schon immer schwächer und grantiger. Mit einer drallen, braven Frau im Schlepptau und dem Kleinen im Kinderwagen würde er den Alten bei seiner sentimentalen Seite packen, sich Geschäft und Wohnung übergeben lassen und ihn als Pflegefall in ein Heim verfrachten. Heidi würde das schon unterstützen, sie konnte ja froh sein, dass er sie überhaupt nehmen wollte. Wer weiß, vielleicht war es ja gar nicht von ihm – wobei er sich beim besten Willen nicht vorstellen konnte, dass Heidi außer ihm noch andere Kontakte gehabt haben könnte.

So kam es, wie es kommen musste. Eine Hochzeit in Weiß wurde schnellstens auf die Beine gestellt, und neben den wenigen Verwandten wurden auch die Teilnehmer des feuchtfröhlichen Abends eingeladen. Sie waren ja so etwas wie Paten der romantischen Verbindung. Nur wenige sagten zu, und das auch nur aus purer Neugier. Der faule Hermann und die öde Heidi, das war ja der Gag der Saison! Als Heidi die schicke Alice informierte und ihr anbot, ihre Trauzeugin zu sein, da meinte diese nur: »Was? Den Trottel? Na, tut mir leid, dabei kann ich dich nicht unterstützen!« Dann halt nicht, dachte Heidi bei sich und übertrug die Aufgabe ihrer Großmutter, die nicht nur freudig zusagte, sondern ihr auch von Rührung übermannt ein schönes Sparbuch überreichte.

Jessica

Ein halbes Jahr später war Jessica da.

Der Onkel hatte ganz von sich aus das Zeitliche gesegnet, ohne dass Hermann hätte eingreifen müssen. Trafik und Wohnung waren nun sein und die Jahre flossen dahin.

Aus dem herzigen Baby war über die Jahre eine nicht sehr herzige, unzufriedene und vor allem unfreundliche junge Frau geworden. Mittlerweile zweiundzwanzig Jahre alt, wohnte sie immer noch bei ihren Eltern, die sie mürrisch erduldete. Sie hatte Hermanns Jugendzimmer übernommen und die alten Buchenholzmöbel weiß gestrichen. Für neue Möbel gab es bei den Hartls kein Budget, man war sparsam, denn es war hart erarbeitet, oder »Hartl erarbeitet«, wie Hermann gerne selbstzufrieden witzelte. Den Zutritt zu ihrem Zimmer gestattete Jessica nur sporadisch und nach mehrmaligen, immer entnervteren Anfragen der Mutter oder aggressiven Fausthieben des Vaters gegen die Zimmertüre. Die Eltern hatten eigentlich kein gutes Gefühl die Entwicklung ihrer Tochter betreffend.

Rein optisch konnte sie die Verwandtschaft mit ihren Erzeugern nicht verleugnen. Auch sie war mit derselben eiförmigen Mitte gesegnet, mit Hängebäckchen und fahler Hautfarbe, die in der Not hektische rote Flecken aufwies. Ihr Haar war klassisch mausgrau, es sei denn, sie unterlag der Versuchung, ein im Drogeriemarkt vergünstigtes Haarfärbemittel an sich selbst zu testen. Dann gab es schlammbraun, roséblond und manchmal auch leuchtend orange. Ihre Kleidung beschränkte sich auf bequeme Angebote in schwer definierbaren Farben aus dem Textildiskonter. Es komme ihr nicht auf Äußerlichkeiten an, war das offizielle Credo, sollte irgendein Verwandter oder ihre einzige Freundin Ilse wieder einmal anregen, doch etwas Nettes zu kaufen.

Jessica litt nicht wie andere junge Frauen unter einem unerreichbaren Schönheits- und Schlankheitsideal, sie schien auch kein Bedürfnis zu haben, etwas zu verändern, etwas Neues dazuzulernen, eine interessante Reise zu unternehmen oder einfach nur mit Gleichaltrigen des Abends auszuschwärmen. Es interessierten sie weder

Konzerte noch Sportveranstaltungen, ganz davon zu schweigen, sich selbst sportlich zu betätigen. Sie schien voll und ganz mit dem einverstanden zu sein, was ihr das Schicksal momentan zuteilwerden ließ, und vermittelte darüber hinaus gerne den Eindruck, die ganz bewusst unattraktive äußere Hülle gehöre zu einem größeren Plan, einer geheimnisvollen Wahrheit, deren Inhalt nur sie kannte und die zum gegebenen Zeitpunkt ans Tageslicht kommen würde.

Schon in der Schule, einer Lehranstalt für wirtschaftliche Berufe, war Jessica, wenn nicht unbeliebt, dann jedenfalls übersehen gewesen. Ihre Leistungen waren mittelmäßig, damit blieben ihr mühsame Konfrontationen mit dem Lehrkörper erspart. Bei einer Klassenkameradin zu Gast war sie allerdings während der ganzen fünf Jahre nur ein einziges Mal, als die beliebte Klassensprecherin Elisabeth Benger-Schmidt im Garten und der dazugehörigen Villa ihrer Eltern ein Sommerfest veranstaltete, zu dem die gesamte Schule eingeladen war, inklusive Lehrkörper, Direktion und Schulwart. Damit waren auch Jessica und Ilse dabei. Elli Benger-Schmidt war ein begehrter Kontakt, der elterliche Garten war weitläufig und mit Swimmingpool ausgestattet. Wer das Glück hatte, sich zu ihrem Freundeskreis zählen zu dürfen, verbrachte feuchtfröhliche Nachmittage und Abende im Kreis der Benger-Schmidts. Das war umso interessanter, als Ellis Eltern wahre Promis waren. Die Mutter hatte als gefragte Bühnenbildnerin ebenso direkten Zugang zu Film und Theater wie der Vater, ein Filmregisseur und erfolgreicher Produzent mehrerer Endlosserien. So manche Schulfreundin träumte heimlich davon, bei einer dieser Gartenpartys entdeckt zu werden.

So waren also Jessica und Elli jeweils auf der anderen Seite der Schulwelt zu finden und ihre Wege kreuzten einander selten. Was Jessica keinesfalls davon abhielt, jeden einzelnen Schritt in Ellis Leben genau zu verfolgen und zu kommentieren. Vor allem Ilse gegenüber.

Ilse war ein harmloses Mädchen, ihre schulischen Leistungen ließen nichts zu wünschen übrig und im Gegensatz zu Jessica hatte sie sich für ein Biologiestudium mit Lehramtsabschluss entschieden, das sie erfolgreich vorantrieb. Neben dem Studium verdiente sie sich ihr Taschengeld bei einer Kaffee-Kette, wo sie die Arbeit gut einteilen konnte und die Arbeitskleidung geschenkt bekam. Was sie wiederum freute, denn das weiße T-Shirt und die schwarzen Jeans ließen sich überall gut tragen. Am glücklichsten aber war sie über ihre durchorganisierten Tage deshalb, weil sie kaum mehr Zeit für Jessica erübrigen konnte, was sie mit angenehmer Erleichterung erfüllte, und Jessicas Nachrichten beantwortete sie nur mehr sporadisch, immer mit dem Hinweis auf ihren Zeitmangel.

So war Jessica sich selbst überlassen und verlegte sich darauf, ihre Umwelt noch genauer, noch kritischer zu beobachten als bisher. Darüber hinaus begann sie, sich gedankliche Notizen zu machen. Jeder, der sie in irgendeiner Weise verärgerte oder ihr zu nahetrat, erhielt einen Vermerk. Die Existenz dieser ganz persönlichen und absolut geheimen schwarzen Liste versetzte Jessica regelmäßig in einen Zustand sardonischer Freude, wenn nicht gar Euphorie. Nur sie hatte Kenntnis dieser Liste, nur sie war in der Lage zu bewerten und niemand würde ihr Urteil anzweifeln, sie hatte sich vor niemandem zu rechtfertigen. Schon lange führten ihre Eltern diese Liste an, dicht gefolgt von Elli Benger-Schmidt, die erst vor Kurzem wieder von sich hören machte. Zwei Jahre nach Abschluss der Schule hatte sie, nachdem sie in einer renommierten Schauspielschule aufgenommen worden war, eine Rolle in einer der Vorabendserien ihres Vaters bekommen. Die Boulevardzeitungen überschlugen sich und über Facebook beschloss die ehemalige Klasse gemeinsam bei den Dreharbeiten aufzutauchen, der berühmtesten Absolventin der Wirtschaftsschule zu gratulieren und zahlreiche Selfies zu posten. Auch Jessica – auf sämtlichen gefragten Social-Media-Plattformen hinter Pseudonymen gut getarnt – war dem Aufruf gefolgt, und als es an ihr war, mit Elli zu posieren, drehte diese ihr das gestylte Gesicht zu, und meinte nur: »Und wer bist du? Kenn' ich dich?«

Jessica verzichtete auf ihr Selfie und schlich durch den Garten davon, vorbei an dem zarten Rosa der gepflegten Beete und den eleganten Gartenmöbeln auf dem Set. Hatte das jemand gehört oder gesehen? »So eine blöde Kuh«, dachte sie vor Wut und Kränkung zitternd, »und wie die daherkommt, mit ihrem bauchfreien Top – bin schon gespannt, wann sie das erste Mal zum Schönheitschirurgen geht, wenn das nicht eh schon passiert ist, so ein Trampel…«

In ihre Gedankenspirale verstrickt hatte sie gar nicht gemerkt, dass sie beinahe schon daheim war, aber da wollte sie jetzt keinesfalls hin. »Wie war's? Was habt ihr gemacht? Waren die Eltern auch da?« Die blöde Fragerei ihrer neugierigen Mutter ging ihr schon auf die Nerven, bevor die Fragen überhaupt gestellt waren. »Nein«, sinnierte sie, und beschloss noch eine Runde durch den nahegelegenen Krankenhauspark zu drehen. »Nein, das ist kein Leben für mich. So kann es nicht bleiben, es muss dringend etwas geschehen. Aber was?«

Elinor

Elinor Pächter kam gerne in Hartls Trafik. Der Ort erinnerte sie irgendwie an ihre Kindheit. Ob es nun der Geruch nach Tabak und altem Papier war, oder das diffuse Aroma von angeschwitzten Zwiebeln und Abflussreiniger – sie konnte es nicht zuordnen, aber das Bild des schummrigen Wohnzimmers ihres geliebten Großvaters tauchte auf, sobald sie die schmierige Eingangstüre aufdrückte. Elinor war Raucherin, musste sich allerdings aufgrund ihrer momentanen etwas prekären finanziellen Lage einschränken, und so reduzierte sie ihre Trafikbesuche auf einmal die Woche, das musste reichen. Hin und wieder gönnte sie sich auch noch eine Ausgabe des *Spiegel* oder der *Frankfurter Allgemeinen*, falls vorhanden, um diese dann gut sichtbar unter den Arm zu klemmen. Eine Frau von Welt, gebildet und souverän.

Und das war sie ja auch. Promovierte Zeithistorikerin, Spezialgebiet Arisierungen. Zu diesem Thema hatte sie eine akribisch recherchierte Dissertation geschrieben, sowie einige Artikel in wissenschaftlichen Publikationen veröffentlicht, die in der Fachwelt durchaus Beachtung gefunden hatten. Sie hatte allerdings in ihrem jugendlichen Eifer nicht mit dem Widerstand der Befragten gerechnet und musste feststellen, dass es gar nicht einfach war, an historische Fakten jenseits der öffentlich zugänglichen Daten heranzukommen. Und so war es zu dem von ihr angedachten Opus magnum in Form einer Arisierungs-Anthologie noch nicht gekommen. Darüber hinaus mangelte es ihr mittlerweile auch an Elan.

Sie war jetzt in ihren besten Jahren, mit zwei Katzen als Mitbewohnerinnen, und es erging ihr nicht anders als allen anderen freiberuflichen Wissenschaftsjournalistinnen – sie lebte von der Hand in den Mund, von einem kleinen Projekt zum nächsten, und war am Ende des Monats froh, wenn sie ihre Fixkosten abdecken konnte. Ihre Wohnung in einem angesagten Innenstadtbezirk hatte sie zu guten Konditionen von ihrer Mutter übernehmen können, als diese in ein Seniorenheim übersiedelt war. Allerdings bedeuteten gute Konditionen auch, dass sämtliche Installationen, Küche und Nassräume vom Vermieter nicht renoviert worden waren, und sie selbst hatte von ihren Einnahmen auch nie etwas abzweigen können. Daher präsentierten sich die für eine Person doch großzügig dimensionierten vier Räume mit Nebenräumen etwas muffig, wenn auch die geerbten Möbel einen gewissen Charme ausstrahlten und der Glanz alter Zeiten mitschwang. Das Schlafzimmer war im altdeutschen Stil gehalten, schwarze Holzmöbel standen seit Jahren unverrückt, weil einfach zu wuchtig, die Tapete an der Wand dahinter war vergilbt und das Muster nur mehr schwer erkennbar. Auf den Nachtkästchen zu beiden Seiten des Bettes gab es noch die alten Leselampen, deren Pergamentschirme sich stellenweise braun verfärbt hatten. Ein enormer Schrank komplettierte seit Ewigkeiten die Einrichtung, hier brachte Elinor alles unter. Sie besaß allerdings auch nicht allzu viele Kleidungsstücke; das, was ihr gefiel, war nicht leistbar, das andere interessierte sie nicht. Da sie aber irgendetwas anziehen musste, hatte sie sich für einen minimalistischen, intellektuell angehauchten Stil mit reduzierter Farbpalette entschieden.

In ihrem Mädchenzimmer hatte sie ihren Arbeitsplatz eingerichtet. Die alte Bettbank diente als Ablage, hier sortierte sie ihre Unterlagen und stapelte Notizen. Auch der Schreibtisch unter dem Fenster war, wie der Rest der Einrichtung, immer schon da gewesen. Der einzige Neuzugang war ihr Laptop. Ein günstiges Modell, etwas verdreckt, Brösel hatten sich zwischen den Tasten eingenistet und Fettflecken zierten den Bildschirm, weil sich Elinor schon lange nicht mehr zu Tisch gesetzt hatte, wenn sie aß. Aber das störte nicht weiter, außer ihr war ja keiner da.

Das Prunkstück der Wohnung bildete der Barocktabernakel im Esszimmer, der das Hochzeitsgeschirr der Eltern beherbergte, komplettiert durch ein biedermeierliches Essensemble. Hier wurden die Gäste empfangen und bewirtet. Nur, dass Elinor schon länger niemanden mehr eingeladen hatte: Mühsam und teuer, außerdem kannte sie niemanden mehr gut genug, um ihm die Schäbigkeit ihrer Bleibe offenbaren zu können. Darüber hinaus war sie schlampig geworden, das hieß, sie war immer schon schlampig gewesen, hatte sich aber stets sehr bemüht, etwas ordentlicher zu erscheinen. Eine schlampige Wissenschaftsjournalistin, das käme nicht gut, wäre nicht überzeugend. So hatte sie sich immer wieder motiviert, Kleider in den Schrank zu räumen, mehrmals in der Woche die Wäsche zu waschen und regelmäßig den Müll zu entsorgen. Irgendwann waren dann die Einladungen von Freunden und Kollegen weniger geworden und angenehmerweise hatte der soziale Druck nachgelassen. Im Lauf der Zeit hatte sie festgestellt, dass der Pullover auf dem Sessel nicht schlechter aufgehoben war als in einer Schublade, außerdem hatte sie dadurch einen besseren Überblick. Das Geschirr musste auch nicht jeden Tag gewaschen werden, und als sie bemerkte, dass man für Wurstsemmeln aus dem Supermarkt überhaupt keinen Teller mehr benötigte, hatte sie ihre Ernährungsform gefunden.

Früher hatte Elinor Feste für Kollegen und Verleger oder Leute aus dem Ministerium gegeben, Abendessen in größerer Runde, von denen sie sich verbesserte Beziehungen und Vorteile bei der Auftragsvergabe erwartet hatte. Dabei war aber, trotz besonderer Bemühungen bei der Gestaltung dieser Abende, nicht viel herausgesprungen. Immer wieder waren andere mit den spannenden Geschichten beauftragt worden und nie war ihr ein größerer Wurf gelungen. Von diesem Mangel an Gelegenheiten ließ sie sich aber nicht beirren und war fest entschlossen, eine große und unappetitliche Arisierungsgeschichte aufzudecken, deren Profiteure noch immer nicht bloßgestellt waren. So ging sie, wann immer es ihre Zeit erlaubte, also beinahe täglich, in die Nationalbibliothek, ins Stadtarchiv oder recherchierte im Grundbuch, um die große Story zu finden. Den Zugang zum Grundbuch hatte sie sich von einem alten Bekannten, einem Immobilienverwalter aus dem Golfklub ihrer Eltern, erschlichen, als sie selbst noch Golf gespielt hatte. Die Zugangsdaten funktionierten immer noch, er hatte offensichtlich vergessen, sie als User zu entfernen. Wie angenehm. Darüber hinaus wanderte sie gerne durch die ruhigen Straßen der Villenviertel, in der Hoffnung hier auf verdächtige Immobilien oder zumindest auf Inspiration zu stoßen.

»Guten Morgen, Frau Doktor! Wie ist das werte Befinden?«, begrüßte Hermann Hartl Elinor lautstark, als sie wieder einmal nach längerer Zeit die Trafik betrat. Mit Titeln ging er immer großzügig um, schließlich hatte es die Kunden noch nie gestört, wenn alle Umstehenden mitbekamen, wen sie vor sich hatten. Hermann hatte sich mit der Zeit als Gentleman mit nasalem Fin-de-Siècle-Timbre positioniert, unaufdringlich höflich und doch warmherzig und mitfühlsam. Er sprach seine Kunden immer etwas servil, aber doch souverän an, nicht ohne die Möglichkeit mitschwingen zu lassen, er wäre selbst ein Spross besserer Kreise und nur durch widrige Umstände in dieser Trafik gelandet. Aber – auch das vermittelte er grandios – welche Aufgabe auch immer ihm zuteilwerden würde, er wollte stets sein Bestes geben.

»Guten Morgen Herr Hartl, wie immer, zwei Päckchen. Gibt's etwas Neues?«

Elinor hoffte, auch auf diesem Weg an interessante Informationen zu gelangen. War jemand gestorben, gab es vielleicht einen heiklen Erbschaftsstreit? Ein gutbewahrtes Familiengeheimnis, das sie endlich aufdecken könnte?

In diesem Moment betrat Rudi Staller die Trafik.

»Was ist denn das für einer«, dachte Elinor bei sich, »die Typen werden auch immer seltsamer.«

Rudi drängelte aufgeregt an ihr vorbei und unterbrach die angehende Unterhaltung.

»Ich brauch' die Autorevue, da ist der neue Aston Martin drin, das muss ich sofort lesen. Über 500 PS, das packst du nicht!«

»Ja guten Morgen, Herr Rudi.« Hermann legte großen Wert auf Form. »Die neue ist schon da, bitte sehr. Sie entschuldigen, Frau Doktor – aber das ist jetzt ganz dringend«, säuselte er und setzte sein Therapeutenlächeln auf.

Rudi warf einen Zehner auf den Tisch, wartete nicht auf das Restgeld und stürmte aus dem Laden.

»Der Herr Rudi ist immer noch der kleine Junge von damals! Er kann es nicht erwarten. Zum Glück haben ihm die Eltern das schöne Haus oben hinterlassen.« Hermann wies mit leichtem Nicken in Richtung Kastanienallee. »Da kann er sich austoben und seiner Leidenschaft nachgehen, Modelleisenbahn und Autorennbahn, das ist seine Passion«, erklärte er der etwas peinlich berührten Elinor mit verständnisvoll gedämpfter Stimme.

Irgendetwas an dieser Beschreibung ließ sie aufhorchen. Der komische Vogel aus der großen Villa am Ende der schönen Allee mit Eisenbahn und Spielzeugauto? Das klang nicht uninteressant.

Rudi

Rudolph Staller, genannt Herr Rudi, war ein großer Mann, der mit seinem Körper nie zurechtgekommen war. Mittlerweile war er Mitte fünfzig, übergewichtig und sehr schwerfällig. Er geriet leicht ins Schwitzen, weshalb er jede Bewegung möglichst vermied oder, wenn unvermeidbar, sehr langsam und bedächtig ausführte. Wenn es allerdings dringend war, konnte er schnell sein.

Sein kindliches Gemüt machte ihn bei Erwachsenen unbeliebt, sogar verdächtig, und seine massige Erscheinung schreckte diejenigen ab, die seinen kindlich-naiven Zugang zu den Dingen des Alltags hätten verstehen können, nämlich die Kinder. Sobald Rudi in der Nähe eines Spielplatzes auftauchte, um den Kleinen beim Spielen zuzusehen, spitzte sich die Stimmung zu, die Mütter riefen ihre Sprösslinge zurück, packten die Picknicktaschen und verschwanden, allerdings nicht, ohne ihre Kinder eindringlich vor Rudi und ähnlichen Gestalten zu warnen.

Der kleine Rudi war seinen Eltern erst spät geschenkt worden. Die beiden Stallers, er erfolgreicher Wirtschaftsanwalt, sie Hausfrau und Gastgeberin, hatten schon jede Hoffnung auf Nachwuchs aufgegeben, da kam Rudi. Die Freude war groß, und damit auch alles perfekt ablaufen möge, hatten sie sich einem befreundeten Gynäkologen und Golfpartner anvertraut, der in den besten Kreisen zugange war und einen hervorragenden Ruf genoss. Er sollte die schwierige Schwangerschaft der nicht mehr ganz jungen Mutter betreuen und das Kind auf seiner Station im luxuriösen Leopoldshof wohlbehalten zur Welt bringen.

Alles lief gut, bis auf den Moment der Geburt. Der prominente Primar musste von einer feuchtfröhlichen Feier, bei der er dem Alkohol übermäßig zugesprochen hatte, geholt und erst mit einigen starken Mokkas wiederbelebt werden, bevor er den Kreissaal betreten konnte. Nun war es aber in Institutionen wie dem Privatkrankenhaus Leopoldshof üblich, auf jeden Fall auf den behandelnden Arzt zu warten und keinesfalls vor seiner Ankunft einzugreifen. Die Situation hatte sich schon dramatisch zugespitzt, während der Primar noch ein Problem mit der Saugglocke hatte, als eine der anwesenden Hebammen beherzt eingriff, dem Drama ein Ende setzte und Rudi herausholte.

»Es ist ein Bub«, meinte sie lakonisch, »und der wird schon wieder.«

Der Primar lehnte erschöpft in einer Ecke, Frau Staller lehnte erschöpft an ihren Kissen, die Hebamme räumte routiniert den Dreck weg und dachte bei sich: »Solche Wappler, mit dem Zniachterl werden die ihre Freude haben. Aber es trifft ja keine Armen…«

Rudi plärrte sich in der Zwischenzeit die Seele aus dem Leib und wurde danach, gesäubert und frisch verpackt, dem stolzen und gerührten Vater Staller durch eine Scheibe präsentiert.

Bald zeigte sich jedoch, dass sich der junge Staller nicht ganz so entwickelte wie vorgesehen und die Nachfragen der besorgten Eltern ergaben ein enttäuschendes Szenario: Das Kind hatte beim Geburtsvorgang ein bisschen zu wenig Sauerstoff erwischt, der Herr Primar wäre mit der Glocke nicht zurechtgekommen, es wäre ein neues, ihm unbekanntes Modell gewesen. Es würde sich sicher alles auswachsen, aber in der Zwischenzeit sollte man dem Buben doch besondere Aufmerksamkeit zuteilwerden lassen. Geduld wäre da die wichtigste Zutat.

Das waren doch ziemlich aufwühlende Neuigkeiten, und der mächtige Wirtschaftsanwalt Staller stellte seinen Golfpartner erbost zur Rede. Der hob bedauernd die Schulter. Sehr unangenehm das Ganze, aber eine Geburt sei immer eine risikoreiche Angelegenheit, man gebe sein Bestes, aber das Schicksal gehe eigene Wege. Wie wäre es im Übrigen, wenn er, der Primar und Golfpartner, dem Wirtschaftstreuhänder eine bedeutende Summe zur freien Veranlagung zu Verfügung stellte? Er hatte ja schon lange gehört, wie geschickt Staller die ihm anvertrauten Vermögen vermehrte. Der alte Staller war nicht nur Kaufmann, sondern auch Realist. Ihm war klar, dass man nichts ungeschehen machen, sondern nur das Beste aus der jeweiligen Situation herausholen konnte. So machte er das, was er am besten konnte: ein gutes Geschäft. Eine Hand wäscht die andere und beide waschen das Gesicht. Den Buben würde man eben fördern müssen, aber was wichtiger war, man müsste ihm ein respektables Vermögen hinterlassen, das ihm ein sorgenfreies Leben garantieren würde.

Rudi wuchs also in behüteter Atmosphäre auf, schaffte es sogar bis zum Unterstufenabschluss, wenn er dafür auch doppelt so lange brauchte wie die anderen. Wann immer eine Lehrkraft die Eltern überzeugen wollte, Rudi doch in eine entsprechende Einrichtung zu überstellen und ihm somit den offiziellen Status »behindert« aufzudrücken, reagierte Familie Staller mit einer großzügigen Spende für die Bibliothek oder den Turnsaal. So schaffte man es, den kleinen Rudolph schlicht als »etwas langsamer als andere Kinder« zu positionieren und ihm eine spätere Erwachsenenvertretung zu ersparen.

Im Lauf der folgenden Jahre war die Gestaltung von Staller Juniors Zukunft die Hauptaufgabe der Eltern Staller. Zu Hause bei Mama wurde ihm ein Minimum an Benimm eingetrichtert, er konnte mit Messer und Gabel essen, grüßte höflich und bedankte sich immer. Er war zudem immer sorgfältig gekleidet und gepflegt. Die große Villa am Ende der Kastanienallee war für die kleine Familie etwas überdimensioniert; man bewohnte den weitläufigen ersten Stock, die Beletage, im zweiten Stock wurde im Lauf der Jahre Rudis Welt eingerichtet, mit seinen Lernhilfen, Tafeln, Buchstaben- und Rechenspielen, aber vor allem mit seiner geliebten Eisenbahn. Diese nahm immer mehr Platz ein und Rudi wurde nicht müde, sie Stück um Stück zu erweitern.

Diese Eisenbahn war auch der Treffpunkt von Vater und Sohn. Wenn Staller Senior oft Probleme hatte, sich mit seinem merkwürdigen Kind auseinanderzusetzen, bei der Eisenbahn verstand man einander. Rudi konnte plötzlich fehlerfrei die Waggons zählen oder die richtige Anzahl von Bäumen in der Miniaturlandschaft verteilen. Ein wahrer Lichtblick in der ganzen Angelegenheit, und deshalb hatte der Vater auch nie Einwände, wenn Rudis Welt um neue Schienen, eine Indoor-Schaukel oder auch ein Puppenhaus erweitert werden sollte.

Staller Senior war zuletzt doch sehr zufrieden. Die Frau war still, das Kind konnte man ruhig halten, und das Geschäft florierte. Aber jeder braucht einen Freund, einen Gleichgesinnten. Und das war Rechtsanwalt Krawanek Senior, Chef der angesehenen Kanzlei ›Krawanek und Söhne‹ und Vater des aktuellen Eigentümers Günther Krawanek.

Günther »Krani« Krawanek

»Krani« Krawanek stand nun der gleichnamigen Kanzlei ›Krawanek und Söhne, seit 1948‹ in dritter Generation vor. Als Rechtsanwalt und Wirtschaftstreuhänder war er Rudi Stallers Rechtsbeistand und Vermögensverwalter. Schon sein Vater war mit den Eltern gut bekannt, wenn nicht befreundet gewesen, es war also ebenso naheliegend wie unwidersprochen, dass er sich der Agenden von Jugendfreund Rudi annehmen würde. Darüber hinaus waren sie fast Nachbarn, das Krawaneksche Anwesen, wenn auch viel bescheidener als das der Stallers, lag nur eine Gasse weiter. Eine Tatsache, die Mutter Krawanek immer etwas geärgert hatte. Dennoch versäumte sie es nie, darauf hinzuweisen, dass sie gleich bei der Kastanienallee zu Hause wären. Die Krawaneks waren in den Plan der Stallers, Rudi unauffällig durchs Leben zu führen und ihn keinesfalls aktenkundig werden zu lassen, von Anfang an involviert, Vater Krawanek erwies sich als wertvoller und zuverlässiger Berater und führte, wie schon sein Vater davor, seine Kanzlei erfolgreich in die neue Zeit. Sein Sohn und Nachfolger konnte allerdings nicht ganz so erfolgreich in die Fußstapfen der alten Herren treten.

Günther »Krani« Krawanek war jovial, verzeichnete unaufgeregte Erfolge und hatte sich bereits in jungen Jahren dem Suff hingegeben. Diese immer noch ungebrochene Passion hatte ihm zwei gescheiterte Ehen samt Nebengeräuschen und mehrere zu alimentierende Kinder eingebracht. Dennoch war Krani meistens gut aufgelegt, lösungsorientiert und gesprächsbereit. Mit seiner momentanen Lebensabschnittspartnerin verband ihn nur mehr Sohn Nummer fünf, sie war der Trennungsgrund für Beziehung Nummer vier gewesen, und jetzt wusste er eigentlich nicht mehr, was er je an ihr gefunden hatte. Jedenfalls war er schon zu Zeiten ihres heimlichen Verhältnisses, das meist in den Räumen seiner Kanzlei nach Dienstschluss stattgefunden hatte und von dem er sich schon von Anbeginn gedacht hatte, es würde noch unangenehm werden, sicher gewesen, nie wieder vor den Standesbeamten zu treten. Zu teuer, zu aufwändig. Außerdem war es modern, nicht zu heiraten, und die aktuelle Partnerin konnte sich immer an ihrer offiziellen Unabhängigkeit erfreuen.

Obwohl er sich immer gerühmt hatte, eine Frohnatur zu sein und allen Schwierigkeiten mit Optimismus entgegenzutreten, musste er sich in letzter Zeit eingestehen, dass die Dinge nicht so rund liefen, wie er es gerne gesehen hätte. Da war dieses mühsame Kind Nummer fünf, auf das die Geliebte bestanden hatte. Ihre innere Uhr hatte ihr unmissverständlich zu verstehen gegeben, dass sie ein Zeugnis ihrer Liebe bräuchte, außerdem wäre sie schon Mitte dreißig, da musste eine Frau ihren natürlichen Bedürfnissen einfach nachkommen. Es war ihm zu anstrengend gewesen, eindeutig klarzumachen, dass er keinesfalls ein weiteres Kind zu seinem Glück benötigte, und dann war es auch schon so weit. Die Geliebte präsentierte den positiven Schwangerschaftstest und avancierte zur Lebensgefährtin. Krani akzeptierte das Geschehen mit einem gewissen Fatalismus, ließ sich von seiner höchst amüsierten Tennisrunde ein bisschen verhöhnen und nahm freundlich Glückwünsche ebenso wie skeptische Bemerkungen und Babyausstattung entgegen.

Die Jahre waren vergangen und es war ihm bis dato gelungen, Lebenspartnerin sowie Sohn Nummer fünf nur am Rand wahrzunehmen. Die Nächte, die der Säugling durchbrüllte, überließ er der Partnerin, es war ja eher ihr Kind, die ersten Zähne, der erste Kindergartentag, Einschulung und Feriengestaltung gingen an ihm vorbei. Er begnügte sich mit der Bezahlung entsprechender Summen und war auch schon wieder ganz der Alte, im Sinne eines unbeschwerten Privatlebens, das er in gewohnter Manier mit seiner neuen Sekretärin verbrachte. Allerdings war er langsam an einem Punkt angelangt, da die Affäre im Büro, die Ansprüche der Exfrauen samt zugehöriger Kinder, die Lebenspartnerin nebst Kind, die Tennisrunde und noch einiges mehr ihn über Gebühr beanspruchten. Darüber hinaus waren in der Kanzlei einige Dinge in Schieflage geraten: Betuchte Klienten waren gegangen, weil er sich ihren Agenden nicht entsprechend gewidmet hatte. Er hatte zwei wichtige Prozesse verloren und war in die Schlagzeilen geraten, weil er mit einem korrupten Politiker in Verbindung gebracht worden war. Und er hatte – nicht zum ersten Mal – auf ein ihm anvertrautes Treuhandkonto zugegriffen. Es war finanziell einfach zu eng geworden: Schulgelder, Sportunterricht samt Ausrüstungen, Urlaube, Kinderpsychologen und die Wohnung für Kind Nummer eins. Bis jetzt hatte es immer geklappt, die Summen rechtzeitig und unauffällig wieder zu erstatten, aber nun war Krani an einem Punkt angelangt, wo er nicht mehr so recht wusste, wie er die Unregelmäßigkeiten noch weiter verschleiern könnte. Er kam sich vor wie ein Jongleur, dem die Bälle aus den Händen glitten.

Dieses Gefühl des zunehmenden Balanceverlustes wurde nun täglich intensiver, nicht zuletzt aufgrund seines gesteigerten Alkoholkonsums. Seine Rolle als bekennender Alkoholiker hatte er über die Jahre hingebungsvoll perfektioniert. Er hatte früh mit dem Trinken begonnen, schon als Schüler hatte er sich mit seinen Klassenkameraden zusammengerottet und hinter der hohen Mauer, die den Schulhof umgab, die ersten Bierchen aus der Flasche getrunken, dazu zwei bis drei Zigaretten geraucht, um danach beschwingt wieder die Klassenräume aufzusuchen und festzustellen, dass man mit einem leichten Schwips in Kopf und Körper den gestellten Anforderungen mit einer angenehmen Unaufgeregtheit entgegentreten konnte. Seitdem, also die letzten vierzig Jahre, hatte er niemals ein Glas abgelehnt, ja vielmehr selbst zuverlässig dafür gesorgt, dass immer etwas »in der Pipeline« war, wie er es augenzwinkernd zu umschreiben pflegte.

Jetzt aber musste er immer öfter eine unangenehme Tatsache zur Kenntnis nehmen: Der Alkohol hatte die Kontrolle über ihn übernommen, und das wahrscheinlich schon sehr viel länger, als ihm bewusst gewesen war. Schon am Morgen teilte er seinen Tag nach den Möglichkeiten und Gelegenheiten zum Trinken ein: am Vormittag vielleicht mit einem gleichgesinnten Klienten ein bis zwei kleine Bierchen, gerne auch einen Aperol Spritz in der netten italienischen Bar unten am Eck, ganz harmlos und entspannend. Gerichtstermine nahm er schon lange nicht mehr wahr, das erledigten die Konzipienten, denn »Lehrjahre sind keine Herrenjahre«, zitierte er gerne mehr für sich selbst. Zum Lunch ein Fläschchen vom leichten Weißen, einfach gegen den Durst, man sollte genügend Flüssigkeit zu sich nehmen. War das Essen üppig, dann gerne auch Grappa zum Kaffee. Zu dieser Zeit war Krani bereits tiefenentspannt und hatte den Überblick über seine Causen verloren. Zum Glück war Sekretärin Steffi allgegenwärtig und verhinderte größere Katastrophen, außer diejenigen, von denen sie keine Kenntnis hatte. Steffi ihrerseits war sich über den Zustand ihres Arbeitgebers und Liebhabers vollkommen im Klaren und hatte beschlossen, die Situation in jedem Fall für sich zu nützen: Sei es als unverzichtbare Größe in der Kanzlei und vielleicht doch einmal als Frau Doktor Nummer drei. In jedem Fall würde sie das Beste für sich herausschlagen und genoss die stille Kontrolle in ihren wohlmanikürten Händen.

Währenddessen bereitete sich Krani benebelt und glücklich, der grausamen Realität etwas entrückt zu sein, auf die Abendgestaltung vor, sei es Dinner bei sich oder auswärts, Essen und vor allem Trinken mit Gleichgesinnten oder eine sportliche Aktivität mit Freunden, allen voran mit der vertrauten Tennisrunde. Hier war er Mensch, hier konnte er es sein, zitierte er auch da gerne. Nach der körperlichen Anstrengung hatte man sich auch wieder ein gutes Glas verdient, dagegen konnte ja wohl niemand etwas einwenden.

So verbrachte der gute Krani ein Jahr nach dem anderen in angenehmer Duselei, ohne zu bemerken, dass die Dinge sich ernsthaft zuspitzten. Das Geld fehlte in der Kanzlei und auf den privaten Konten, sein Ruf war ins Trudeln geraten, die Mitarbeiter auf ein Minimum reduziert und auf ein ebensolches Minimum engagiert, die Büromöbel schäbig und die Nassräume sanierungsbedürftig. Das konnte er sogar mit seinem stets leicht getrübten Blick sehen. Zum Glück war da noch Steffi, die alles irgendwie zusammenhielt. Bis es eines Tages so weit war und das Kartenhaus zusammenzubrechen drohte.

Dolli und Arthur

»Ich fasse es nicht!« Dolli lehnte sich weit aus dem Küchenfenster, um einen möglichst großen Teil ihres Gartens zu überblicken. »Es ist Ende August – nicht nur, dass das ganze Jahr niemand diesen Garten betreut hat, jetzt weht es auch noch die ersten Blätter zu uns herein!«

Arthur kam in die Küche, er hatte sich gerade in eine wissenschaftliche Studie vertieft und war noch nicht ganz bei der Sache.

»Ach, der Nachbar. Du weißt doch, dass er ein bisschen beeinträchtigt ist, der gute Rudi Staller, der ist mit diesem Anwesen völlig überfordert. Manchmal kommt er mir wie ein Zwölfjähriger vor.«

»Na und? Es schwänzelt doch sowieso die ganze Zeit diese Familie Hartl hier herum. Grässliche Leute, sag' ich dir, diese muffige Tochter, diese unförmige Mutter, na und dann erst er – ein Graus! Solche Erbschleicher!«

»Da hast du wohl recht«, meinte Arthur. »Letztens habe ich gesehen, wie sie die alten Gartenwerkzeuge aus der Laube mitgenommen haben, wahrscheinlich haben sie Rudi eingeredet, die würden nichts mehr taugen. Die sind sicher bei ihnen im Schrebergarten gelandet!«

»Ein Skandal, man sollte einmal mit dem Krawanek reden, der kümmert sich doch …«

»Espresso?«, lockte Arthur, er wollte das Gespräch nicht unbedingt vertiefen, so sehr interessierten ihn die nachbarlichen Angelegenheiten auch wieder nicht. Obwohl es sich hier um eine höchst interessante psychologische Frage zu handeln schien: Wie entstehen Abhängigkeiten und wie weit können sie gehen?

Dolli, eigentlich Dorothea, und Arthur Furtner, ein Ehepaar in den besten Jahren, waren wohlhabend, manchmal auch gelangweilt. Sie gingen hauptsächlich ihren vielfältigen Neigungen nach und waren sehr neugierig, aber auch sehr diskret. Kaum eine Veränderung in der Nachbarschaft entging ihrer aufmerksamen Wahrnehmung und nichts und niemand entging ihren zynischen Kommentaren. Wofür sich vor allem Arthur hin und wieder schämte, war er doch promovierter Psychologe, der um die Schwächen der menschlichen Natur und die Schwierigkeiten des täglichen Lebens nur allzu gut Bescheid wusste. Auch Dolli war auf diesem Gebiet nicht unbeleckt, hatte sie doch im Lauf der Jahre mehrere Ausbildungen auf dem Gebiet der Lebenshilfe und des Neuro-Linguistischen Programmierens wenn auch nicht abgeschlossen, so zumindest intensiv angerissen.

Ihr vielgeliebter Garten grenzte an den Stallerschen auf der einen Seite und den der Krawaneks an der Rückseite, und aus dem ersten Stock hätte man sogar durch die Fenster in die jeweiligen Häuser schauen können, vor allem nachts, wenn das Licht brannte. Wenn man gewollt hätte.

Dorothea und Arthur hatten einander erst spät kennengelernt. In erster Ehe mit einem wesentlich älteren Immobilienentwickler verheiratet, war sie kinderlos, aber dafür umso wohlhabender, eine Weile alleine durchs Leben gegangen. Die Erbschaft nach ihrem ersten Mann hatte ihr nicht nur einige Zinshäuser, sondern auch Wertpapiere und eine kleine Villa am idyllischen Ufer eines Bergsees eingebracht, die sie mit großer Liebe erhielt und pflegte. Auch das Haus in der Kastanienallee entstammte dieser Ehe und wurde ebenso akribisch betreut.

Als sie und Arthur einander beim Langlaufen in den Alpen begegneten, war sie eher schlecht gelaunt, hatte sie sich doch von einer langjährigen Freundin zu diesem winterlichen »Damenausflug« überreden lassen. Es würde herrlich werden, Sonnenschein und Schnee, gutes Essen, eine nette Runde, und was sonst noch dazugehörte. Sie mochte Damenausflüge nicht so gern, meinte Dolli der

Freundin gegenüber in der Hoffnung, davonzukommen. Diese Ausflüge endeten meist damit, dass die selbsternannten besten Freundinnen des Abends angeheitert bis stockbetrunken bei Tisch saßen und ihrer Enttäuschung über das eigene langweilige Leben Ausdruck verliehen, indem sie über die Männer und die Welt im Allgemeinen herzogen. Nein, nein, versicherte die beste Freundin, das wäre dieses Mal ganz anders, eine kultivierte Runde, tolle Frauen.

Zum Langlaufen hatte sich die vierköpfige Gruppe entschieden, weil drei der Damen dringend Bewegung an der frischen Luft benötigten und sich darüber hinaus über einige unerhörte Skandale im weiteren Bekanntenkreis austauschen wollten. Dolli benötigte weder frische Luft noch altbekannte Skandale. Aber irgendwie war sie da hineingeraten und höchst verärgert, weil sie sich langweilte. Die Dinge, die sie interessierten, konnte sie in dieser Runde ganz bestimmt nicht erörtern: Die neue Kollektion ihres Lieblingsdesigners, welche Handtasche es im Frühling werden würde, oder die besten Produkte der Pflegelinie, die ihr Kosmetiksalon dringend empfahl. Nein, darüber konnte sie sich hier keinesfalls austauschen, es genügte, dass die anderen drei ihr scheele Blicke zuwarfen, wenn sie am Abend in der etwas schäbigen Pension im Kaschmirpulli und mit edlen Lederwaren auftauchte.

»Nie wieder!«, dachte sie bei sich und beschloss am zweiten Tag, allein zum Langlaufen zu gehen. Die anderen waren ohnehin verkatert, das Wetter war nicht berühmt, aber jetzt musste sie an die frische Luft und brauchte dringend Abstand. Die Runde im Freien verbesserte ihren Gesamtzustand ein wenig, aber sie war zu schnell losgefahren und schnell außer Atem geraten. Um nicht allzu sehr ins Schwitzen zu kommen, legte sie auf einer Bank an der Loipe eine Pause ein und ließ die

Idylle der verschneiten Landschaft auf sich wirken. Da bemerkte sie eine dunkle Gestalt, die auf sie zukam. Als begeisterte Krimileserin ging ihre Fantasie sofort mit ihr durch und sie dachte bei sich, dass man sie wahrscheinlich erst am nächsten Tag fände, wenn sie jetzt überfallen werden würde.

Arthur seinerseits konnte Langlauf nicht leiden. Sport war überhaupt nicht seine Sache, er verstand sich vielmehr als Denker. In den Skiort war er anlässlich eines Kongresses für Psychologie gekommen, aber die Kollegenschaft hatte ihn bereits nach einem halben Tag irritiert und angeödet, auch das Schwerpunktthema Hypnose fiel nicht in sein Interessensgebiet. Warum war er eigentlich hier? Ach ja, diese Pharmareferentin hatte ihn nicht nur beschwatzt, sondern auch noch die Kongresskosten bezahlt. Das hatte er gar nicht nötig, aber jetzt war er schon da und höchst verärgert darüber, weil er sich langweilte. Skifahren mochte und konnte er noch weniger als Langlaufen, und er beschloss eine Runde auf der Loipe zu drehen. Er brauchte einfach frische Luft und etwas Abstand zu den verkaterten Kollegen, die bis in die frühen Morgenstunden gefeiert hatten – was eigentlich?

Auch er war es zu forsch angegangen und schon etwas erschöpft, als er die Bank entdeckte, die zu seinem Ärger aber schon besetzt war. Als er näherkam und Dolli sah, entschloss er sich entgegen seiner ursprünglichen Idee, wortlos weiterzufahren, stehen zu bleiben und um Asyl zu bitten. Das tat er auch, und zwar auf seine etwas skurrile Art, für die man eine besondere Art von Humor benötigte, über die Dolli aber wundersamerweise verfügte.

»Wenn Sie mich jetzt überfallen«, sprach er sie an, »dann wird man meine Leiche wahrscheinlich erst morgen finden! Sie entschuldigen, aber ich muss mich setzen.«

Dolli und Arthur verbrachten daraufhin jeweils nur mehr eine Nacht in ihren Unterkünften. Seinen Psychologenkollegen fiel nicht einmal auf, dass er am nächsten Tag nicht mehr anwesend war, während Dolli ein etwas aufwändigeres Gespräch mit ihren Freundinnen führen musste, die es daraufhin nicht mehr waren. Vielmehr war man entrüstet: Wie konnte sie nur! Kaum zeige sich ein Hosenträger am Horizont – die bissigste ihrer Freundinnen ließ sich sogar zu der Bezeichnung »Hodenträger« hinreißen –, da habe sie jegliche Freundschaft und Solidarität vergessen. Außerdem wüsste man gerne mehr über diese mysteriöse Bekanntschaft, die äußerst verdächtig war. Psychologe angeblich – ha! Wahrscheinlich litt irgendwo eine Ehefrau mit drei kleinen vernachlässigten Kindern! Außerdem hätte sie, anstatt diesen Herren einfach in selbstsüchtiger Weise für sich zu beanspruchen, ihn der Gruppe zumindest vorführen müssen. Äußerst illoyal, die ganze Geschichte. Die drei Freundinnen zogen sich in die nächste Wirtshausstube zurück und ertränkten ihre skandalisierten Gemüter in Aperol Spritz. Legitim, immerhin war es schon halb elf am Vormittag, zum Skifahren war man heute ohnehin zu aufgeregt.

Dolli und Arthur waren gemeinsam abgereist und hatten sich seither nicht mehr getrennt. Er hatte größtes Verständnis für ihre Lebenssituation als wohlhabende Witwe, war er doch selbst als einziger Sohn betuchter Eltern in den Genuss eines beachtlichen Vermögens gelangt. Seine Profession war seine Passion, er nahm allerdings nur Klienten an, deren Geschichte ihn wirklich interessierte. Davon gab es nicht allzu viele und so konnte er sich guten Gewissens seiner Frau Dolli und ihren Bedürfnissen widmen. Er zog zu ihr in die Kastanienallee, richtete sein Arbeitszimmer ein und begleitete seine Frau sowohl physisch als auch im Geiste bei ihren Erledigungen, ihren Spaziergängen, ihren Gedankensprüngen und ihren Plänen. Da sie zwei Häuser zu betreuen und zu bewohnen hatten, nachdem Arthur seine eigene schöne Altbauwohnung einem befreundeten Makler kurzerhand zur Vermietung überlassen hatte, verbrachten sie die Sommer am Seegrundstück mit Steg, manchmal auch ein paar romantische Winter- oder Herbsttage. Die restliche Zeit residierten sie in der Stadtvilla (»Es ist viel zu klein, um als Villa durchzugehen«, meinte Dolli jedes Mal, wenn die Sprache darauf kam), wo sie ein geselliges, wenn auch etwas distanziertes Leben führten.

Simonius

Alexander Simonius, Facharzt für Psychiatrie und Psychotherapie, hatte einen miesen Tag und verließ seinen kleinen Praxisraum im Leopoldshof, um sich bei Hartl in der Trafik ein Päckchen Zigaretten zu holen, oder besser zwei. Heute hatte ihn seine beste Patientin verlassen, das hieß, sie war lange Zeit seine lukrativste gewesen. Seit Jahren war sie regelmäßig zweimal die Woche zu ihm gekommen, um ihr unspektakuläres Leben immer wieder Revue passieren zu lassen. Er hatte sie dabei hauptsächlich verständnisvoll angeblickt und bestätigende Laute von sich gegeben. Das war einem fixen Einkommen gleichgekommen, das er mit dem heutigen Tag losgeworden war. Sie fühle sich bei ihm nicht mehr aufgehoben, hatte sie gesäuselt – was für ein Unsinn, sie war doch nie aufgehoben gewesen, aber das schien sie auf einmal begriffen zu haben. Die Frau war ihm egal. Die hysterischen Weiber, die sich die exorbitanten Therapiekosten leisten konnten, gingen ihm sowieso schwer auf die Nerven. Wahrscheinlich hatte er das nicht mehr hinter seiner freundlichen Therapeutenmiene verbergen können. Na egal.

Nein, nicht egal. Dieser leidige Umstand riss ein beträchtliches Loch in seine Tasche. Das ärgerte ihn so sehr, dass er sich kaum seiner zweiten Patientin des Tages widmen konnte, einer naschhaften Industriellengattin, die nach einer ausgiebigen Fastenkur unter ärztlicher Aufsicht und zwölf Kilo Gewichtsverlust in eine schwere Depression gestürzt war. Dieses Honorar war allerdings nur ein Tropfen auf dem heißen Stein. Als junger Facharzt hatte er als äußerst begabt gegolten, doch sein Faible für Hypnose und okkulte Phänomene sowie seine Neigung, sich zu intensiv mit einigen seiner Patientinnen zu beschäftigen, hatten die längst fällige Professur in weite Ferne rücken lassen.

Er war immer schon eine außergewöhnliche Erscheinung gewesen. Als der männliche Teil eines Zwillingspärchens war er von den Eltern stets verwöhnt und als wahre Krönung der Menschheit betrachtet worden. Seine Schwester, die ihm tatsächlich zum Verwechseln ähnlich sah, war immer nur die Beigabe gewesen. Gefördert, geliebt und verzärtelt hatte er seinen vorgezeichneten Weg als letzter männlicher Spross der alteingesessenen, gutbürgerlichen Familie nach Vorgabe beschritten. Es folgte eine unauffällige Schulkarriere in einem der üblichen Nobelgymnasien, danach ein erfolgreiches Studium an der renommierten Universität für Medizin. Beide Institutionen hatten ihm einen illustren und einflussreichen Bekanntenkreis beschert, von dem er bis zuletzt ausreichend profitiert hatte.

Den ersten Knick in seiner Vita musste er allerdings hinnehmen, als seine Ehefrau, ebenfalls einer arrivierten, betuchten Familie entstammend, bemerkt hatte, dass er einen großen Teil der Zeit, in der er offiziell an der Klinik im Nachtdienst arbeitete, ganz woanders verbrachte. Wie sich herausstellte, investierte er nicht nur seine Zeit, sondern auch einen beträchtlichen Teil des Familieneinkommens in eine kleine Einzimmerwohnung im angesagtesten Boho-Viertel der Stadt, wo die Mietpreise die sonst marktüblichen um ein Vielfaches überschritten. Diese Frechheit, wie die spätere Exfrau nicht müde wurde immer wieder coram publico auszubreiten, hatte das Fass zum Überlaufen und ihren Geduldsfaden zum Reißen gebracht: Während sie in einem alten Haus saß, für dessen Modernisierung beim besten Willen kein Geld aufzutreiben war, und sie die Haushaltshilfe (eine miserable natürlich, denn auch hier fehlten die Mittel) dauernd anweisen musste, die maroden Biedermeiermöbel zu polieren, anstatt neue zu kaufen, mietete er eine kleine schicke Bleibe, die noch dazu auf das Geschmackvollste ausgestattet war. Dass sich Simonius in dieser Wohnung regelmäßig mit einer fast minderjährigen Fußpflegerin mit Migrationshintergrund traf, spielte in der Geschichte eine geringe Rolle – zu arg war die Demütigung. Die Scheidung war kurz darauf eingereicht, die gemeinsame Tochter in den schrecklichsten Teenagerjahren hatte sich ganz der Mutterseite zugeschlagen und verweigerte jeden Kontakt zum Vater. Dieser wiederum war zu Höchstzahlungen verdonnert sowie unverzüglich des Hauses verwiesen worden und wurde bis auf Weiteres von der guten Gesellschaft geächtet. Das war einerseits sehr unangenehm, andererseits auch wieder recht erfrischend. Simonius zog kurzerhand in die kleine Wohnung und genoss eine Art zweiten Studentenfrühling, indem er sämtliche Lokale aufsuchte, für die die Gegend berühmt war, sich sowohl mit den Wirtsleuten als auch den Gästen verbrüderte und sich redlich bemühte, sein neues Leben zu genießen.

Seine Beziehung zu der jungen Fußpflegerin hatte ein jähes Ende gefunden, als er die Liebeslaube zu seinem rechtmäßigen Wohnsitz erklärte und feststellen musste, dass er nicht der Einzige gewesen war, der dort ein- und ausging. Er war geradezu erschüttert, als er erfuhr, dass die Zahl der Besucher den natürlichen Bedarf einer jungen Frau weit überstieg und sie dort anscheinend ein lukratives Geschäft betrieben hatte.

Eines Abends, es war wohl etwas früher als sonst und der Tag in der Klinik hatte ihm einiges abverlangt, streckte er seine langen Beine wohlig auf der schicken Corbusier-Liege in Rinderfell aus, als es stürmisch läutete. An der Tür stand ein leicht alkoholisierter, grobschlächtiger Mann, der forsch nach Jana verlangte. Als Simonius höflich darauf hinwies, dass es sich um einen Irrtum handeln müsse, hier wohne keine Jana, meinte der Besucher ziemlich überzeugend, dass sie aber letzte Woche sehr wohl hier gewohnt habe, und das könnten alle seine Freunde bezeugen. Dabei zwinkerte er tollpatschig, aber doch verschwörerisch mit dem linken Auge. Simonius wimmelte den Herren höflich, aber bestimmt ab: Jana sei vor drei Tagen ausgezogen und er sei nun Nachmieter und nütze die Wohnung rein privat. Kaum war die Tür geschlossen, griff er zum Telefon und wählte Ellas (unter diesem Namen war sie ihm bekannt) Nummer. Die Stimmung war schon in den letzten Tagen nicht mehr sehr gut gewesen. Seit Simonius die Wohnung annektiert hatte, war die junge Geliebte mürrisch und unwillig. Sie hatte wenig Zeit und verweigerte die gemeinsamen Stunden zu zweit. Er hatte diese Stimmungsschwankung der veränderten Situation zugeschrieben – womit er nicht unrecht hatte: Er hatte ihr die Geschäftsgrundlage entzogen.

Diese Niederlage steckte Simonius jedoch sportlich weg und beschloss, sich eine neue Bleibe zu suchen. Sinnierend wanderte er Richtung Hartls Trafik.

Hermann setzte sein herzlichstes Lächeln auf. Man hatte einander länger nicht gesehen und es gab einiges zu besprechen. Simonius, der sonst nicht so gerne von seinen Problemen erzählte, musste sich heute einfach jemandem anvertrauen. So berichtete er von der Wohnungssuche, und auch die Praxis bräuchte ein neues Zuhause, den kleinen Raum im Leopoldshof würde er sich jetzt nicht mehr leisten können. Hermann überlegte nicht lange. Herr Rudi, ebenfalls langjähriger und aufgrund seiner Disposition geradezu abhängiger Kunde, ja vielmehr Freund, hätte in seiner großen Villa noch Platz. Der arme Kerl wäre jetzt ganz allein da oben, war doch die langjährige Mitbewohnerin, Frau Leopoldine Tetinek, die Rudi seit seiner Kindheit gekannt und die immer ein kritisches Auge auf Hermanns Einmischungen geworfen hatte, vor Kurzem im siebenundneunzigsten Jahr aus dem Leben geschieden.

Frau Tetineks Anwesenheit war noch auf Rudis Eltern zurückgegangen. Sie hatten an die Zukunft gedacht; wenn sie beide nicht mehr sein würden, wäre es doch gut, wenn jemand Rudi zur Seite stünde. Eine Wahlverwandte sozusagen. In Frau Tetinek hatten sie die Idealbesetzung gefunden: eine alleinstehende Finanzbuchhalterin, die der alte Staller über die Kanzlei kennengelernt hatte. Sie war nicht nur kinderlos, sondern erfreute sich auch einer Rossnatur. Sie würde uralt werden. Rudis Kinderreich war schnell in die Familienwohnung in der Beletage übersiedelt und Frau Tetinek konnte einziehen. Die alten Stallers sollten recht behalten, sie wurde steinalt. Als sie nun die Augen für immer geschlossen hatte, konnte Hermann sein Glück gar nicht fassen, die Alte war ihm schon lange auf die Nerven gegangen, hatte sie doch den einen oder anderen Plan schon im Vorfeld durchkreuzt und Hermanns Einfluss auf Rudi klein gehalten, allein schon dieses genaue Durchlesen von Vereinbarungen, das Nachrechnen der Einkäufe oder der Handwerkerrechnungen. Hermann hatte manchmal gute Lust gehabt, die Alte einfach die Kellertreppe hinunterzustoßen, doch das war ihm durch eine angenehme Schicksalswendung erspart geblieben. Frau Tetinek war einfach gestorben, wie sich das für eine Person ihres Alters auch gehörte.

Hermann versprach Simonius, der sehr erleichtert war, dass sich ein Teil seiner Probleme soeben in Luft aufgelöst hatte, sich um alles zu kümmern, den Vertrag würde der befreundete Anwalt, ja, der gleich um die Ecke, vorbereiten. Simonius war so dankbar, dass er nicht einmal auf eine Besichtigung bestand und sich bereit erklärte, die Wohnung nebst Annex für die Ordination unbesehen zu nehmen. Der Tag war doch nicht so mies.

Die darauffolgenden Tage waren dem Umzug gewidmet, und die Freude über die neue Bleibe wurde nur durch die Tatsache getrübt, dass die nette kleine Wohnung, die er gerne für eine schöne Summe verkauft hätte, bedauerlicherweise bei seiner Exfrau landete, die nur trocken meinte: »Unsere Tochter bedankt sich herzlich für die hübsche Studentenwohnung.«

Die Möbel durfte er großzügigerweise entfernen. So hatte er jetzt wenigstens die Einrichtung für die neue Wohnung an einer Adresse, die ihm jedes Mal, wenn er daran dachte, ein Grinsen ins Gesicht zauberte: Kastanienallee. Das ärgerte die Ex am meisten, und sogar die schmollende Tochter hatte bereits herablassend verkündet, sie würde den Papa doch gerne wieder besuchen.

Die Woche darauf war es überstanden, Alexander Simonius hatte den zweiten Stock der schönen Villa bezogen und wanderte zufrieden durch die hellen Räume. Die alte Tetinek hatte die Wohnung bis zuletzt in Schuss gehalten und er beschloss, alles so zu lassen, wie es war. Bald hatte er sich eingelebt, er kannte alle Nachbarn und kam mit allen gut aus. Das einzig Irritierende waren die häufigen Besuche der Familie Hartl. Zunächst dachte er sich nichts dabei. Er war eigentlich ständig zuhause, da er seine Ordination jetzt langsam hierher übersiedeln wollte; den Raum im Leopoldshof hatte er noch eine ganze Weile, die Miete hatte er damals im Voraus entrichtet. Jedenfalls war beinahe täglich jemand von den Hartls im Haus. »Na, so behindert ist der Rudi Staller auch wieder nicht«, dachte er bei sich. Er kam gut mit seinem Vermieter aus, der wohl etwas naiv war. Rudi hingegen war ganz begeistert gewesen, als ihm Hermann den neuen Mieter vorgeschlagen hatte. Erstens käme Geld ins Haus und zweitens hätte er Gesellschaft, einen richtigen Mann, der auch Verständnis für einen Mann hätte, nicht so rechthaberisch wie die alte Tetinek. Damit fühlte sich Rudi nicht sehr wohl, eigentlich hatte er die Tante Poldi sehr gern gehabt. Aber jetzt war ja der Doktor da, der würde sich sicher mehr für Eisenbahnen und Rennautos interessieren.

Hans und Julie

Julie Freyenberg hatte den Einzug von Alexander Simonius mit Interesse verfolgt, war sie doch tief in der Kastanienallee verwurzelt. Die geborene Kayser war die Alleinerbin einer traditionsreichen Marmeladenfabrik. ›Kaysers Confitüren‹ war seit über hundert Jahren eine Qualitätsmarke, und sogar in einer Stadt, in der das Herstellen eigener Marmeladen nach überliefertem Rezept in vielen Familien seit jeher als beliebte Freizeitbeschäftigung galt, hatte Kayser immer einen Platz auf den Frühstückstischen. Der Urgroßvater hatte nicht nur das hübsche Anwesen errichtet, sondern auch die Kastanienbäume gepflanzt, die der ganzen Gegend ihren Namen verliehen hatten, und so war es ihr ganz und gar nicht egal, wer sich hier niederließ.

Ihr Gatte, Hans Freyenberg, Betreiber mehrerer Sonnenstudios, verstand sich als Lebemann und Immobilienentwickler. Letzteres eher glücklos, aber dank des Kayserschen Vermögens wurden diverse Schieflagen immer wieder ins Lot gebracht. Schon bei ihrem ersten Treffen vor über dreißig Jahren auf dem legendären Jägerball hatten Julie und Hans festgestellt, dass zwei Personen, die ein »Y« im Namen trugen, unbedingt zusammengehören sollten. Und so war es geblieben, wenn auch Julies Geduld durch Hans, der sich als »Homme à Femmes« verstand und seine Ehe über die Jahre kontinuierlich durch ernstere und weniger ernste Affairen belastet hatte, immer wieder an ihre Grenzen stieß. Aber man hielt an der Ehe fest, man hatte ein Gelübde abgelegt und war seinen Prinzipien treu.

Julie besaß nach dem Ableben sämtlicher älterer Verwandter ausgedehnte Ländereien rund um die Stadt, sowie in der tiefsten Provinz, reich bepflanzt mit Obstkulturen, die Grundlage der Produktion, die sich ihrerseits in einer wirtschaftlich rentablen Grenzregion befand. Dort lag auch der als »Jagdschloss« bekannte Gutshof, auf den sich die mit zwei Söhnen und Erben gesegnete Familie gerne zurückzog. Vor allem, wenn die »Schleimer«, wie Julie ihre zahlreichen Bekannten und Nutznießer gern mit einiger zynischer Distanz nannte, es wieder einmal mit Anhänglichkeit übertrieben.

Hans hatte da weniger Berührungsängste, er liebte das Bad in der Menge, gab gerne den Großgrundbesitzer, der jovial war, aber durch Esprit glänzte. Für Julie wurden diese Auftritte immer unerträglicher und so sah man Hans Freyenberg meist allein auf Partys und Empfängen. »Migräne«, hieß es und die gute Gesellschaft nahm Julie bald nur mehr als fernen Schemen wahr, dem man herzlichste Grüße übermittelte. Damit war Julie höchst zufrieden, sie ersparte sich öde Soireen und mühsame Cocktails, bei denen sofort festgestellt wurde, dass sie dieses Chanelkostüm schon einmal getragen hatte. Na und? Es wurde ja nicht kaputt, das Zeug. Sie war viel lieber zuhause, umgeben von den Möbeln und Bildern, die sie seit ihrer Kindheit kannte. Sie arrangierte gerne Blumen aus dem alten Garten und überlegte sich, welche die beliebte »Marmelade der Saison« werden sollte. Birne-Ingwer-Yuzu? ›Kaysers Confitüren‹ gingen mit der Zeit, und sie hatte einen unauffälligen, aber beträchtlichen Anteil daran. Julie führte überhaupt ein diskretes und unauffälliges Leben, sehr zum Leidwesen der neugierigen Wichtigtuer, die sich stets an ihre Fersen hefteten, sobald sie (selten, aber doch) öffentlich in Erscheinung trat. Das war ihr zutiefst zuwider, sie pflegte lieber ihr schönes Anwesen und betreute die nicht mehr ganz so bedürftigen Söhne. Und beobachtete die Nachbarschaft.

Ganz im Gegensatz dazu genoss ihr Gemahl Hans die Aufmerksamkeit, die ihm als Grandseigneur entgegengebracht wurde. Er legte auf sein Äußeres großen Wert, war er doch immer ein schöner Mann gewesen, kleidete sich dem Alter nicht mehr ganz entsprechend viel zu jugendlich und verbrachte seine Zeit gerne im lokalen Tennisklub, wo er Kranis Tennisrunde angehörte, oder beim Lunch mit Geschäftsleuten und Investoren. Investoren waren ihm überhaupt die Liebsten, er war immer auf der Suche nach dem ganz großen Geschäft. Dass seine Frau über das echte Vermögen verfügte und die Zügel auch bei aller Liebe und allen Überredungsversuchen seinerseits nicht aus der Hand geben wollte, saß ihm wie ein Stachel in der Ferse, tief und störend. Zu gerne hätte er gleich bei ihrer Eheschließung in die Geschäfte der Firma Kayser eingegriffen, sich zum alleinigen Geschäftsführer erklärt, sich ein großzügiges Gehalt nebst Firmenwagen mit Chauffeur zugeteilt und den muffigen Laden auf Vordermann gebracht. Aber nichts da – die Tante und Erblasserin war erbarmungslos gewesen und hatte ihm keine Chance gegeben. Nach Tantes Ableben hatte er kurz

Hoffnung geschöpft, nun zum Zug zu kommen, aber das Testament war eindeutig und Julie unwillig. So begnügte er sich mit der Rolle des charmanten Prinzgemahls und versuchte immer wieder auf andere Weise zu Erfolg und Vermögen zu kommen.

TC Leopoldshof

Der Tennisklub lag idyllisch in einer ruhigen Quergasse. Durch ein schmales Tor gelangte man über eine Zufahrt zu dem ehrwürdigen Klubhaus. Seit über hundert Jahren wurde hier »der weiße Sport« von der besseren Gesellschaft mit Engagement betrieben und die Anlage mit viel Liebe gepflegt. Wie der Name schon verriet, waren die Tennisplätze von den Ärzten der Privatklinik Leopoldshof errichtet und gleich ein entsprechender Klub gegründet worden. Die Wichtigkeit von Ausgleichssport war schon damals bekannt, und die Götter in Weiß konnten hier den Stress ihres Alltags abbauen. Irgendwann war der Klub dann auch für das breite Publikum geöffnet worden, wobei man immer noch ein penibles Aufnahmeprozedere über sich ergehen lassen musste, um eine Mitgliedschaft zu erwerben.

Hans Freyenberg, Industrieller, war hier zu Hause, ebenso wie Günther Krawanek, Rechtsanwalt und Treuhänder, und alle anderen, die sich gerne zur guten Gesellschaft zählen ließen, Ärzte, Juristen, Unternehmer. Im eleganten Klubhaus, das in den Zwanzigerjahren im Arts-and-Crafts-Stil errichtet worden war, konnte man so richtig entspannen. Und man war stolz darauf, als einzig verbleibender Tennisklub der Stadt auf weiße Sportkleidung zu bestehen. »Bianco obligato« war die Devise und wurde von den anderen Tennisspielern in der Umgebung höhnisch als aus der Zeit gefallen betrachtet, heimlich aber doch etwas beneidet. Die Idee hatte sich übrigens so weit durchgesetzt, dass die Mitglieder auch nach Spiel und Dusche in weißer Kleidung erschienen. Es war ein stillschweigendes Übereinkommen und nie hatte es jemand gewagt, das ungeschriebene Gesetz zu brechen.

Ein Aufenthaltsraum mit offenem Kamin für die kühleren Abende, ein eleganter Speisesaal – der Restaurantbetreiber hatte sich in einem früheren Leben zwei Sterne erkocht – und eine moderne Bar mit glänzendem Tresen, die man auch in kurzen Hosen betreten durfte, bildeten das Herzstück des Klubs. Die Bar, so hatten es die Damen unter den Mitgliedern gefordert, sollte sich doch auf die Herstellung von frischen Säften und Detox-Smoothies konzentrieren, und weniger auf Gin Tonics und Whisky Sours. Man war, um den Hausfrieden zu bewahren, übereingekommen, alkoholische Getränke erst ab fünfzehn Uhr auszuschenken, mit der Zeit war diese Abmachung aber aufgeweicht worden und man konnte jederzeit alles bekommen. Nicht zuletzt besagter Damen wegen, die schon am Vormittag ihren Prosecco benötigten.

Eine großzügige Terrasse führte über einige hundert Quadratmeter sattgrünen englischen Rasens zu den umliegenden Sandplätzen: Acht makellose Tennisplätze, die von großen Kastanien und Rotbuchen umgeben waren. Im Schatten der alten Bäume waren Teakholzbänke aufgestellt worden, für diejenigen, die wirklich private Gespräche führen oder einfach nur für sich sein wollten. Das Angebot wurde von den Mitgliedern gerne in Anspruch genommen. Mittels Codewort »Bank?« verständigten sich die Eingeweihten und trafen einander wenig später auf einer der abgelegenen Bänke zum Gespräch.

Günther Krawanek war, ebenso wie Hans Freyenberg, schon als Jugendlicher dem Klub beigetreten. Darüber hinaus waren sie Gründungsmitglieder der legendären

Vierer-Tennis-Runde, der neben den beiden auch noch ein mittlerweile übergewichtiger Autohändler und ein selbst schon mehrfach operierter Schönheitschirurg angehörten. Sie waren alle Jugendfreunde und die Freundschaft hatte über die Jahre gehalten. Ihre Tennis-Doppel, an denen andere nur im Notfall als Einspringer teilhaben durften, zählten zum wöchentlichen Höhepunkt im Klub und wurden immer wohlwollend beklatscht. Hans und Günther waren außerdem im Vorstand, fungierten jeweils als Sekretär und Kassier und versuchten, den als Verein registrierten TC Leopoldshof durch die neuen Zeiten zu manövrieren. Der Mitgliedsbeitrag war exorbitant hoch, denn so hoffte man, sich von der Masse abzuheben und das Niveau der Mitgliedschaft zu halten. Wie aber allgemein bekannt, und das musste auch Krawanek eingestehen, standen finanzielle Mittel in keiner Relation zum Niveau ihrer Besitzer. Und so war es immer sehr heikel, über eine Neuaufnahme zu befinden, entsprachen die Antragsteller doch nur selten den Vorstellungen des Vorstands. Aber der Klub benötigte diese Mittel und der Vorstand musste hin und wieder über seinen Schatten springen.

Im Übrigen: Was hieß hier Vorstand? Krawanek hatte sowieso das Gefühl, sich um alles kümmern zu müssen. Mit dem Hinweis, er sei doch Anwalt, wurde ihm so gut wie jedes Problem zugeschoben und im Lauf der Zeit waren sämtliche Vereinsaufgaben bei ihm gelandet. Die meisten Vorstandsmitglieder nahmen ihre Aufgabe nur wenig ernst, ließen sich bei den Sitzungen entschuldigen und stimmten einfach immer für die bequemste Lösung.

»Nur keine Aufregung«, meinte zum Beispiel der von Krawanek zutiefst verabscheute Eigentümer einer Baumarktkette, der nur nach der großzügigen Sanierung der Nassräume in den erlauchten Kreis aufgenommen worden war. Darüber war dieser so glücklich, dass er sich jeder kritischen Bemerkung enthielt. Aber so schlimm war er gar nicht, er ließ sich wenigstens nur selten blicken und spielte nie Tennis. Noch viel weniger mochte er diesen neureichen Gero Weiss. Der wohnte noch dazu bei ihm um die Ecke. Immerhin war er nicht im Vorstand, und in diesen – so hatte es sich Krawanek insgeheim geschworen – würde er auch niemals gelangen.

Gero Weiss

Gero, Sylvia und Sohn Billy waren erst jüngst in die Gegend gezogen. Genau genommen vor siebzehn Jahren, allerdings konnten sie immer noch keinen Anschluss an die Nachbarschaft finden. So etwas dauerte eben seine Zeit. Darüber hinaus hatte sich Familie Weiss durch ihre Entscheidung, ein ausgesprochen hässliches Haus zu errichten, nicht gerade beliebt gemacht. Das Gebäude galt als das uninspirierteste der gesamten Umgebung, es hätte genauso gut in einem öden Straßendorf in der Provinz stehen können, und so litten die Nachbarn in stummer Empörung und Fassungslosigkeit angesichts der steingewordenen Spießigkeit und Banalität, die jeden Morgen festgemauert vor ihnen stand. Das größte Leid empfanden allerdings Dolli und Arthur, da sie als unmittelbare Nachbarn das zweifelhafte Vergnügen hatten, sich abgesehen von dem deprimierenden Anblick auch noch den grauenhaften Kunststoffzaun teilen zu müssen. Da die beiden sich selbst als Verteidiger des guten, kultivierten und erlesenen Geschmacks empfanden, wog die Tatsache erschwerend.

Geros Auftauchen in der ruhigen Kastanienallee mit ihren alten Bäumen und den gepflegten Häusern stand von Anbeginn unter keinem guten Stern. Als uneheliches Kind eines ohnehin schon etwas verachteten Betreibers von Kondom- und Spielautomaten, die aber ein beträchtliches Vermögen eingebracht hatten, hatte er seine Jugend nicht in der Villa an der Seite seines berüchtigten Vaters verbracht, er war nicht in die elitären Schulen in der Umgebung gegangen und hatte die Donnerstagabende auch nicht in der versnobtesten Tanzschule der Stadt vertan. Er war bei seiner Mutter aufgewachsen, einer Bardame außer Dienst, zu der sich der Herr Direktor, wie sich Geros Vater gerne nennen ließ, wohl hingezogen gefühlt, aber nie bekannt hatte. Allerdings ließ er der Mutter seines einzigen Kindes – die Ehe mit seiner ehemaligen Außendienstmitarbeiterin war kinderlos geblieben – ausreichende finanzielle Mittel zukommen, womit diese sich ausschließlich der Erziehung ihres Sprösslings widmen konnte. Gero wurde also ein Muttersöhnchen, wie es im Buch stand, und bis zu ihrem relativ frühen Ableben hatte sie den Sohn und seine Entwicklung unter Kontrolle. Aus Gero war ein Mann geworden, der seine Flanellhemden bis zum letzten Knopf verschloss und stets einen strengen Seitenscheitel und Schnürschuhe mit Fußbett trug. Die mütterliche Fürsorge hatte bewerkstelligt, dass er zwar keine Freunde, aber ein abgeschlossenes Studium der Chemie vorweisen konnte.

Zur Ausübung eines Berufes war es allerdings nie gekommen. Während seiner letzten Lebensmonate hatte der Herr Direktor beschlossen, den verlorenen Sohn zu sich zu holen, ihm eine Suite in seinem Haus zur Verfügung zu stellen und ihn in die Geheimnisse seiner Geschäftsgebarung einzuweihen. Gero gewöhnte sich schnell an das gute Leben, und als sein Vater gegangen war, war er nicht nur Alleinerbe des schönen Vermögens, sondern auch Geschäftsführer des Unternehmens. Einen Wermutstropfen gab es aber doch: Die schöne Villa war nur gemietet. Jedoch befand sich an der Rückseite des großzügigen Gartens ein weniger großartiges Grundstück, das nun ihm gehörte. Der Vater hatte es einfach nicht über das Herz gebracht, die Villa zu verlassen und selbst ein Haus zu bauen.

Die Eigentümer der schönen Villa wären sehr wohl bereit gewesen, den lukrativen Mietvertrag auf Gero zu übertragen, dieser zeichnete sich aber durch besondere, an Geiz grenzende Sparsamkeit aus, verzichtete auf die prächtige Wohnstätte, zog in eine bescheidene Mietwohnung in einem Außenbezirk und entwarf mit der Energie des Dilettanten sein eigenes Haus. Es geschahen nun zwei Dinge: Das Haus sah genau so aus, wie es von einem Mann wie Gero zu erwarten, oder vielmehr zu befürchten war. Und er lernte Sylvia kennen.

Auf dem Parkplatz eines Supermarkt-Discounters hatten sich ihre Einkaufswagen ineinander verkeilt und es dauerte seine Zeit, das Problem zu lösen, letztlich verfrachteten sie ihre Einkäufe in einen anderen Wagen und fuhren dann zunächst zu Sylvias und dann zu Geros Auto. Aber die kurze Zeit und die Komik der Situation hatten die beiden einander nähergebracht und vor allem das Ziel, ausschließlich Sonderangebote einzukaufen, hatte sie vom ersten Moment an verbunden. Dabei war Sylvia nur aus reiner Not heraus sparsam: Sie hatte soeben ihre erste kleine Wohnung bezogen, den ersten guten Job in einer Werbeagentur übernommen und sparte lieber bei den Lebensmitteln. Fürs Erste. Dass Gero die Sparsamkeit zum Lebensprinzip erhoben hatte, wurde ihr erst später bewusst. Gero seinerseits fand Sylvias Einkaufsverhalten äußerst attraktiv, sie war auch sonst nicht hässlich, außerdem schien sie sehr bescheiden zu sein, ja, fast schüchtern, und er beschloss, dass diese die Richtige für ihn wäre. Sie würde auch Gnade vor seiner spitzzüngigen Mutter finden, und wenn nicht, würde sie sich sicher nicht beklagen, wo er doch ein Leben in der Kastanienallee anbot. So kam eines zum anderen, bald war man verheiratet, bezog das neue Haus und Nachwuchs kündigte sich an.

Sylvia

Sylvia stand oft hinter dem gehäkelten Vorhang der Küche und sah versonnen in den Vorgarten. Da waren die öde Zufahrt, zwei pflegeleichte Thujen und ein paar nichtssagende Büsche. Sie hätte gerne ein Vogelhäuschen aufgestellt, schon allein um ihrem emotional etwas unterbelichteten Sohn die Natur näherzubringen, aber dazu hätte sie erst das Einverständnis Geros einholen müssen, der jeden Änderungswunsch einer eingehenden Prüfung unterzog, um den Antrag dann nach einigen Wochen abschlägig zu beantworten. Nicht ohne jeweils darauf hinzuweisen, dass es sich hier wohl um sein Haus, seinen Garten und sein Geld handelte, mit dem andere immer gerne verfahren würden. Vor allem seine Ehefrau, die jeden Tag das Schicksal preisen könne, durch ihn aus ihrer trostlosen Vergangenheit befreit worden zu sein. So verzichtete Sylvia eigentlich immer darauf, irgendwelche Ideen zu äußern, von Wünschen ganz zu schweigen. Gero wertete dieses Schweigen als die totale Zustimmung und gratulierte sich im Stillen zu seinem konsequenten Auftreten innerhalb der Kleinfamilie.

Sylvia stand also hinter dem gehäkelten Vorhang der billigen Einbauküche und fragte sich zum wiederholten Mal, wie sie in diese Lage hatte geraten können. Wie war sie bloß hier gelandet, Ende dreißig in einer zwar schönen Wohngegend, aber doch im hässlichsten Haus weit und breit, das sie noch dazu regelmäßig zu reinigen hatte? Die Nachbarn waren zwar freundlich, verzichteten aber auf näheren Kontakt. Sie war sich sicher, dass das wohl Gero zuzurechnen war, der wenig gesellig und darüber hinaus einfach kleinkariert war. Das war schillernden Personen wie den Furtners sicher nicht entgangen und sie begnügten sich auch nach vielen Jahren der Nachbarschaft damit, der Familie Weiss mit unverbindlicher und distanzierter Freundlichkeit zu begegnen. Sie selbst dagegen fühlte sich bemitleidet, sie spürte das ihr entgegengebrachte Mitgefühl wie eine feuchte Schlammpackung, die sie zu ersticken drohte und nur ein dumpfes Gefühl der Peinlichkeit hinterließ. War ihr Unglück so offensichtlich, merkte wirklich jeder, wie gelangweilt und verloren sie sich fühlte? War es so schlimm?

Am liebsten war es ihr, wenn Gero im Tennisklub war. Da war er stundenlang beschäftigt und mischte sich zu Hause nicht ein. Zwar wollte niemand mit Gero spielen, denn er war dort als jener Besserwisser verschrien, der er auch war, aber es gab ja genügend Trainer, die sich gut bezahlen ließen. Sie dankte ihrem ungnädigen Schicksal, dass es mit diesem Tennisklub überhaupt geklappt hatte, denn Geros ersten Antrag hatte man mit dem Hinweis auf die überlange Warteliste abgelehnt. Das konnte der Querulant in ihm keinesfalls akzeptieren. Als er sich nach zähen Verhandlungen schließlich doch bereit erklärt hatte, die Flutlichtanlage – LED versteht sich, modernste Technik – auf vier der acht Plätze zu finanzieren, hatte sich doch eine Möglichkeit gefunden, Gero und Sohn Billy als neue Mitglieder zu begrüßen. Für Sylvia wurde trotz Angebot keine Mitgliedschaft gelöst, sie wollte sicher nicht Tennis spielen und das Klubleben wäre auch nichts für sie. Gero tauchte also regelmäßig im Klub auf und ging dafür Krani gehörig auf die Nerven.

Elinor

Es war wieder einer dieser Tage, an denen Elinor sich regelrecht zusammenreißen musste, um überhaupt aus dem Bett zu kommen. Sie hatte nichts Spezielles vor, das letzte kleine Projekt für einen Ausstellungskatalog zur Bedeutung des weiblichen Journalismus in der Zwischenkriegszeit am Institut für Zeitgeschichte hatte sie abgeschlossen, die bescheidene Bezahlung war noch ausständig. Da das Wetter aber freundlich war, gab sie sich doch einen Ruck, um eine ihrer Fährten zu verfolgen.

Sie hatte bei ihrem letzten Ausflug in das Villenviertel zu Hartls Trafik doch diesen merkwürdigen Rudi Staller gesehen und erfahren, dass er in dem großen Haus in der Kastanienallee wohnte. Da sie nichts Besseres vorgehabt hatte, war sie ihm in einigem Abstand nachgegangen und in der berühmten Allee gelandet. Sie war auf und ab geschlendert und hatte beschlossen, dass es doch einen Abstecher ins Stadtarchiv wert wäre, um nachzulesen, seit wann das Haus im Besitz der Familie Staller war. Danach war sie noch weitergewandert und beim TC Leopoldshof vorbeigekommen. Die unscheinbare Einfahrt interessierte sie und weil sie in Flanierlaune war, ging sie auf der schmalen Straße vor bis zum Klubhaus. Der Anblick war doch sehr beeindruckend, der Blick öffnete sich auf das gepflegte Haupthaus, die beschattete Terrasse und den weitläufigen Rasen. Auf dem kleinen Parkplatz davor standen wenige, dafür umso elegantere Autos. Es war Vormittag und nichts los. Elinor kannte sich mit Autos nicht aus, sie hatte nie eines besessen und sich auch nie dafür interessiert, aber diese Autos sahen teuer aus. Sehr teuer, das merkte sogar sie.

»Was kann ich für Sie tun?«, fragte eine Stimme in ihren Rücken. Sie war mittlerweile bis in den Klubraum vorgedrungen. »Ich bin Günther Krawanek, Vorstand des Klubs. Sind Sie an einer Mitgliedschaft interessiert?«

Krani hatte das Frühstück im Klub eingenommen und war auch gleich in den Vormittag hinein geblieben. Er hatte wieder eine harte Nacht hinter sich, Essen mit Geschäftsfreunden, dann endloses Saufen bis in die Morgenstunden. Worüber hatten sie eigentlich geredet? Er hatte keinerlei Erinnerung mehr. Jetzt war das Dröhnen in seinem Schädel etwas schwächer geworden, dank der deftigen Ham and Eggs, die er gerade verschlungen hatte. Er musste sich konzentrieren, um dieser seltsamen Frau seine Aufmerksamkeit zu widmen.

»Ach«, meinte Elinor, »das ist wohl nur für Mitglieder?«

Sie betrachtete Krani in seiner weißen Bundfaltenhose mit dazugehörigem Cardigan, auf dessen linker Brustseite das aufwändige Logo des Klubs prangte.

»Ich denke, ich habe mich verlaufen, und hatte auf einen Kaffee gehofft.«

»Auch das noch«, dachte der schmerzgeplagte Krani, aber seiner Gastgeberolle entsprechend nahm er sich zusammen und entgegnete so charmant er es mit dem Pochen hinter seinem Auge zusammenbrachte: »Eigentlich nur für Mitglieder, aber darf ich Sie ausnahmsweise auf eine Tasse Kaffee einladen? Nehmen Sie doch auf der Terrasse Platz.«

Na, das war doch einmal eine nette Überraschung! Elinor fand die Situation ausgesprochen angenehm, hatte sie doch zumindest mit einer Abfuhr, wenn nicht einem Rausschmiss gerechnet. Kaffee gab es auch noch. Gratis. Sie würde zwar andeuten, bezahlen zu wollen, aber sie war sich sicher, dass sie eingeladen war. Er hatte doch »einladen« gesagt?

Kurz darauf standen zwei stilvolle Cappuccini nebst Mandelgebäck vor ihnen.

»Mein Name ist übrigens Elinor Pächter, freiberufliche Historikerin. Ich bin von dieser Anlage hier begeistert. Schade, dass ich nicht Tennis spiele, ich kann mir keinen schöneren Klub vorstellen.«

»Ich bedanke mich im Namen aller unserer Mitglieder, und ja, es ist nicht ganz einfach, das alles zu bewahren und gleichzeitig mit der Zeit zu gehen, aber wir tun unser Bestes«, entgegnete Krani jovial und hoffte, dass sich sein Gegenüber gleich wieder verabschieden würde.

Aber Elinor war in Plauderlaune, schon lange war sie nicht so elegant verpflegt worden. Wenn sie es sich genau überlegte, noch nie. Sie wollte gerne noch ein Weilchen bleiben und in diesem Moment kam ihr eine großartige Idee.

»Sagen Sie, gibt es schon ein Buch über Ihren Klub? Ich meine eine historische Aufarbeitung, mit den alten Fotos und Ähnlichem? Als Historikerin interessiere ich mich natürlich für solche Anlagen, besonders, wenn sie so intakt und gut erhalten sind. Ein wahres Architekturjuwel!« Der Gedanke beflügelte Elinor. Was zuerst als Ausrede herhalten sollte, um etwas Zeit zu schinden, nahm jetzt eine ganz andere Form an: »Man könnte ein sehr schönes Coffee Table Book daraus machen …«

Krani war überrumpelt. Was wollte sie? Buch? Coffee Table? Er suchte nach einer seriösen Antwort.

»Äh, das müsste ich dem Vorstand unterbreiten, aber die Idee ist ganz schön. Könnten Sie ein Konzept vorlegen?« Trotz des Katers war Kranis Interesse geweckt.

»Mit dem größten Vergnügen, ich müsste dann allerdings Zugang zum Klub und auch zu Ihrem Archiv haben, auch wenn Sie gerade nicht da sind, das müssten Sie mit dem Vorstand klären. Und ich würde selbstverständlich nur in Weiß erscheinen!« Sie zwinkerte etwas unbeholfen, wenn auch schelmisch, sie hatte schon ewig nicht mehr gezwinkert. »Ich lasse Ihnen meine Daten da, damit Sie wissen, mit wem Sie es zu tun haben«, meinte sie noch professionell lächelnd und hoffte, dass er sich nicht allzu genau mit ihrer schmalen Bibliographie beschäftigen möge. Außerdem hatte sie gar keine Karte dabei. Sie ruderte ein wenig zurück: »Bitte lassen Sie sich Zeit, die Idee ist mir selbst gerade eben gekommen. So ein Projekt muss gründlich durchdacht werden.« Elinor bemühte sich, vernünftig zu klingen, keinesfalls wollte sie den Eindruck der Bedürftigkeit erwecken. In so einem Milieu überlebte man nur durch Haltung.

Eigentlich hatte Krawanek diese merkwürdige Person möglichst schnell loswerden wollen. Sein Schädel brummte und er wollte sich noch mit lange aufgeschobenen Agenden des Klubs beschäftigen, um endlich wieder etwas Ordnung in die Unterlagen zu bringen. Die nächste Vorstandssitzung stand ins Haus und auch wenn sich die Kollegen nie besonders mit Details beschäftigten und leicht abzulenken waren, er hatte einiges zu beschönigen. Aber irgendwie war diese – wie hieß sie noch? Eleonore? – interessant. Sie passte so gar nicht hier herein, durch und durch schwarz gekleidet, schmale Figur, das Haar straff nach hinten frisiert. Sie war nicht jung, schien vielmehr alterslos. Keine dicke Uhr, kein protziger Schmuck, das hatte sie wahrscheinlich nicht nötig. Ganz anders als die Frauen, mit denen er sonst zu tun hatte, Botox, Schlauchbootlippen und Silikoneinlagen an allen möglichen Körperstellen. Sie sprach ruhig und schien ihm ihre Idee nicht aufdrängen zu wollen. Wahrscheinlich hatte sie genug anderes zu tun. Sie sollte noch ein bisschen bleiben, denn auf wundersame Weise waren die Kopfschmerzen verschwunden und seine Laune hatte sich um einiges verbessert.

»Lassen Sie uns in Kontakt bleiben«, meinte Krani. »Sobald ich mit dem Vorstand gesprochen habe, melde ich mich. Vielleicht könnten Sie, falls es Ihre Zeit erlaubt, in der Zwischenzeit ein paar Stichworte zusammenfassen.« Er reichte ihr seine Karte.

»Das kann ich gerne unterbringen, Herr Doktor«, antwortete sie nach einem schnellen Blick auf die kleine, dicke, cremefarbene Visitenkarte. »Ich habe leider keine Karte bei mir, ich hatte nicht damit gerechnet …«

»Das ist doch kein Problem, bitte melden Sie sich nächste Woche bei mir, bis dahin sollte ich mehr wissen.«

»Worauf du dich verlassen kannst«, dachte sie und er hoffte wirklich, dass sie anrufen würde.

Elinor verließ die Terrasse durch den Klubraum und bemühte sich, nicht allzu beschwingt davon zu hüpfen. Sie spürte, dass Krawanek ihr nachsah. Wenn das nicht ein ausgesprochener Glücksfall war! So gut hatte sie sich schon lange nicht gefühlt. Sie war einfach brillant gewesen und sehr zufrieden mit sich. Eine schöne Historiographie über den elitärsten Tennisklub der Stadt. Das würde Wellen schlagen. Und wen sie aller kennenlernen würde, was das für Nachfolgeprojekte bringen könnte! Waren nicht diese Marmeladefabrikanten, diese Freyenbergs, auch Mitglieder hier? Sie musste sich unbedingt eine weiße Garderobe zulegen, und wieder einmal zum Frisör gehen. Das Beste an der Geschichte war allerdings, dass sie sich dann ganz offiziell in dieser Gegend würde herumtreiben können, im Auftrag des TC Leopoldshof.

Kastanienallee 17

Im Anschluss an diese höchst erfreuliche Episode schlenderte Elinor in die Kastanienallee zurück, blieb auf der gegenüberliegenden Seite von Nummer 17 im Schatten einer der namensgebenden Kastanien stehen und sinnierte. Ihr historisches Gespür und der Generalverdacht, dass grundsätzlich bei jeder Immobilie unappetitliche Details im Spiel waren, sagten ihr, dass hier etwas zu holen wäre. Gleich morgen würde sie einen Blick ins Grundbuch werfen und im Stadtarchiv nachforschen.

Das Haus Kastanienallee 17 war tatsächlich ein Haus mit Geschichte. Ende des 19. Jahrhunderts war es von dem schwerreichen Industriellen Adolf von Schwenk errichtet worden. Dieser war gegen Mitte des Jahrhunderts irgendwo am äußersten Rand der Donaumonarchie als erster Sohn in die Familie des Hausierers Ignaz Kassirer geboren worden. Um den ortsüblichen Kleinpogromen und Drangsalierungen zu entgehen, beschloss Vater Kassirer die Seinen zu packen, »einen Schwenk zu machen«, wie er es nannte, und via Prag in Richtung Hauptstadt zu ziehen. Bei der Gelegenheit mutierte er vom Hausierer zum sogenannten Teilacher. Ein gewaltiger sozialer Aufstieg, war es doch als Teilacher seine Aufgabe, die Haushalte in den Randgebieten mit Wäsche und Kurzwaren zu beliefern. Und im Gegensatz zum Hausierer war der Teilacher höchst willkommen, brachte er doch nicht nur die benötigte Weißware, sondern auch das eine oder andere Modeheft mit. Sohn Adolf war bald in die Geschäfte einbezogen und stellte schnell fest, dass sich der beste Profit mit Gummi machen ließ. Damals noch ein rares Produkt, waren Bänder, Ringe und Stöpsel in jedem Haushalt hoch begehrt. Adolf Kassirer investierte bald in seine erste Fabrik in Böhmen, wobei er den Kautschuk über einen Cousin dritten Grades in Brasilien bezog. Das Geschäft war lukrativ und als er den Auftrag, die k.u.k. Armee zu beliefern, an Land ziehen konnte, war er im Olymp der Großindustriellen des Landes aufgenommen. Der Bedarf der Armee war unerschöpflich: Gummibänder für die Unterhosen der Soldaten, Laschen für die Epauletten der Uniformen, Schuh- und Stiefelsohlen aller Art, Schlaufen für Gewehrkolben bis hin zu Gummikübeln, um die Pferde zu tränken, und vieles mehr. Für jeden Bereich lieferte Adolf Kassirer einen praktischen Artikel, der das Leben erleichterte. Da aber bald der Witz »Kassirer – Nomen est omen« die Runde machte, beschloss er, seinen Namen zu ändern. Etwas Deutsches schwebte ihm vor, und dann fiel ihm das Motto seines Vaters selig ein: »einen Schwenk machen«. Dank seiner Beziehungen war es ein Leichtes, von nun an Schwenk zu heißen, das »von« folgte bald darauf, nach Übermittlung einer schönen Summe an entsprechender Stelle, und über dem Eingang zu dem neuen Werk in Teplice prangte von da an die Inschrift: *Adolf von Schwenk – Kautschuk*.

Seiner Frau Sidonie war das alles recht. Sie hatte ein schlichtes Gemüt und freute sich, wenn ihr Adi zufrieden war. Dass sie jetzt Frau von Schwenk geworden war, nahm sie mit derselben Gleichmütigkeit hin wie die Tatsache, dass sie in üppiger Garderobe im Theater, in der Hofoper und auf diversen Soireen erscheinen musste. Auch als Adi eines Nachmittags erklärte, die gut ausgestattete großbürgerliche Wohnung wäre nicht mehr das Richtige, ein Haus in bester Lage müsse her, nickte sie zustimmend, erhob sich aus ihrem Lehnsessel und ging in die Küche, um das zu tun, was sie am besten konnte: Sie backte einen Gugelhupf. Marmor.

Sidonie von Schwenk, von Freunden und Familie Sidi genannt, war eine praktische Frau, der schnelle Reichtum war ihr nicht zu Kopf gestiegen und mit ihrer herzlichen und entwaffnend einfachen Art hatte sie schnell erkannt, dass sie niemals von den alteingesessenen Großbürgerlichen, geschweigen denn vom Adel, als ebenbürtig anerkannt werden würde. Was sie nicht besonders störte. Sie war und blieb bodenständig, kümmerte sich gerne um ihren Haushalt, aber vor allem konnte sie hervorragend kochen. Während sie wieder einmal in ihrer Küche stand und der Köchin den Schneebesen regelrecht entriss, weil sie nicht zuschauen konnte, kam ihr eine bahnbrechende Idee: Sie würde im neuen Werk in Teplice, das geradezu ein Musterbau an moderner Technik und Architektur war, eine Werkküche einführen. Warmes Essen für alle Arbeiter und Angestellten – das musste sie sofort ihrem Adi vorschlagen. Sie würde den Speiseplan erstellen, die Einkäufe organisieren und die Abläufe kontrollieren. Der – mittlerweile – Kommerzienrat von Schwenk hörte seiner Frau aufmerksam zu und erkannte sofort das Potential. Erstens war er ein Mann der Moderne, das 20. Jahrhundert stand vor der Tür, zweitens würde das eine großartige Presse geben und die Stimmen der Missgünstigen etwas leiser werden lassen und drittens machte er seiner Sidi jederzeit gerne eine Freude. Und Geld spielte sowieso keine Rolle. So entstand im Teplicer Kautschukwerk die erste Großküche der Monarchie, die täglich eintausenddreihundert Mahlzeiten ausgab. Der Erfolg war sensationell, die Zeitungen überschlugen sich in begeisterter Berichterstattung, sogar die sozialistischen Gruppierungen, die sonst mit harscher Kritik nicht sparten, zollten dem Projekt ihren Respekt. Die Investition rechnete sich auch bald, denn jeder in der Umgebung wollte gerne für die Schwenks arbeiten, man gab sein Bestes, die Rendite war ausgezeichnet und das Unternehmen blieb von Unruhen und Unwägbarkeiten aller Art verschont. Sogar diverse Wirtschaftskrisen überstand man gut, Kautschuk war einfach eine sichere Sache und mit einer wohlgenährten Belegschaft war es noch sicherer. Und das Essen war auch noch gut. Sidonie hätte niemals etwas Minderwertiges oder lieblos Zubereitetes auf den Tisch gebracht.

In der Zwischenzeit machte sich Adolf auf die Suche nach einem geeigneten Grundstück für sein Herzensprojekt: Die Villa in bester Lage. Sidonie war voll und ganz mit ihrer Großküche beschäftigt und so konnte er nach

Belieben verfahren, aber es war gar nicht so einfach, die entsprechende Liegenschaft zu finden. Doch auch dieses Mal kamen ihm seine Kontakte zugute. Der alte Kayser, Hersteller der berühmten Marmeladen, hatte eine neue Produktlinie entwickelt: delikate Kompotte, die er in formschöne Gläser abfüllte. Für deren Deckel benötigte er spezielle Dichtungsringe. Die beiden Kaufleute waren schnell handelseinig: Von Schwenk würde eine maßgeschneiderte Dichtung produzieren und termingerecht ausliefern. Man war einander sympathisch und beim anschließenden gemeinsamen Mittagessen kam man auch auf Privates zu sprechen. Adolf beklagte seine Schwierigkeiten bei der Grundstücksuche und Kayser, der keinerlei Berührungsängste hatte, erklärte sich bereit, ein Stück seines eigenen Landes abzutreten, es sei schön gelegen und er habe gerade eine wunderbare Kastanienallee gepflanzt. Und die Von Schwenks seien ihm als Nachbarn sehr recht. Insgeheim freute es ihn sogar, der adeligen Entourage neben sich selbst einen weiteren Parvenu vor die Nase zu setzen. Der Verkauf war schnell erledigt und Adolf von Schwenk konnte nach kurzer Bauzeit sein Traumhaus beziehen.

Arthur

Arthur Furtner hatte Angst vor dem Tod. Der Tod war ihm ein Rätsel – und Rätsel, die er nicht lösen konnte, behagten ihm nicht. Dabei ging es ihm nicht ums Sterben an sich, sondern tatsächlich um diese sagenumwobene, geheimnisvolle Figur, die einmal als Gerippe, dann wieder als Sensenmann oder auch düsterer Gesell mit schwarzem Umhang immer und überall zur Stelle war. Was war das? Oder wer? Ein Massenmörder jedenfalls.

Gnadenlos vollendete er seine Aufgabe, selbst von einer noch höheren Macht gesteuert.

Arthurs Unbehagen ging sogar so weit, dass er, als erwachsener Mann und Psychologe, jedes Mal erschrak, wenn er einen Totenkopf erblickte. Das ewige Memento. Kirchen mit mumifizierten Heiligen oder Mumien in ägyptischen Sammlungen waren ihm ein Gräuel. Er hatte niemals freiwillig Katakomben oder Beinhäuser besichtigt, und das Auffinden einer Gletschermumie vor einigen Jahren war für ihn zu einem wahren Spießrutenlauf geworden, konnte er doch keine Zeitung öffnen, ohne dass ihm das bedauernswerte Konterfei des Steinzeitmannes entgegensah, der für immer um seine Totenruhe gebracht worden war.

Er war ja durchaus Realist, es war ihm bewusst, dass alles Lebende auch enden musste – es wäre sonst wohl ziemlich überfüllt auf der Erde. Außerdem, gestand er sich bei einem seiner inneren Monologe zu dem Thema ein, wäre die Welt ein wesentlich besserer Ort, wenn der eine oder andere einfach nicht da wäre. Dafür müsste man besagte Personen eben ins Jenseits befördern, also den Tod quasi herbeiholen. Für solche Gedanken schämte er sich aber stets sofort und wies sich selbst zurecht. Er hielt eisern daran fest, dass nur Respekt und ein friedvoller Umgang miteinander zum Besseren führen könnten. Man hatte schon genug Probleme, die man nicht aus der Welt schaffen konnte, wie den Tod zum Beispiel. Es war tatsächlich unbegreiflich: Ein Mensch war plötzlich weg, wie sein Vater, den er früh verloren hatte. Sollte man danach im Sinne des Verstorbenen handeln und etwas weiterführen? Was machte das für einen Sinn? Er glaubte nicht, dass die Toten eine Meinung zu den Taten ihrer Nachfahren hätten, aber warum geschah dann so vieles im Namen längst vergangener Zeiten und Figuren?

Wie oft hatte er diese Gedanken hier in seinem ruhigen Arbeitszimmer schon gewälzt? Es war Zeit für einen Kaffee. Er stand auf und beendete sein Selbstgespräch mit der Überzeugung, auch heute nicht viel weiter gekommen zu sein. Ärgerlich war außerdem, dass er auch mit dieser Studie, an der er sich kürzlich beteiligt hatte, nicht weitergekommen war. Die Unterlagen hatte er erst flüchtig durchgesehen und seine eigenen Erkenntnisse musste er auch noch einmal überarbeiten. Aber genug für heute. Arthur erhob sich von seinem eleganten Stahlrohrschreibtisch, original Marcel Breuer, schwarz und chromglänzend, unglaublich schwer, ein geliebtes Erbstück von seinem Vater. Er streckte sich und sah aus dem Fenster. Der Herbst kündigte sich schon an. Das liebte er am meisten an diesem Haus in der Kastanienallee: Man konnte den Jahreszyklus miterleben, die Bäume und der Himmel verrieten die Jahreszeit. Er hatte sich schon lange abgewöhnt, den Wetterbericht zu lesen, ein Blick aus dem Fenster genügte ihm. Die ersten Blätter nahmen herbstliche Farben an, zwischen dem noch hochsommerlichen Hellgrün leuchtete hie und da ein leichtes Orange und Gelb und einige Blätter fielen sogar schon, wie es Dolli erst kürzlich verärgert bemerkt hatte.

Apropos, wo war sie eigentlich? Arthur warf noch einen melancholischen Blick aus seinem Fenster und sah Hermann Hartl, der gerade aus dem Stallerschen Haus trat. Die alte Reisetasche, die er in der Hand hielt, schien sehr schwer zu sein. »Was schleppt der jetzt schon wieder weg?«, murmelte er. Nicht, ohne sofort ein schlechtes Gewissen zu haben, man sollte schließlich nicht immer das Schlechteste denken, sah Arthur Hermann nach. »Eine sehr schöne alte Reisetasche«, dachte er noch. Er hatte ein Faible für antikes Gepäck und besaß selbst einige wertvolle Stücke. Vor allem das dicke Leder, das mit der Zeit nur schöner wurde und auch nach vielen Jahren des Gebrauchs noch gut roch, hatte es ihm angetan. Die präzisen Verschlüsse, die immer noch funktionierten, Schlösser, die sich immer wieder reparieren ließen und Gurte, die man auch nach all der Zeit noch verwenden konnte, all das stand für das Gute und Schöne. Dass sich jemand die Mühe gemacht hatte, solche Koffer in aufwendiger Handarbeit herzustellen und dass auch jemand bereit gewesen war, den Preis dafür zu bezahlen, rührte ihn geradezu.

»Sentimental«, beschimpfte er sich selbst in Gedanken, aber die Tasche, die dieser Hartl da weggetragen hatte, war wirklich ein gutes Stück. Er hatte ja nur kurz ein Auge darauf werfen können, aber er verstand genug davon, um zu erkennen, dass diese Tasche wertvoll war. Ob Rudi Staller sie ihm wohl geschenkt hatte? Wenn es so war, hatte er sicher keine Ahnung, wovon er sich getrennt hatte. Der Verdacht, dass der Trafikant sich wieder einmal etwas eingesackt hatte, drängte sich geradezu auf und Arthur beschloss, nach Dolli zu suchen und seine Gedanken zu teilen.

Arthur und Dolli

Dolli war in der Küche und hatte soeben Frau Hilde, die Haushälterin, verabschiedet.

Frau Hilde hatte sie quasi mit ihrem ersten Mann und dem Haus übernommen und es gab niemanden, der einen besseren Überblick über den Status Quo hatte. Frau Hilde wusste, wo alles war, kannte jeden Einrichtungsgegenstand bis hin zu den Gemälden, die Ausstattung der Küche, jeden Silberlöffel und jede Damastserviette. Sie erinnerte sich, wann das jeweilige Stück dazugekommen war und kannte die entsprechenden Umstände. Sie wusste nicht nur alles über Verrohrungen, Kabel und Leitungen, wo und vor allem wann sie verlegt worden waren, sondern erinnerte sich auch noch an die Firmen, die die Arbeiten ausgeführt hatten. Bis in den letzten Garagenwinkel kannte sie das Haus. Sie kannte es nicht nur, sie war vielmehr im Lauf der Zeit zu einem Teil davon geworden und pflegte es und seine Bewohner mit der Hingabe einer Löwenmutter.

Galt ihre Loyalität zunächst dem älteren Immobilienentwickler, der sie als junges Mädchen eingestellt hatte, so übertrug sie nach dessen Ableben ihre Liebe auf Dolli und danach auch auf Arthur. Wie ein Fels in der Brandung war sie Dolli in ihrer ersten schweren Zeit als Witwe zur Seite gestanden und hatte ihr immer wieder das tröstliche Gefühl vermittelt, nicht ganz allein zu sein. Als Arthur dann die Bühne betrat, bezog sie ihn auf Anhieb in den kleinen Kreis ein, zumal er ihre Autorität sofort und unwidersprochen akzeptierte. Was Hilde auch entschied oder tat, er war immer einverstanden, war es doch stets zum Besten für Dolli und Arthur.

Frau Hilde hatte einige von Dollis Verehrern in der Zeit des »Interregnums«, wie sie selbst die Jahre ihrer Witwenschaft gerne spöttisch nannte, kennengelernt, aber ihr hatte nur ein Blick auf die steinerne Miene der Haushälterin genügt, um zu wissen, dass es mit dem jeweiligen Galan nichts werden würde. Sie verließ sich da ganz auf Hilde. Nur ein einziges Mal wäre sie fast hereingefallen: Der Kerl war einfach zu nett, gutaussehend, kultiviert. Scheinbar auch gut betucht, er schien seelenverwandt zu sein und tat einfach alles, was Frauen so sehr schätzten.

»Nun Frau Hilde, was meinen Sie?«

Dolli hatte den Verehrer zu einem Drink eingeladen, bevor er sie in die Oper ausführen wollte. Frau Hilde hatte die Cocktails im Salon serviert, der Verehrer hatte

Mühe gehabt, sein Staunen zu unterdrücken, als er sie gesehen hatte, in klassischer Hausmädchenmontur, schlicht in schwarz mit blendend weißer Schürze und Spitzenhäubchen im Haar. Hilde hatte den Mann einem gründlichen Röntgenblick unterzogen und diskret den Raum verlassen.

Als Dolli am nächsten Tag ihre Frage stellte, meinte Frau Hilde: »Entschuldigen Sie, gnädige Frau, Sie wissen schon, dass Sie sehr vermögend sind?«

Dolli war etwas verärgert, passte dieser Frau denn gar keiner, und außerdem war sie die Haushälterin, was bildete sie sich eigentlich ein? Andererseits hatte Dolli sie ja um ihre Einschätzung gebeten und Hilde war unbestechlich, das wusste sie. Schweren Herzens ging sie auf Distanz, er war einfach zu charmant. Wenig später las sie in der Zeitung, dass sich der Mann wegen betrügerischer Geschäfte vor Gericht zu verantworten hatte und ihm eine ganze Schar betrogener Geschäftspartner und Frauen im Nacken saß. Als Dolli Hilde den Artikel zeigte, nickte diese nur leicht und ersparte sich selbst und ihrem Gegenüber jede weitere Bemerkung.

Seitdem hatte Dolli nie wieder an Frau Hildes Einschätzungen gezweifelt. Und als Arthur die Bühne betrat, war sie fest entschlossen, sich dem Orakel zu beugen, so sehr sie ihn auch mochte. Dass die Freundinnen nur stänkerten war klar, das hatte keinerlei Informationswert. Aber sie war doch etwas nervös gewesen, als Hilde und Arthur einander das erste Mal gegenüberstanden. Ihre Erleichterung war groß gewesen, als Hilde die Hand ausgestreckt und sich vorgestellt hatte: »Ich bin Frau Hilde, die Haushälterin, es freut mich sehr«, hatte sie mit einem leichten Zucken der Mundwinkel gesagt, das man durchaus als Lächeln interpretieren konnte.

Arthur fand seine Frau in der Küche.

»Gerade ist dieser Hartl mit einer tollen alten Reisetasche, ich glaube es war eine Louis Vuitton aus der ersten Zeit, aus dem Haus geschlichen. Ich glaube, da waren auch ein paar schwere Sachen drin«, meinte er. »Vielleicht hast du recht, und er ist nur ein Erbschleicher. Ich hatte ehrlich gehofft, er würde dem Rudi Staller zur Seite stehen, weil er hilfsbereit ist.«

»Du bist ein Romantiker«, entgegnete Dolli. »Hartl und ein Philanthrop, dass ich nicht lache, und der Rest der Familie unterstützt ihn auch noch. Das geht doch die ganze Zeit schon so. Immer wieder werden hier Sachen weggeschleppt. Ich kann mir nicht vorstellen, dass der Rudi das alles loswerden möchte. Letztens kam die fette Frau mit einem Leiterwagen und hat den Weinkeller vom alten Staller geplündert und die unsympathische Tochter schleicht auch dauernd herum. Lass uns doch einfach Kaffee trinken.«

Arthur machte sich an seiner alten chromglänzenden LaPavoni-Siebträgermaschine zu schaffen. Es war ein altes Modell aus einer noch älteren Cafeteria, die mangels Nachfolge ihre Pforten hatte schließen müssen, das Inventar war abverkauft worden und auch dafür hatte Arthur ein Faible. Mit dem Spezialisten seines Vertrauens, Herbert Matzka, Altwarenhändler und begnadeter Bastler, war es ihm gelungen, das völlig verdreckte und verstaubte Gerät wieder zum Leben zu erwecken. Jetzt bildete es einen wahren Glanzpunkt in der Küche der Furtners.

Mit dem Rücken zu Dolli hantierte Arthur geschickt an der Maschine herum, bis diese zischend und spuckend zwei Original-Espressi von sich gab. Er hatte die LaPavoni absichtlich so platziert, dass nicht gleich zu sehen war, wieviel Dreck das Ding verursachte. Damit war er selbst nicht zufrieden, hatte aber noch keine gangbare Lösung gefunden. Und so waren mit jeder Espressoproduktion umfassende Putzarbeiten verbunden. »Vollautomat?«, schlug Dolli hin und wieder vor, was immer mit einem entschlossenen »Niemals!« quittiert wurde.

Dolli ließ Arthur wischen und nahm die zierlichen Tassen mit zum lichten Küchenerker, in dem eine halbrunde Frühstücksbank mit Tisch stand. Sie sah nachdenklich in den Garten.

»Vor ein paar Tagen haben die Hartls ihre schreckliche Tochter mitgenommen und sie im Garten ausgesetzt. Wahrscheinlich sollte sie Unkraut jäten oder Rosen schneiden. Aber das faule Ding hat sich hinten bei der Gartenhütte in den Schatten gelümmelt, Cola Light geschlürft und mit dem Handy gespielt. Ein bisschen Bewegung an der frischen Luft hätte ihr gar nicht geschadet. Du, langsam mache ich mir um Rudi ernste Sorgen. Diese Hartls sind dauernd um ihn herum. Vielleicht sprechen wir jetzt wirklich einmal mit Günther Krawanek, der ist doch sein Rechtsbeistand.«

»Das ist schön und gut, aber Rudi ist erwachsen und mündig, zumindest offiziell. Er kann mit seinen Sachen machen, was immer er will, da wird ihm kein Rechtsbeistand helfen. Aber wir könnten einmal mit Alexander Simonius sprechen, der wohnt doch im zweiten Stock und wird sicher einiges mitbekommen.«

»Dein Wort in Gottes Ohr. Bei dem habe ich in letzter Zeit auch das Gefühl, dass er dringend Hilfe bräuchte.«

»Wieso denn das?«

»Ach, Arturo.« Sie seufzte, Arturo nannte sie ihn immer, wenn er mit der Espressomaschine hantierte, dann, meinte sie, mutiere er geradezu zum Italiener. »Du bist wirklich ein schlechter Menschenkenner. Alex ist ständig betrunken.« Sie vollführte eine entsprechende Bewegung, als ob sie ein Glas zum Mund führen wollte. »Außerdem glaube ich, dass er sich auch noch andere Substanzen gönnt«, wieder folgte eine passende Geste, diesmal mit dem Zeigefinger an der Nase. »Er arbeitet kaum mehr und lässt sich auch nicht mehr blicken. Und als ich ihn das letzte Mal vor dem Haus getroffen habe, hat er nicht gewusst, wer ich bin. Dabei hat das letzte Abendessen doch ganz gut begonnen, nur zum Schluss mussten wir befürchten, dass er es nicht mehr zur Tür hinausschafft.«

Es betrübte sie tatsächlich, dass ihr Nachbar anscheinend beschlossen hatte, sich völlig dem Rausch in all seinen Formen hinzugeben. Dabei waren sie anfänglich begeistert gewesen, einen interessanten Zuwachs in der Kastanienallee zu haben, ein Kollege von Arthur, Psychiater zwar, aber auch vom Fach. Noch dazu nicht unbekannt. Da erwartete man schon eine Aufwertung der nachbarlichen Beziehungen und spannende Impulse. Simonius war außerdem in ihrem Alter, man hatte gemeinsame Bekannte und die gleichen Gesprächsthemen. Zu allem Überfluss hatten sich die Furtners bei ihrem Tennisklub für ihn verbürgt und ihm so die Aufnahme im TC Leopoldshof ermöglicht. Das war Dolli im Nachhinein noch peinlich, denn Simonius war zwar ein sehr sportlicher Tennisspieler, zeigte aber keinerlei Engagement, weder für den Sport noch für den Klub. Ebenso wenig wie die Furtners im Übrigen. Aber Dolli und Arthur benahmen sich wenigstens höflich, zahlten pünktlich ihre Beiträge ein, und zollten allen Aktiven ihre restlose Bewunderung. Nicht so Simonius, dessen Zahlungen immer erst nach mehrmaliger Mahnung erfolgten und der sich außerdem gerne abfällig über weniger gute Spieler oder unglückliche Figuren ausließ. Allerdings nur, wenn er nicht ganz nüchtern war, und das kam immer öfter vor.

Simonius

Wieder einmal waren einige Tage vergangen, ohne dass er irgendetwas erledigt hätte. Heute war er früh aufgestanden, die Sonne hatte ihm direkt ins Gesicht gestrahlt, er hatte am Abend vergessen, die Vorhänge zuzuziehen. Er hatte aber auch vergessen, sich auszuziehen und zu waschen. Es war ein so berauschender Abend gewesen, dass er sich an nichts erinnern konnte. Blackout. Filmriss. Das war sogar ihm unheimlich.

Vor drei Tagen hatte es wieder einmal einen kleinen oder auch größeren Skandal gegeben. Eine Patientin, sie war eine seiner letzten Privatpatientinnen, mit der er eindeutig zu intim geworden war, war dahintergekommen, dass er auch zu ihrer Tochter ein viel zu nahes Verhältnis gepflegt hatte. Nein, das war nicht in Ordnung, räumte er vor sich selbst ein, aber musste sie deshalb gleich so einen Aufstand machen, noch dazu coram publico im Entree der Privatklinik? Es waren ohnehin seine letzten Wochen dort, da wollte er doch einen etwas besseren Eindruck hinterlassen. Um seinem Abgang in der Privatklinik einen glamourösen Anstrich zu verpassen, hatte er hier und da fallen lassen, dass er etwas Größeres benötigte und seine Praxis demnächst in die Kastanienallee verlegen würde. Bedauerlicherweise hatten dann aber so ziemlich alle das Drama mitbekommen. Peinlich. Nicht, dass die Kollegen höhere moralische Standards hätten, sie hatten einfach nicht so ein Pech. Irgendwie lief es nicht gut für ihn in letzter Zeit.

Seit dieser Geschichte mit der Wohnung sowie der Scheidung mit all ihren Nebengeräuschen und vor allem Nebenkosten war er in Schieflage geraten, nicht nur finanziell, sondern auch gesellschaftlich. Alte Freunde hatten sich abgewandt, die Tochter war sauer und meldete sich nur, wenn sie Taschengeld benötigte, seine Bekanntschaften wurden auch immer fragwürdiger – seine letzte Begleitung hatte er gar nicht mehr zu den Furtners mitnehmen wollen, die war einfach nicht gesellschaftsfähig gewesen, aber zum Glück hatte er auch von ihr nichts mehr gehört. Und beruflich war er an einem Tiefpunkt angelangt. Dass alles in so kurzer Zeit den Bach hinuntergehen konnte, erstaunte ihn. Er war doch aus einer angesehenen Familie, ein guter Background, er war ein höchst erfolgreicher Psychiater und hatte zahllosen Patienten geholfen, wieder ins Leben zu finden, er hatte eine Familie, und wenn er es sich genau überlegte, so schlimm war die Exfrau doch nicht gewesen. Zumindest war sie immer hinter ihm gestanden, sie waren ein Team gewesen. Was war bloß in ihn gefahren? Dass das Kind sich für ihn genierte, war kein Wunder, dass die Freunde ihm aus dem Weg gingen auch nicht, dem einen oder anderen schuldete er sogar noch Geld, glaubte er sich zu erinnern.

Wie er so vor sich hin sinnierte, war der Vormittag vergangen, und während er überlegte, ob er nicht etwas zu essen bräuchte, sah er Hermann, der mit einer schweren alten Tasche das Haus verließ, um sie gleich in der Tiefe der Ladefläche seines Kombis verschwinden zu lassen.

»Was macht denn der Hartl da? Schleppt sicher wieder irgendetwas weg. Na, geht mich ja nichts an«, murmelte er vor sich hin, als er den Inhalt seines Kühlschranks inspizierte. »Außerdem bin ich dem Hartl was schuldig, die nette Wohnung hier zu dem Preis hätte ich ohne ihn nie gekriegt. Ein Guter ist er trotzdem nicht – aber wer ist das schon …«

Diese und ähnlich tiefgründige Gedanken wälzend machte er sich an seinem Herd zu schaffen, um sich ein Omelett zu braten, während in der Privatklinik Leopoldshof sein wirklich allerletzter Patient vergeblich auf ihn wartete.

Rudi

Rudi Staller hatte sich auf Hermanns Besuch gefreut, er brachte nicht nur die neue Autorevue mit, er hatte ihm eine neue Zeitschrift schmackhaft gemacht. *Surf & Bike* hieß das Heft und war voll toller Bilder von Surfern in schäumenden Wellen und lehmbespritzten Radfahrern in unwegsamen Landschaften. Das begeisterte ihn, irgendwann würde er sich auch so ein Surfbrett und so ein tolles Fahrrad kaufen und einfach losfahren. Seine Fantasie ging gleich wieder mit ihm durch und er sah sich schon auf Schaumkronen dahinfliegen. Aber zuerst musste er sich mit seiner Anlage beschäftigen. Die Eisenbahn nahm mittlerweile den ganzen kleinen Salon ein, aber da dieser sowieso nicht benutzt wurde, spielte das keine Rolle.

Der kleine blaue Salon war früher das Reich seiner Mutter gewesen, hier hatte sie sich mit ihren Freundinnen immer zurückgezogen, Kaffee aus den fast durchsichtigen Meissener Tassen getrunken und dazu bunte Petit Fours genascht, und wenn er brav war, durfte er sich auch eines aussuchen. Am liebsten nahm er dann den Pariser Spitz, der war herrlich cremig und schmolz so wunderbar zwischen den Fingern und auf der Zunge. Bis heute war der kleine Salon mit dem mittlerweile abgetretenen chinesischen Seidenteppich, der immer noch sanft schimmerte, und den schweren dunkelblauen Samtvorhängen für ihn untrennbar mit dem Geschmack der Schokolade verbunden.

Rudi nutzte überhaupt nur einen beschränkten Bereich der Beletage. Er schlief nach wie vor in seinem alten Kinderzimmer mit anschließendem Bad und benutzte die Küche, in der auch noch ein alter Esstisch stand. Auf ihm hatte die Köchin früher den Teig für den Apfelstrudel ausgezogen oder den Brotteig hart aufschlagen lassen, um ihm den nötigen Biss zu verleihen, wie sie immer erklärte. Rudi hatte viele Stunden an diesem Tisch gesessen und der geschäftigen Köchin zugesehen, die immer einen Leckerbissen für ihn bereitgehalten hatte. Den großen Salon, das Esszimmer, die Bibliothek mit dem Schreibtisch des Vaters und das elterliche Schlafzimmer brauchte er nicht. Heidi hatte alle Möbel und Kristallluster mit Leintüchern zugedeckt, damit sie nicht verstaubten. Er war damit einverstanden, er dachte eigentlich gar nicht über die Leere der großbürgerlichen Wohnung nach und bastelte konzentriert an der Eisenbahn. Die mochte er noch lieber als die Autorennbahn, die immer weiter in eine Ecke verschoben worden war. Er wusste, dass er sich auch mit anderen Dingen beschäftigen sollte, mit den Banksachen und so weiter, aber das langweilte ihn nur, das meiste verstand er nicht und war sehr froh, dass Krani die Entscheidungen traf. Und jetzt waren ja auch Hermann und Heidi da, die schauten sich alles an und sagten ihm, was zu tun war. Nur Jessica mochte er nicht, die war unfreundlich und gemein. Wenn der Hermann nicht herschaute, schnitt sie Gesichter und ärgerte ihn. Aber die kam ohnehin nicht so oft, und wenn, hockte sie hinten im Garten.

Irgendetwas war jetzt wieder mit einer Banksache, die Rudi nicht verstand. Hermann hatte sich die Sparbücher angeschaut und auch seinen Onlinezugang. Rudi hatte ihm das Passwort verraten: »Rudi007«, weil er den berühmten Geheimagenten sehr bewunderte. Jedenfalls hatte Hermann die Stirn gerunzelt, ziemlich lange herumgelesen und dann nur gemeint, er müsse etwas kontrollieren, aber das Beste wäre doch, wenn Rudi ihm die Sparbücher zur Aufbewahrung übergäbe, damit er besser darauf schauen könne. Das sah Rudi gar nicht ein. Er war ja nicht blöd. Die Sparbücher und alles andere waren immer im Schreibtisch seines Vaters in der mittleren Lade gewesen und da sollten sie auch bleiben. Es war übrigens das erste Mal, dass Rudi sich Hermanns Vorschlägen widersetzte. Na und, er durfte wohl eine eigene Meinung haben. Auch wenn Hermann ihm manchmal wirklich auf die Nerven ging, war er insgesamt doch froh, dass er sein Freund war. Zum Beispiel wegen der Sache mit dem Geschirr: Rudi hatte immer schon das alte Porzellan seiner Eltern benutzt, das grüne Gmundner für jeden Tag und am Geburtstag und zu Weihnachten das Meissener mit dem goldenen Drachen. Das mochte Rudi gerne, der Drache war toll, wie er sich entlang des Tellerrands bewegte, und man konnte mit dem Essen Muster um den langen Schwanz herumlegen. Was natürlich nicht gerne gesehen war. Herman hatte das Geschirr aber jetzt mitgenommen und ihm ein anderes von Ikea gebracht. Ganz modern, weil ein moderner junger Mann, hatte er gemeint, müsse ein cooles Geschirr haben. Er hatte das Familiengeschirr gleich in die alte Reisetasche gepackt, die sei auch schon ganz schäbig, er würde ihm eine neue, sportliche Tasche vorbeibringen. Auch gut, dachte Rudi und setzte die Eisenbahn in Bewegung, um den kleinen Waggons die nächsten Stunden zuzuschauen.

Hermann

Vorsichtig packte er jedes einzelne Teil in Zeitungspapier. Davon gab es genug hier, trotz aller Hinweise und Ermahnungen schaffte es der Staller nicht, die alten Zeitungen wegzuwerfen. Egal, sie erwiesen sich jetzt als äußerst brauchbar, das alte Meissener musste gut verpackt werden.

Hermann hatte das umfangreiche Service, das in der großen Anrichte im Salon untergebracht war, zuerst gar nicht beachtet. »Nichts als Staubfänger«, hatte er gemurmelt und mit Heidi ein altes Leintuch über das Möbel gelegt. Wenig später hatte er allerdings im Katalog eines exklusiven Auktionshauses ein ganz ähnliches Geschirr zu einem horrenden Ausrufungspreis gesehen. Hermann vertiefte sich sofort in weitere Recherchen, nur um festzustellen, dass bei Rudi Staller im verstaubten Esszimmer eine wunderbare Gelegenheit auf ihn wartete. Er hatte ja schon so einiges an Kleineinrichtung, Gartenwerkzeug, Spirituosen und Ähnlichem aus dem Stallerschen Haushalt mitgenommen, aber das waren wirklich Kleinigkeiten gewesen, nicht der Rede wert. Und die Gartengeräte hatte er nicht einmal verkaufen können, die waren in Heidis Schrebergarten gelandet, den er übrigens hasste. Nichts als Arbeit und Gelsen. Das Meissener aber, damit ließ sich wirklich Geld machen und das würde er für sich behalten. Er vertiefte sich sofort in die entsprechende Fachliteratur und wurde innerhalb weniger Tage zu einem regelrechten Porzellanspezialisten. Er besorgte ein schickes modernes Service, das er Rudi begeistert präsentierte: »Zu so einem coolen jungen Mann passt das moderne viel besser. Stell dir vor, du bekommst Besuch und hast dann so ein altmodisches Geschirr …«

Rudi war einverstanden und Hermann begann, die vielen Teile dick in Zeitungspapier zu wickeln. »Und die Reisetasche«, er schwang die alte Louis Vuitton hin und her, »da bekommst du auch eine neue, sportliche von mir!«

Auf diese Tasche hatte er schon lange ein Auge geworfen, sie repräsentierte für ihn wahre Eleganz und Klasse. Diese Tasche würde ihn in seine Zukunft begleiten. Vorsichtig packte er sie Stück um Stück mit den einzelnen Teilen des Goldenen Drachens voll. Zum Schluss war das Ganze ziemlich schwer, er würde morgen ein paar Kartons und die Transportkarre mitbringen und den Rest holen. Hermann machte sich auf den Weg nach draußen, während er aus dem kleinen Salon das Surren der Eisenbahn hörte. »Der ist beschäftigt, nichts wie raus hier, bevor er sich's anders überlegt. Aus den Augen, aus dem Sinn«, dachte er. Und während er mit seiner schweren Last vorsichtig die Treppe hinunterstieg, überlegte er, wo er diese Beute bis zur nächsten Auktion aufbewahren könnte, denn Heidi steckte ihre Nase neuerdings überall hinein. Das konnte er jetzt gar nicht brauchen.

Auf dem Weg zur Straße, wo sein Kombi geparkt war, drehte er sich um. Sein Gefühl, beobachtet zu werden, hatte ihn nicht getäuscht. »Der Furtner hat auch nichts Besseres zu tun, als den ganzen Tag aus dem Fenster zu glotzen. Noch so ein unnötiger Schnösel. Na egal, zuerst das Meissener verkaufen, ein Sparbüchel einsacken und dann knöpf' ich mir den Krawanek vor«, murmelte er kopfschüttelnd vor sich hin.

Hermann wusste, dass Günther Krawanek Rudi Stallers Treuhänder war. Er hatte selbst schon einiges mit ihm besprochen, wenn Rudi zum Beispiel seine Eisenbahn mit seiner, Hermanns, Hilfe erweitern wollte, oder als er den Garten mit einem professionellen Gärtner auf Vordermann bringen wollte. Krawanek war immer gesprächsoffen und hatte die entsprechenden Summen bewilligt. Aber dennoch: Hermann misstraute ihm, so wie er jedem »von dieser Bagage«, wie er die Bewohner um die Kastanienallee heimlich für sich nannte, prinzipiell nicht über den Weg traute. Dauernd hing Krawanek mit diesem Snob Freyenberg im Tennisklub herum. Arbeit war denen ein Fremdwort, ja, ja, mit dem goldenen Löffel im Mund geboren. Aber egal – lange würde es nicht mehr dauern und er wäre sie alle los.

Bei der Durchsicht von Rudis Konten hatte er einige Auffälligkeiten entdeckt. Und zwar nicht auf den normalen Konten, auf die die Einnahmen aus seinem Immobilienbesitz flossen, sondern auf dem Wertpapierkonto war ihm eine ungewöhnlich hohe Abbuchung aufgefallen. Hier wurden die Gewinne aus den Depots abgerechnet. Rudi hatte dieses Konto längst vergessen und es war in der Zwischenzeit bedeutend angewachsen, da bis auf Depotspesen und Steuern nie etwas abgehoben worden war. Bis auf dieses eine Mal. Da war Hermann neugierig geworden und hatte mit einem interessierten Lächeln ganz genau hingesehen.

»Ja, ja, folge dem Geld«, murmelte er vor sich hin. Als er sah, wer die Überweisung getätigt hatte, überzog ein breites Grinsen sein ohnehin schon breites Gesicht: »Na warte Freundchen, jetzt hab' ich dich!« Mit einem zufriedenen Grunzen fuhr er sich mit der Zunge über die Lippen. »Dich hol' ich mir, du Angeber.«

Günther Krawanek hatte ganz einfach hundertsiebzigtausend Euro abgehoben! Einfach so. Passierte das öfter? Hermann machte ein paar Fotos und loggte sich zufrieden aus.

»Das wird dich einiges kosten«, formulierte er im gedanklichen Zwiegespräch mit Krawanek, »und für mich bedeutet das dann Abmarsch!«

Er hatte zu diesem Zeitpunkt keine Ahnung, auf welch absurde Weise sich diese Prophezeiung nur wenig später bewahrheiten sollte.

Herbert

Herbert Matzka saß nun schon eine geschlagene Stunde im Eingangsbereich der Privatklinik Leopoldshof, hatte drei Becher Kaffee getrunken und alle Zeitungen gelesen. Dr. Simonius war nicht aufgetaucht. Das betrübte Herbert Matzka sehr, gerade heute war sein Gesprächsbedarf dringend.

Wenn man ihn da so sitzen sah, konnte man durchaus etwas befremdet sein. Er war groß und ausgesprochen muskulös, an den Unterarmen stark tätowiert, sodass man sich wirklich Zeit nehmen musste, die einzelnen Motive zu entwirren. Diese Zeit nahmen sich allerdings die wenigsten und kaum jemand wollte ihm gerne so nahe sein. Sein Schädel war kahl rasiert und im linken Ohrläppchen funkelte stilgerecht ein einkarätiger Diamant. Am liebsten trug er schwarze Lederhosen sowie die passende Bikerjacke, schwere Stiefel rundeten den Gesamteindruck ab. Aber, wie so oft im Leben, war der Schein auch hier trügerisch. Herbert Matzka war eine sensible Seele. Das war ihm selbst lange Zeit nicht bewusst gewesen. Er hatte seine Karriere als Berufssoldat begonnen, mehr aus Mangel an Ideen für seine Zukunft als aus Begeisterung. Weil er aber tief in seinem Inneren ein Streber war, erfüllte er auch hier seine Aufgaben aufs Gewissenhafteste und war bald am Ende seiner persönlichen Karriereleiter angekommen. Er wechselte zu den UNO-Truppen in den Nahen Osten, danach nach Bosnien. Bei diesen Einsätzen registrierte er erstmalig sein Unbehagen, wenn es hässlich wurde. Und das wurde es dann doch hin und wieder. Die Aktionen setzten ihm zu, sie stressten ihn geradezu, aber am meisten betrübte ihn der allgegenwärtige Mangel an Ästhetik und Stil. Die Quartiere waren grauenhaft, ebenso die Verpflegung, rundherum nichts als Zerstörung und Dreck. Seine Ventile fand er eine Zeit lang in sportlicher Betätigung, er trainierte seine Kondition mit immer anspruchsvolleren Dauerläufen ins umliegende Gelände, sowie mit Bodybuilding und Crossfit-Einheiten, bis ihm die abstoßende Umgebung vor Erschöpfung gleichgültig war. Mit der ihm eigenen Konsequenz erreichte er nicht nur ein außergewöhnliches Niveau, sondern auch die Anerkennung seiner Kollegen, die dann auch akzeptierten, dass er sich immer öfter zurückzog, die gemeinsamen unfröhlichen Saufgelage ausließ, um seiner anderen Neigung nachzugehen, und sich mit einem Buch auf seine Pritsche legte.

Seine wahre Leidenschaft galt diesbezüglich Marcel Proust sowie englischen Einrichtungsjournalen. Auf Proust war er als Jugendlicher gestoßen, als er bei seiner Tante Lotte, die als die Intellektuelle der Familie galt, eine verstaubte Gesamtausgabe der *Suche nach der verlorenen Zeit* im Bücherregal entdeckte und sie fragte, was es mit diesem mysteriösen Titel auf sich hätte. Das sei das Opus magnum des legendären Romanciers, wäre allerdings unlesbar, antwortete sie, sie selbst wäre kläglich gescheitert. Der junge Herbert nahm die Herausforderung an und vertiefte sich seitdem in die Lektüre. Im Lauf der Jahre hatte er das Werk mehrfach gelesen, der tiefere Sinn hatte sich ihm allerdings immer noch nicht erschlossen.

Dafür bereicherte eine beträchtliche Anzahl von Proust-Zitaten sein Denken und Leben, die er wohlweislich für sich behielt, da sie seinem Image als Haudegen sicher geschadet hätten. Eines seiner liebsten Bonmots dieser Tage war »Versuche stets, ein Stückchen Himmel über deinem Leben freizuhalten«, und damit vertiefte er sich in die neueste Ausgabe von *Homes & Antiques*, die er online las und sich so die spöttischen Bemerkungen seiner Umgebung ersparen konnte.

Als er ans Ende seiner Dienstzeit bei den Blauhelmen gekommen war, wechselte er gemeinsam mit zwei Mitstreitern zu einem privaten Sicherheitsunternehmen in Dubai. Die Alternative wäre eine der Söldnertruppen gewesen, die in politisch instabilen Regionen der Welt für noch mehr Instabilität sorgten, und das war nichts für ihn. Wenn auch die Bezahlung wesentlich besser gewesen wäre. Er übersiedelte also nach Dubai, wo er den Bodyguard für ein unbedeutenderes Mitglied der Herrscherfamilie abgeben sollte. Er hatte die leise Hoffnung gehegt, jetzt mehr Schönheit in seinem Leben vorzufinden. Der offen zur Schau getragene Reichtum musste ja auch irgendwo in der Umgebung seinen Niederschlag finden, dachte er. Prachtvolle Paläste, wertvolle Kunstgegenstände, zauberhafte Gärten. Er landete allerdings an der Seite eines völlig außer Rand und Band geratenen, homosexuellen Neffen dritten Grades, der im sechzigsten Stock eines Wolkenkratzers seine Hightech-Bude behauste, seine Wäsche auf dem Boden verstreute, auf jeder freien Fläche Kokslinien zog und nicht einmal in der Lage war, sein Badewasser auszulassen. Herberts Aufgabe bestand hauptsächlich darin, dem jungen Mann die Fotografen vom Hals zu halten, seine Eskapaden wären ein gefundenes Fressen für die Klatschpresse gewesen. Wenigstens waren Quartier und Verpflegung um einiges besser, als er es bisher gewohnt gewesen war, die Bezahlung gut und hin und wieder, wenn er seinen Klienten wieder einmal aus einer besonders unangenehmen Situation befreit hatte, erhielt er einen Bonus in Form einer goldenen Rolex, eines silbernen Teeservices, Manschettenknöpfen und Ähnlichem. Einmal war es sogar eine Zeichnung von Marc Chagall, die ihr Besitzer in einem Aufwallen von Dankbarkeit und Rührung von der Wand nahm und seinem Retter in die Hand drückte. All diese Dinge bewahrte Herbert sorgfältig auf, irgendwann würde er sie verkaufen und den Erlös in die Gestaltung seiner neuen Existenz fließen lassen. Das Leben war recht angenehm, der junge Mann brauchte phasenweise viel Schlaf, und so konnte sich Herbert vermehrt einer weiteren Leidenschaft hingeben, den edlen Antiquitäten. Der Gedanke, sein Leben zu verändern, sich nur mehr mit schönen Dingen zu umgeben, nahm immer konkretere Formen an. Er las nun Auktionskataloge und informierte sich über die wichtigsten Antiquitätenmessen. Er besuchte sogar die legendäre Messe in Dubai, zu der die bedeutendsten Händler der Welt erschienen, gab es doch hier das kaufkräftigste Publikum. Von der Gotik bis zur frühen Moderne war alles zu haben. Jedes Objekt war mit Geschichte überfrachtet und auf das Beste präsentiert, man wurde höflichst begrüßt und erhielt jede Auskunft. Herbert war in seinem persönlichen Paradies angekommen. Er glitt förmlich über die schweren Teppiche, wandelte von Stand zu Stand und sog die von Kultiviertheit getränkte Atmosphäre in sich auf. Am selben Abend beschloss er, in die Antiquitätenbranche zu wechseln. Er hatte einiges angespart und wenn er noch die diversen Uhren und Silberteile einbrächte, hätte er eine schöne Summe, um sein eigenes Geschäft zu begründen. Den Chagall wollte er behalten, die Zeichnung sollte das erste Prunkstück in seinem Angebot werden. »Die Sehnsucht lässt alle Dinge blühen, der Besitz zieht alle Dinge in den Staub«, zitierte er einmal mehr seinen Lieblingsautor. »Ich werde nichts mehr besitzen, aber all die schönen Dinge werden durch meine Hände gehen«, dachte er, während ihn eine tiefe Befriedigung erfüllte.

Der Abschied aus Dubai fiel tränenreich und emotional aus – vor allem vonseiten seines Schützlings, der sich aber schnell mit der neuen Situation abfand, ihm noch ein schönes Leben wünschte und großzügig vierundzwanzig Stunden gewährte, um seine Dienstwohnung zu räumen. Herbert verließ das sonnige Dubai, um in seine Heimatstadt zurückzukehren. Tante Lotte hatte ihm ihre kleine Wohnung nebst Bibliothek in einem Plattenbau aus den Sechzigern, allerdings in einem eleganten Villenviertel, hinterlassen, fürs Erste hatte er also eine Bleibe. Dann wollte er sich sofort um die Gründung seines Antiquitätenhandels kümmern, hatte aber nicht mit den zahlreichen Schwierigkeiten gerechnet, die ihm begegnen sollten. Das Gewerbe selbst war kein Problem, er hatte sich genau erkundigt, es war frei, man brauchte keine Ausbildung dafür, allerdings waren die Immobilienpreise in guter Lage unerschwinglich, die meisten Lokalitäten hätten einer Komplettsanierung unterzogen werden müssen, Antiquitäten brauchten einen entsprechenden Rahmen. Der Markt war außerdem schon dicht besetzt und der Auftritt eines neuen Mitbewerbers ausgesprochen ungern gesehen. Dann fiel ihm auch ein, dass er weder über Ware noch einen Kundenstock verfügte und sein Mut schwand mehr und mehr dahin. So saß er eines Morgens wieder einmal über den Immobilienannoncen und wollte die Zeitung frustriert zur Seite legen, als ihm eine Kleinanzeige ins Auge stach: »*Geschäftsauflösung – Altwarenhandel – Räumungen aller Art – keine Ablöse.*« Er erkannte sofort das Potential, zumal die Adresse gleich bei ihm um die Ecke lag, rief die angegebene Nummer an und wenig später betrat er das Geschäft, das seines werden sollte.

Er war sich mit dem Besitzer schnell einig. Beim Betreten des Verkaufsraums hatte ihn Herbert kaum zwischen der Anhäufung von Altwaren ausmachen können, es war, als ob dieser Alte selbst Teil seiner Ware geworden war. Braungrau und faltig stand er hinter einem Schreibtisch und wies Herbert an, sich einfach irgendeine Sitzgelegenheit zu nehmen. Das erwies sich als gar nicht so einfach, waren doch Sessel, Hocker und Tischbeine ineinander verkeilt und bildeten jeweils meterhohe Haufen.

»Sie interessieren sich für das Geschäft?« Die Stimme war ebenso verstaubt wie der Rest. »Na dann viel Vergnügen«, meinte der Alte. »Sie brauchen keine Ablöse zu zahlen, die Miete bleibt gleich, weil das Klo hinten am Gang ist und Heizung gibt's auch keine. Nur den Ölofen.« Er zeigte auf einen emaillierten Kasten. »Sie übernehmen alles wie es ist und das war's. Einverstanden? Ich könnt' jetzt sagen, Sie müssen sich schnell entscheiden, weil ich andere Angebote hab'. Hab' ich aber nicht«, kicherte er. »Sie sind der Einzige. Dafür gibt's noch einen Transporter obendrauf. Na, was ist?«

»Ich nehm's«, meinte Herbert knapp und der Handel war geschlossen.

Es folgten einige Wochen harter Arbeit, anfangs war der Alte noch dabei und erklärte Herbert, woher er die Ware hatte, wie er an die Räumungen kam, und dass doch auch sehr schöne Stücke dabei gewesen wären. Und wie er sich so in Erinnerungen verlor, konnte Herbert Matzka die Begeisterung aufflammen sehen, die ihn selbst umtrieb. Jedes Stück hatte seine Geschichte, nicht immer eine bedeutende, aber jede Vase, jedes Bild, jeder alte Lederbeutel war Zeuge einer längst vergangenen Zeit und konnte, wenn man es nur richtig las, über die Vergangenheit berichten. »Auf der Suche nach der verlorenen Zeit«, dachte er bei sich. »Vielleicht werde ich es jetzt verstehen?«

Irgendwann tauchte der Alte nicht mehr auf und Herbert konnte mit der Umgestaltung beginnen, er sortierte Brauchbares aus, nahm den Transporter in Betrieb, reinigte die beiden Geschäftsräume, putzte die Fenster und schrubbte das alte Linoleum, das sich als äußerst widerstandsfähig erwies. Dann begann er die vorhandenen Teile thematisch zu ordnen, dabei ließ er sich immer wieder von seinen englischen Heften inspirieren. Er gestaltete eine Leseecke mit Ohrensessel, Fußschemel und Büchertischchen, einen Frühstücksbereich mit einem Tischchen, darauf verteilte er alte Leinenservietten, die er gewaschen und gebügelt hatte, Kaffeetassen und eine angeschlagene Herend-Vase mit dem schönen Rothschildvogel, natürlich so, dass man den Schaden nicht sofort sehen konnte. Er schwelgte im Glück. Jeden Tag betrat er seinen Laden mit frischen Ideen und gestaltete immer etwas neu. Das stieß in der Nachbarschaft durchaus auf Wohlwollen.

Man hatte sich schon länger über den schmuddeligen Trödler geärgert, aber jetzt kamen immer mehr Neugierige zur Tür herein, um die neue Ausstellung zu sehen. Am beliebtesten war wohl die Kinderecke, die er gerne seinem Faible für alles Englische nachgebend »nursery« nannte: ein Schaukelpferd, dem er einen neuen Anstrich verpasst hatte, ein Kaufmannsladen und eine Puppenküche erfreuten sich vor allem bei den jüngsten Besuchern größten Interesses. Herbert hatte das bemerkt und in einem der Fenster – es waren keine richtigen Auslagen – Teddybären, eine Puppe in ungarischer Tracht und eine blecherne Spieluhr in Form eines Karussells installiert. Nicht wenige Kinder bestanden darauf, auf dem Weg zum Kindergarten oder in die Schule einen Umweg am Altwarenladen vorbei zu machen, um zu sehen, was es Neues gab. Was Herberts Erscheinung betraf, war man zunächst durchaus skeptisch gewesen, bald war aber klar, dass er ein Meister seines Fachs war, er war höflich und seriös und ein begnadeter Bastler. Nicht nur lackierte, kittete und bemalte er selbst, er brachte auch die meisten technischen Geräte wieder zum Laufen, darüber hinaus kam ihm seine kräftige körperliche Disposition zugute. Er konnte sich über die Auftragslage nicht beklagen und das Geschäft war bald zum beliebten Treffpunkt geworden. Herbert kam mit allen gut aus, aber sein Alter Ego fand er in Arthur.

Arthur

Die Furtners waren schon von Anfang an auf den neuen Altwarenhändler aufmerksam geworden. Sie hatten mitangesehen, wie der Vorgänger sich mehr und mehr zurückzog, keine neue Ware mehr ankam und das Geschäft verlotterte. Vor allem Arthur bedauerte das sehr, einerseits war es prinzipiell schade, wenn so ein Laden vor die Hunde ging, andererseits brauchte er Gesprächspartner in diesem Bereich, der zu den wenigen gehörte, die er nicht mit Dolli teilen konnte.

Er liebte Altwaren noch mehr als Antiquitäten, Flohmärkte waren sein Universum, alte Dinge gingen ihm ans Herz und er begeisterte sich sowohl für die praktische Restaurierung in allen technischen Einzelheiten als auch für ihre Verortung in einem historischen oder sozialen Kontext. Dolli wiederum war »altem Zeug«, wie sie es nannte, gegenüber grundsätzlich skeptisch. Es war staubig, roch meistens muffig und passte nirgendwo dazu. Darüber hinaus hatte es die Eigenschaft, sich exponentiell zu vermehren und jeden freien Winkel zu besetzen. Nein, sie war vielmehr für Neues, Klares, Sauberes, das konnte man sich aussuchen, nach Maß fertigen und es funktionierte. Wenn nicht, konnte man es umtauschen. Ein paar schöne Erbstücke hatten Gnade vor ihren Augen gefunden, die waren aber aus ihrem Privatbesitz, man wusste, wem sie gehört hatten, und sie kamen nicht aus irgendeinem dubiosen Winkel daher.

Arthur hatte sehr früh davon Abstand genommen, seine Frau bekehren zu wollen, ihr die Schönheit und Rätselhaftigkeit alter Dinge näherzubringen. Es war seine Passion und sie ließ ihn damit in Ruhe. Als er dann Herbert Matzkas Geschäft endlich das erste Mal betrat – er hatte es kaum erwarten können und die Instandsetzung genau verfolgt – war es Liebe auf den ersten Blick gewesen. Schon das leise Bimmeln einer kleinen Glocke, die Herbert an der Eingangstüre angebracht hatte, zauberte ein Lächeln auf Arthurs Gesicht. »Wie früher«, dachte er leicht sentimental und als er den Geruch nach altem Leder und Papier, versetzt mit einer leichten Lavendelnote, einatmete, war es um ihn geschehen.

Herbert Matzka trat aus der Schummrigkeit des Hinterzimmers hervor, wobei sein muskulöser Körper die gesamte Türöffnung einnahm. Arthur war leicht irritiert, er hatte etwas anderes erwartet, was genau wusste er zwar nicht, aber diese Mischung aus Bodybuilder und Altrocker jedenfalls nicht. Herbert, der sich schon daran gewöhnt hatte, dass seine Kunden beim ersten Kontakt leicht verschreckt zurückzuckten, hatte sich daher eine besonders sanfte Sprechweise zugelegt.

»Einen wunderschönen guten Morgen! Kann ich etwas für Sie tun oder möchten Sie sich nur ein bisschen umsehen?«

»Ja, äh, umsehen, das würde ich sehr gerne.«

Beim Klang von Herberts Stimme hatte sich Arthur gleich entspannt und er ließ seinen Blick über die liebevoll im Raum ausgestellte Ware schweifen. Dann zog er aus der Tiefe der Tasche seines Trenchcoats ein kleines Blechauto hervor. Es war ein roter Rennwagen, den man mit einem Schlüssel auf der Seite aufziehen konnte. Er hatte ihn auf einem der Onlineportale gekauft, die er gerne durchforstete, wenn er wieder einmal eine Schreibhemmung hatte und seinen längst fälligen Beitrag zu einer Studie einmal mehr hinten anstellte. Er liebte es einfach, im Internet zu stöbern. Nachteilig war natürlich, dass man die Objekte nicht anfassen und einer genauen Prüfung unterziehen konnte. Dafür gab es immer den kleinen Überraschungseffekt, wenn das Paket eintraf und er sich jedes Mal vorkam wie ein Kind an Weihnachten. Es war natürlich auch mit Reinfällen zu rechnen, das war Teil des Spiels. »Schick es zurück!«, meinte Dolli lakonisch, wenn er etwas auspackte, das ganz und gar nicht seinen Vorstellungen entsprach. Doch das tat er nie, es wäre unsportlich gewesen. »Man muss auch mit Niederlagen fertig werden«, erwiderte er dann knapp und ließ den unerwünschten Artikel verschwinden. Wohin, würde Dolli nie erfahren.

»Können Sie das wieder in Schwung bringen?«

Der kleine rote Blechwagen stand auf Herberts Schreibtisch (den hatte übrigens schon sein Vorgänger benutzt, er war das Erste gewesen, das Herbert in dem finsteren Laden hatte ausmachen können. Herbert hatte das gute Stück gereinigt und restauriert und fortan als Talisman betrachtet. Außerdem war es ein praktischer Tisch, mit großer Arbeitsfläche und vielen Laden).

»Da scheint die Feder zu blockieren, es lässt sich nicht mehr richtig aufziehen.« Mit der Behutsamkeit eines Kinderarztes löste Herbert die Karosserie von ihrem Unterbau, entfernte mit einem Pinsel Staub und Schmutz, fügte einen winzigen Tropfen Öl hinzu, baute alles wieder zusammen und zog den Mechanismus auf. Das Auto lief schnurrend über die Schreibtischplatte auf Arthur zu.

»Sie sind ein wahrer Meister«, rief dieser begeistert.

Seit diesem Moment war Herbert Arthurs Mann. Und als Herbert dann in einem ihrer zahllosen Gespräche feststellte, dass auch Arthur sich für Proust begeisterte, diesen nicht nur zitieren konnte, sondern scheinbar auch verstanden hatte, wurde aus der anfänglichen Sympathie eine unerschütterliche Freundschaft.

Dolli

Dolli war vom Einkaufen zurück und setzte sich an ihren Lieblingsplatz, die Erkerbank in der Küche. Das Haus war ruhig, Frau Hilde hatte ihren freien Tag und Arthur ging sicher irgendwo seinen Neigungen nach. Die großen Einkäufe erledigte die Haushälterin, aber kleine feine Dinge besorgte sie gerne selbst auf dem unweit gelegenen Markt. Wobei »Markt« in diesem Zusammenhang eher euphemistisch war, es handelte sich vielmehr um eine Ansammlung eleganter Kioske, die Delikatessen aller Art anboten. Der Markt galt als der teuerste der Stadt, dafür wurde den Kunden die Ware in hochwertigen Papiertaschen zu den jeweiligen SUVs getragen. Die Betreiber der Stände waren sich ihrer Rolle durchaus bewusst, sie waren freundlich, hilfsbereit und sauber und ließen es sich nicht anmerken, wenn sie sich zu ihren Gunsten verrechneten. Dolli hatte frisches Gemüse gekauft und war entschlossen, an diesem Abend ein der Gesundheit zuträgliches Gericht herzustellen. Ofengemüse mit Bratkartoffeln, das klang hervorragend, aber fürs Erste bräuchte sie Kaffee, oder lieber nicht, die Kaffeemaschine war ihr immer noch ein Rätsel und Arturo war nicht da. »Kein Thema«, dachte sie, »ein Gläschen Champagner tut es auch.« Eine entsprechende Flasche stand immer im Kühlschrank. »Man muss es einfach im Griff haben«, philosophierte sie weiter, »sonst endest du wie der Nachbar, meine Liebe.« Und das wollte sie keinesfalls.

In diesem Moment hörte sie die Eingangstüre in der Halle und gleich darauf die vertraute Stimme, die nach ihr rief. Dolli rief kurz »Küche!« und freute sich einfach, sein Rumoren zu hören. Sie war kein sentimentaler Typ, eher auf der zynischen Seite angesiedelt, aber Arthur brachte etwas in ihr zum Klingen und weckte Gefühle, die sie bis dahin nicht gekannt hatte. Es war etwas Weiches, Warmes, das sie für sich nicht festmachen konnte. So hatte sie beschlossen, es einfach zu genießen.

Arthur betrat den hellen Raum, er strahlte: »Du, der neue Altwarenhändler ist großartig! Er hat das rote Blechauto repariert und auch gleich übernommen, es steht jetzt in der Kinderauslage und er hat gemeint, es wird sich bald jemand finden, der nicht widerstehen kann. Wenn der Preis stimmt, den er sich vorstellt, habe ich noch ein Geschäft gemacht!«

»Seit wann interessierst du dich fürs Verkaufen?«

»Da hast du recht, aber er hat es so charmant präsentiert, das hat einfach Stil, das macht Spaß!«

»Hauptsache, du hast jetzt einen guten Ansprechpartner«, meinte Dolli. »Und jetzt mach' ich mich ans Gemüse.«

»Ach komm«, entgegnete Arthur, dem nicht entgangen war, dass sich die Kochlaune seiner Frau bereits wieder verflüchtigt hatte. »Lass uns essen gehen, dann musst du nicht in der Küche stehen.«

Dolli war sofort einverstanden, angesichts der Gemüsemenge war ihr Übermut tatsächlich verflogen, sie nahm sich jedoch fest vor, Frau Hilde morgen zu bitten, die Lebensmittel zu einer Suppe zu verarbeiten. Sie wie so oft zu vergessen und verderben zu lassen verursachte ihr doch, bei aller Distanz zu ökologischen Ideen, ein gewisses Unbehagen.

»Heute habe ich Rudi Staller mit Alexander Simonius vor dem Haus getroffen«, erzählte sie Arthur eilig. »Die beiden sind wirklich ein ungleiches Paar, aber haben sich angeregt unterhalten. Was denkst du darüber? Ich meine, rein fachlich?«

Arthur dachte kurz nach. »Das ist wahrscheinlich eine sehr gute Idee. Für Rudi ist eine andere Bezugsperson als dieser komische Hartl sicher eine Bereicherung. Und Alex Simonius geht es im Moment, wie du schon letztens bemerkt hast, auch nicht gerade bestens. Wahrscheinlich können sie einander jetzt ganz gut unterstützen.«

Dolli sah ihm die Freude über diese Neuigkeit richtig an. Er war doch ein echter Philanthrop, den es glücklich machte, wenn andere glücklich waren. »Unglaublich eigentlich«, dachte sie bei sich, »er mag die Menschen wirklich.« Und sie wusste auch, dass ihr Mann in Sachen Rudi Staller immer ein schlechtes Gewissen hatte. Ihm ging Rudis Situation nahe, er fühlte sich berufen, seine

Unterstützung anzubieten. »Es geht ihm doch gut«, meinte sie dann immer beruhigend, »er ist wohlhabend, kann zu Hause leben und tut mehr oder weniger, was er gerne möchte.« »Das ist die Frage«, kam es dann von Arthur grüblerisch retour: »Ist es irrelevant, ausgenützt zu werden, wenn man es nicht bemerkt? Es passiert trotzdem …« Mit solchen Gedanken musste sie ihn dann alleine lassen, sie war zu pragmatisch. Solange es dem Staller gut ging, war es auch gut. »Es zählt, was auf dem Teller liegt« war ihr Motto und weniger das, was man sich alles ausdenken konnte. Sie war einfach praktisch, wie eine Marktfrau, dachte sie oft über sich selbst. Nach außen allerdings war sie die Verkörperung der wohlhabenden, unabhängigen Frau, jedoch ohne die Härte und Kompromisslosigkeit der wahrhaft emanzipierten Frau vor sich her zu tragen. Sie ließ, wann immer es darauf ankam, auch das Frauchen aufblitzen, zartfühlend und etwas unentschlossen, um gleich darauf diesen Eindruck mit beißender Ironie wieder zu verwaschen. Man war sich bei ihr einfach nie ganz sicher, woran man war, nur eines war immer sicher: ihr Stil und ihre Eleganz, die nicht nur bei ihrer Kleiderauswahl unaufdringlich zum Vorschein kamen, sondern auch in ihrer ganzen Lebensart. Dolli war stets leise, unaufdringlich, und wenn sie sich kritisch äußerte, was sie ausgesprochen selten tat, dann auf so subtile Weise, dass sie ihre Gesprächspartner regelmäßig in Ratlosigkeit zurückließ.

All das, wofür sie jetzt stand, war ihr nicht in die Wiege gelegt worden. Aus einem engen bürgerlichen Milieu stammend, hatte sie bald der Familie den Rücken gekehrt, um ihre eigenen Wege zu gehen. Schon nach wenigen Semestern an einer Schule für Kunstpädagogik hatte sie dann ihren ersten Ehemann kennengelernt und war in die Rolle der Ehefrau eines sehr erfolgreichen Mannes geschlüpft, wobei sie immer auf die eigene Unabhängigkeit bedacht gewesen war. Ihr viel älterer Gatte hatte das respektiert und so führten sie eine in Freundschaft verbundene Ehe, bis ihr Mann seiner Altersschwäche erlag, das Zeitliche segnete und Dolli als reiche Witwe hinterließ. Vielfach wurde ihr unterstellt, dass sie froh war, nun alles tun und lassen zu können, was sie nur wollte. So war es aber nicht. Sie hatte auch schon während ihrer Ehe getan, was immer sie wollte, und ihr väterlicher Freund fehlte ihr sehr.

Darüber hinaus kam es in dieser Zeit zur endgültigen Loslösung von ihrer Ursprungsfamilie. Diese hatte Dollis Lebenslauf immer mit Skepsis beobachtet. Tanten, Onkel und Cousinen missbilligten ihren Weg. Nichts gelernt und ein Leben im Überfluss. Alles oberflächlich, alles protzig. Die Villa im Grünen, das Haus am See, der teure Wagen, aber dafür keinerlei Verantwortung, keine Kinder. Was sollte dieses Leben für einen Sinn haben? Und außerdem noch diese Figur, denn während Dolli nie ein Gewichtsproblem gehabt hatte – übrigens auch bei etlichen ihrer Freundinnen als schwerwiegende Verfehlung vermerkt –, waren die Cousinen eher auf der pummeligen Seite angesiedelt und kämpften seit ihren Teenagerjahren gegen die Kilos an.

Eine Zeit lang hatte sich Dolli bemüht, die Familie eingeladen, sich an Geburtstage erinnert und liebevoll Geschenke ausgesucht. Das Resultat war allerdings immer das gleiche: Das Haus wäre doch viel zu groß für eine Person, und eine Haushälterin noch dazu, und das Geschenk wäre ganz nett, aber schließlich könne sie es sich auch leisten … Die Gehässigkeiten nahmen zunehmend an Fahrt auf und Dolli hatte sich sogar schon überlegt, Frau Hilde beim nächsten Familientreffen einfach freizugeben, um sich wenigstens hierfür nicht rechtfertigen zu müssen. Aber halt! Das ginge dann doch zu weit. Nur um ihren Verwandten zu gefallen, sollte sie den ganzen

Abend herumlaufen, alle bedienen und auch noch abwaschen? Wozu? Es käme ja doch immer die alte Leier: Dolli, das Glückskind, alles fiele ihr in den Schoß und für etwas Besonderes hielte sie sich auch noch, und so weiter… Kurzerhand rief sie ihre Cousine an, um mitzuteilen, dass sie außerstande sei, den Achtziger von Tante Else bei sich zu veranstalten. Leider – ganz unmöglich. »Typisch«, maulte ihre immer mürrische Cousine, »bleibt es wieder an mir hängen, wo ich doch die kleinste Wohnung habe und am wenigsten verdiene!« Zu ihrer Beruhigung fügte Dolli hinzu, dass man sich das Gedeck für sie sparen könne, sie würde dieses Mal gar nicht dabei sein. Sie war seitdem überhaupt nie wieder dabei gewesen und hatte die Familientreffen auch kein einziges Mal vermisst.

Julie

Julie saß wie jeden Tag an ihrem Schreibtisch im Büro. Sie hatte sich über die Jahre eine besondere Form der Disziplin angewöhnt und fühlte sich richtig verantwortungslos, wenn sie ihre Routine aus irgendeinem Grund unterbrechen musste. Sie lebte tatsächlich unter besonderen Umständen, die leicht zur Tatenlosigkeit hätten verführen können. Als Erbin des erfolgreichen Unternehmens ›Kaysers Confitüren‹ war sie nicht nur finanziell sehr gut abgesichert, sie war auch von zahlreichen kompetenten Mitarbeitern umgeben, die seit Jahren erfolgreich dafür sorgten, dass die Kassen gut gefüllt waren. Dennoch hatte sie sich früh dazu entschieden mitzuarbeiten, alle Abteilungen kennenzulernen und den Durchblick zu bewahren. Sie hatte sich den alten Pavillon am unteren Ende des weitläufigen Gartens als Büro eingerichtet und sich selbst eine seriöse Stundenanzahl auferlegt, die sie täglich dort verbrachte. Ganz im Gegensatz zu Hans, der als Vizedirektor fungierte, und dem sie ebenfalls einen Schreibtisch bereitgestellt hatte. Er ließ sich allerdings so selten im Bürohäuschen blicken, dass sie seinen Arbeitsplatz irgendwann wieder entfernen ließ. Er bemerkte es nicht einmal. Auf die Fragen, die sie anfänglich noch gestellt hatte, ob er nicht auch Bürozeiten benötige, um Allfälliges aufzuarbeiten, hatte er nur entgegnet, er sei eher der Typ für Arbeit vor Ort, Feldforschung quasi, man müsse sich auch unters Volk mischen, um zu wissen, was los sei. Danach war der Pavillon ganz der ihre und sie genoss es. Das kleine Gebäude war eigentlich als Teehaus errichtet worden, durch die großen Fenster flutete das Licht herein und öffnete herrliche Ausblicke in die verschiedenen Winkel des Gartens. Julie hatte die ursprüngliche, einfache Metallkonstruktion auf den neuesten Stand der Technik bringen lassen und genoss die Einsamkeit ihrer Idylle. Sie wurde nur im äußersten Notfall gestört – »Frau Direktor ist im Büro«, hieß es immer respektvoll – und so hatte sich ihre tägliche Auszeit institutionalisiert, wobei sie sich tatsächlich um die Belange ihrer Firma annahm.

Sie hatte alle anfallenden Aufgaben abgearbeitet, die Unterlagen sortiert und den Schreibtisch von allem Unnötigen befreit, sie hatte sich schon Kaffee mit ihrer kleinen Maschine zubereitet und auch kontrolliert, ob der Kühlschrank ausreichend mit Wasser bestückt war, dennoch blieb ihr noch Zeit, bevor sie sich gestatten würde, diesen Bürotag zu beenden. Das war genau die Situation, die sie am meisten fürchtete: Mit ihren Gedanken allein zu sein, ohne jede Ablenkung.

Wo war Hans bloß wieder? Im Büro erwartete sie ihn gar nicht mehr, auch in der Firma selbst war er schon lange nicht mehr aufgetaucht, aber früher war er wenigstens zum gemeinsamen Frühstück mit den Kindern erschienen und hatte sie manchmal sogar in der Schule abgeliefert. Letztens hatte er sogar vergessen, die Kinder vom Tennisplatz abzuholen, was diesen auch egal gewesen war. Sie waren fünfzehn und sechzehn und konnten sehr gut allein nach Hause kommen, aber es wäre einfach nett gewesen, ein bisschen Familie zu leben. Außerdem hätten ihre blöden Bekannten aus dem Klub ihn einmal als treusorgenden Vater wahrgenommen und nicht immer als gönnerhaften Dandy.

Meist trieb er sich mit diesem Krawanek herum, um den es schon vereinzelt Gerüchte gab. Und wenn es mit den Gerüchten erst losging, das wusste sie, dann war das gar nicht gut für die Reputation. Wahrscheinlich hatten die beiden wieder irgendein absurdes Projekt auf dem Plan, das sie schlagartig reich machen würde. Sie wusste sehr wohl, dass Hans finanziell oft am Abgrund wandelte und sich aber immer im letzten Moment aus der Misere herauswinden konnte. Nicht zuletzt dank ihrer großzügigen und diskreten Interventionen. Sie wusste aber auch, dass es ihn immer sehr belastet hatte, selbst nicht vermögend zu sein – dafür war er elegant und gutaussehend. Alles hatte seinen Preis. So behielt sie die Bewegungen auf dem gemeinsamen Konto im Auge und sorgte kommentarlos dafür, dass immer etwas Spielgeld zur Verfügung stand. Aber was, wenn er übertrieben hatte? Es waren in letzter Zeit einige größere Summen abgezogen worden. Oder, noch viel schlimmer, wenn wieder einmal eine Frau im Spiel war? Es war eigentlich immer ihr stilles Agreement gewesen: Er konnte tun und lassen, was er wollte, aber bitte keine allzu demütigenden Eskapaden und öffentlichen Ehebrüche. Solange er ihr offiziell treu war und die Familie nicht sprengte, würde sie all seine finanziellen Dummheiten decken. Dennoch, dieses Mal war es anders: Hans ließ sich kaum blicken, er verbreitete Unruhe und der ewige Optimismus, den er sonst zur Schau trug, schien massiv eingebrochen zu sein. Es war beunruhigend.

Jessica

Jessica war wütend. Wütend und vor allem beschämt. Jetzt hatte sie diesen dämlichen Job auch noch verloren, es war nicht zu fassen. Die Filialleiterin war auch eine gehässige Kuh, sie vor den anderen so herunterzuputzen. Sogar diese unfähige Fatima, die kaum Deutsch sprach, hatte gegrinst. Sie hatte es genau gesehen.

Der Job im Drogeriemarkt war für Jessica immer nur eine Notlösung gewesen, vor allem, weil ihre blöden Eltern darauf bestanden hatten, dass sie irgendetwas anfangen möge, wenn schon keine weitere Ausbildung nach der Schule, dann eben Arbeit. Und wenn man so träge und unentschlossen war und zudem nicht bereit, sich im Mindesten zu engagieren, dann eben eine völlig uninteressante und untergeordnete Arbeit. So war sie als Hilfskraft in diesem Laden gelandet. Sie hatte sich von Anfang an von den Kolleginnen distanziert, die sie wissen ließ, dass sie quasi nur auf der Durchreise war und eigentlich ganz andere Ziele in ihrem Leben hatte. Sie drückte sich vor jeder Aufgabe so lange, bis jemand anderer es nicht mehr ertragen konnte und einsprang. Sie hatte die meisten Fehltage angesammelt und das Zeitschinden zur wahren Meisterschaft gebracht. Die Geschäftsführung hielt sie zum einen, weil sie so wenig verdiente, dass es nicht auffiel, zum anderen, weil es nicht gut ankam, eine junge, ungebildete Frau zu kündigen. Jessica war mit der Zeit immer patziger und dreister geworden, zu Kunden ließ man sie gar nicht mehr vor, ihre mürrische Art wurde langsam geschäftsschädigend. So verbrachte sie die Tage im Lager, wo sie Kisten stapelte, neue Ware auszupacken hatte und Retouren bearbeiten musste. Das Alleinsein mit den manchmal allzu verlockenden Kosmetikartikeln bekam ihr nicht gut. Zuerst war es ein Lipgloss aus der vergangenen Saison, dann wieder ein Duschgel, von dem es wirklich sehr viele Exemplare gab. Da sie scheinbar niemand beachtete, wurde sie mutiger und widmete sich den Haarprodukten. Sie stellte ein schönes Sortiment an Shampoo, Balsam und Spray zusammen, um es ihrer Mutter zum Geburtstag zu schenken. Für ihren Vater komponierte sie ein Paket mit Ölbad, Duschgel und Rasierschaum, speziell für den Herren, und für ihre Freundin Ilse, die sie kaum mehr zu Gesicht bekam – sie hatte ständig an der Uni zu tun – wollte sie gerade ein Potpourri aus Hand- und Körpercremes auswählen, als die Filialleiterin unversehens hinter ihr auftauchte. Wie lange sie schon beobachtet worden war, wusste sie nicht, daher versuchte sie gar nicht erst den Geschenkkarton, der schon zur Hälfte gefüllt war, verschwinden zu lassen oder irgendetwas zu erklären. Eigentlich war sie erleichtert. Was dann kam, war allerdings unschön. Die Filialleiterin rief die anwesende Belegschaft zusammen, bezichtigte Jessica offen des Diebstahls und sprach mir nichts dir nichts die fristlose Entlassung aus – nicht ohne darauf hinzuweisen, dass sie, Jessica, noch von Glück reden könne, man verzichte auf eine polizeiliche Anzeige. Der Warenwert sei zu gering. Jessica musste ad hoc alles liegen und stehen lassen, ihr Firmenshirt retournieren, den Spind räumen und gehen.

Da stand sie nun, mitten auf der Straße, sie war schnell um die Ecke gegangen, um nicht wie ein begossener Pudel vor dem Geschäft bleiben zu müssen. Sie hatte vor Scham richtig heiße Ohren bekommen und wurde das Gefühl nicht los, dass keine der Kolleginnen sie vermissen würde. Dann atmete sie tief durch und machte sich auf den Weg, ihren Eltern die unangenehme Nachricht zu überbringen. Gleichzeitig beschloss sie noch, diese Filialleiterin auf ihre persönliche Hassliste zu setzen, das fühlte sich zumindest im Moment gut an. Zu Hause würde sie natürlich eine abgewandelte Version der Geschichte erzählen, allgemeine Sparmaßnahmen, schlechte Umsätze, Wirtschaftskrise. Sie war gespannt, wie ihr Vater das aufnehmen würde, und ob sie jetzt auch noch ihren Beitrag zum Haushaltsbudget würde leisten müssen. Irgendwann war Hermann auf die glorreiche Idee gekommen, Jessica sei volljährig, könnte genauso gut ihren eigenen Haushalt haben und müsste dann ja auch alles selbst bezahlen. Ein Beitrag von zweihundert Euro monatlich wäre geradezu nur symbolisch, sie würde ja auch verköstigt. Er hielt das für eine brillante pädagogische Maßnahme, sie hasste ihn dafür noch mehr. Musste sie jetzt am Arbeitsamt um Unterstützung ansuchen, um sich das Leben bei den Eltern noch leisten zu können?

Hans

Er hatte schon lange nichts von seinem Freund Günther Krawanek gehört. Das war ungewöhnlich, normalerweise sahen sie einander im Klub, wo sie auch öfter ein paar Partien gegeneinander spielten, vor allem das wöchentliche Doppel, oder sie trafen sich zum Lunch oder auch in größerer Runde bei irgendwelchen Soireen. Er war doch nicht verreist? Letztens hatte er sogar die Tennisrunde ausgelassen und Hans konnte sich nicht erinnern, dass Krani dergleichen erwähnt hätte. Dabei wollte er ihn jetzt wirklich gerne sprechen. Er drückte die Kurzwahl und wider Erwarten hörte er Krawaneks etwas belegte Stimme.

»Grüß' dich, Hans!«

»Harte Nacht gehabt gestern? Du klingst schlimm, oder bist du krank?«

»Nein, alles in Ordnung, ich bin im Klub, du weißt schon, die Vorstandssitzung vorbereiten …«

»Stimmt, das Protokoll vom letzten Mal ist noch ausständig. Nicht, dass es jemand vermisst hätte…« Hans kicherte. »Du bist wirklich nicht der ordentlichste Kassier!«

»Sehr witzig! Du bist auch nicht gerade der ordentlichste Sekretär! Aber Spaß beiseite, kannst du hierherkommen?«

»Was, jetzt gleich?«

»Ja, sofort wäre gut.«

»Das trifft sich gut, ich wollte ohnehin mit dir sprechen, über – na, du weißt schon.«

»Nicht am Telefon, wir besprechen das, wenn du da bist.«

Das Gespräch war beendet. Hans hielt nachdenklich das stumme Telefon in der Hand und sah aus dem Fenster seiner Garderobe, in der er halb angezogen stand. Das war ein merkwürdiges Gespräch gewesen, dieser gepresste Tonfall passte so gar nicht zu Krani. Hoffentlich hatte der noch alles unter Kontrolle, sonst würde es jetzt eng werden. Sehr eng. Er zog sich schnell eine weiße Hose, Klubweste und passende Socken an, schlüpfte in seine Schuhe und ging leise aus dem Zimmer. »Warum schleich' ich eigentlich im eigenen Haus so herum? Ist ja niemand da. Julie sitzt sicher im Büro und der Rest ist auch unterwegs. Das ist kein gutes Gefühl, aber schauen wir mal, dann werden wir schon sehen.« Der Optimist in ihm gewann leicht die Oberhand: »Ich kriege das schon hin«, sagte er motivierend zu sich selbst, »und zur Not frag' ich Julie, dieses Mal gibt es nicht einmal eine Weibergeschichte, da wird sie schon nicht so sauer sein.« In der großzügigen Halle schnappte er die Schlüssel seines 911ers und trabte zur Garage.

Wenig später spritzte der Schotter auf der Auffahrt vor dem TC Leopoldshof in alle Richtungen. Hans parkte den Wagen direkt vor dem Eingang und nahm die drei Stufen zum Entree mit einem einzigen elastischen Schritt. Lässig jonglierte er den Schlüssel in einer Hand, mit der anderen salutierte er grüßend Richtung Bar: »Unser Kassier?«

»Im Klubraum, beim Kamin«, antwortete der Barmann.

»Bringen Sie uns zwei Aperol«, warf Hans noch über die Schulter zurück, bevor er den Klubraum betrat. Er hatte das Gefühl, dass sie den Alkohol bei diesem Gespräch brauchen würden.

Sie begrüßten einander mit dem üblichen Handschlag, wobei Krani heute besonders fest und lange zugriff, als ob er sich festklammern wollte.

»Alter Freund, was gibt es so Dringendes?«

»Dringend und unangenehm«, antwortete Krawanek düster. »Unsere Immobiliengeschichte, das wird nichts werden, fürchte ich.«

»Was heißt das, ›du fürchtest‹?«

»Na ja, zum jetzigen Zeitpunkt kann ich sagen, dass sich meine Befürchtungen zu bewahrheiten scheinen«, antwortete Krawanek sich windend.

»Hast du einen Schlaganfall? Rede Klartext mit mir! Ich bin's, dein Freund Hans!«

»Also gut, das Projekt ist gestorben. Wir bekommen ganz sicher keine Bewilligungen und schon gar nicht in der vorgegebenen Zeit. Das war's. Ende. Basta. Finito.«

»Aber du hast doch gesagt, deine Beziehungen zu diesem Gemeinderat wären eins a, außerdem hätte er ja mitgeschnitten, der Trottel!«

»Genau das ist ihm zu heiß geworden, und bei der letzten Sitzung, als er das alles hätte unter Dach und Fach bringen müssen, ist er eingeknickt. Er hat es mir gestern Abend gebeichtet. Da hatte ich ihm aber schon tagelang nachtelefoniert, dem feigen Hund. Er hat es sich anders überlegt, sein guter Ruf, seine Integrität, das wäre das alles nicht wert, und so weiter und so fort …«

»Und was machen wir jetzt?«

»Unsere kleine Firma ist insolvent. Das Firmenvermögen besteht aus einem völlig wertlosen Grundstück, für das wir auch noch Abgaben zahlen müssen. Daran wird sich so schnell auch nichts ändern.«

Hans konnte es immer noch nicht fassen, da war wohl etwas ordentlich in die Hose gegangen. »Und was ist mit meinem Geld?«

»Na weg, so wie meines auch! Aber schlimmer noch, wir haben schon einige Anleger gehabt, die können wir auch nicht auszahlen, alles ist futsch!«

»Wie, futsch?«, insistierte Hans weinerlich hustend, ihm war sehr heiß geworden und er hatte sich an dem eiskalten Aperol verschluckt.

»Sag einmal, bist du schwer von Begriff? Die Kohle ist weg, wir haben sie ausgegeben, auf den Kopf gehauen, naja, eigentlich du – ich bin meinen Verpflichtungen nachgekommen. Was hast du eigentlich mit den Fünfzigtausend gemacht, die ich dir gleich am Anfang ausgezahlt habe?«

»Weiß ich nicht mehr, wahrscheinlich in diese blöden Sonnenstudios gesteckt, die gehen ja auch nicht mehr«, flüsterte Hans.

»Wir müssen das jetzt genau nachrechnen, da bleibt uns gar nichts übrig, und Wehleidigkeit hilft uns jetzt auch nicht weiter«, antwortete Günther kryptisch.

Es war noch schlimmer gekommen, als Hans es sich hätte vorstellen können. Beide hatten mit Mitteln, die nicht die ihren waren, eine Firma gegründet und das weitläufige Grundstück vor den Toren der Stadt zu einem guten Preis erworben, da unverbaubares Grünland. Hans hatte dafür wieder einmal auf das Familienkonto zugegriffen und Günther hatte seine Möglichkeiten als Treuhänder und Kassier missbraucht. Das Grünland sollte bei einer Sitzung im Gemeinderat zu Bauland umgewidmet werden. Ihr Kontakt, den er anlässlich eines Lokalbesuchs in der Gegend kennengelernt hatte, hatte ihm glaubhaft versichert, gegen eine entsprechende Beteiligung die Umwidmung herbeiführen zu können. Günther Krawanek war ein Netzwerker und hatte innerhalb kürzester Zeit einige Investoren für das Projekt »Wohnen am Waldesrand« gewinnen können. Erste Gelder waren geflossen und die dazugehörigen Anteilsscheine ausgestellt worden. Hans und Günther hatten sogleich auf die volle Kasse zugegriffen, in der Annahme, der nächste Geldfluss werde die Lücke wieder auffüllen. Doch es war anders gekommen und eine Lösung musste her.

»Julie bringt mich endgültig um!«, meinte Hans fatalistisch.

»Immer noch besser als Knast, da geh ich nämlich hin, wenn uns nichts einfällt!«, antwortete Günther noch fatalistischer.

Sie hatten die dritte Runde Aperol vor sich stehen und jeder war mit seinen eigenen Gedanken beschäftigt, sodass sie Hermann Hartl gar nicht bemerkten. Dieser war schon einige Zeit im Raum gewesen, er wollte, so wie er es immer tat, die Zeitschriften tauschen und machte sich an der Anrichte, auf der die Journale auflagen, zu schaffen.

Hermann

Zweimal die Woche belieferte Hermann die Lounge der Privatklinik Leopoldshof sowie den Tennisklub mit Zeitungen, wobei es sich ausschließlich um Hochglanzmagazine über Yachten, Reiten, Design, Jagd und all die anderen teuren Hobbies handelte, mit denen sich die Gäste der Klinik gerne die Zeit vertrieben. Es war ein lukratives

Geschäft, denn niemand dachte daran, Herberts Preisgestaltung zu hinterfragen. Außerdem hob die besondere Auswahl der Magazine das Niveau seines gesamten Geschäfts, denn nicht jede Trafik konnte ein derart gediegenes Sortiment anbieten. Den TC Leopoldshof belieferte er darüber hinaus mit Rauchwaren. Zigaretten waren weniger nachgefragt, dies war dem gesteigerten Gesundheitsbewusstsein der Mitglieder geschuldet, aber Zigarren, die dicken, teuren, erfreuten sich weiterhin großer Beliebtheit. Das seit Jahren gültige allgemeine Rauchverbot umging man im TC elegant, indem man den Klubraum jeden Abend ab einundzwanzig Uhr zum Raucherraum erklärte und nicht wenigen Mitgliedern auf diese Weise die Möglichkeit bot, dem alten Laster, gepaart mit teurem Cognac, zu frönen. Die Verlängerung des entsprechenden Umlaufbeschlusses wurde alljährlich bei der Generalversammlung unter dem zustimmenden Applaus der Anwesenden für ein weiteres Jahr bestätigt. Nur eines von vielen beliebten Ritualen, das die Mitglieder zu einer verschworenen Gemeinschaft verschmelzen ließ. Kritische Einwände gab es kaum, und wenn, wurden sie sogleich überstimmt.

Hermann sorgte also regelmäßig und so diskret für Nachschub, dass ihn niemand mehr wirklich wahrnahm. Das empfand er einerseits als ausgesprochen kränkend, wenn das »versnobte Gesindel«, wie er die Mitglieder des Klubs für sich nannte, ihn wieder einmal nicht grüßte, daran hatte er sich aber schon gewöhnt. Besonders hart traf es ihn, wenn er jemandem außerhalb des Klubs begegnete, freundlich grüßte und die betreffende Person einfach durch ihn hindurchsah, weil sie ihn nicht erkannte. Solche Situationen verärgerten ihn derart, dass er eine Magentablette benötigte und meist gleich heimging, um seine Demütigung an Heidi auszulassen. Dennoch war ihm bewusst, dass er diese Unsichtbarkeit zu seinem Vorteil nutzen konnte. Er trieb sich fortan öfter als notwendig im Klub herum, beobachtete die Vorfälle, belauschte Gespräche und machte sich seine Gedanken, aber hatte vor allem Günther Krawanek im Blick.

Als er sich in der Ecke des Klubraums beim Zeitungsregal herumdrückte und die Journale leise immer wieder neu arrangierte, registrierte er höchst interessiert die angespannte Stimmung zwischen Hans Freyenberg und Günther Krawanek. »Schau an, welch eine illustre Besetzung«, dachte er hämisch, »die scheinen ja nicht gerade gut gelaunt zu sein, die beiden feinen Herren vom Vorstand.« Er fummelte an den Heften herum und spitzte die Ohren. Sie hatten weder bemerkt, dass er den Raum betreten hatte, noch, dass er jetzt dastand, offensichtlich in seine Aufgabe vertieft. Vom anderen Ende des Raumes war hauptsächlich Gemurmel zu hören, aber einzelne Worte kamen doch ziemlich deutlich: Investoren, Finito, Knast. »Hat er jetzt wirklich ›Knast‹ gesagt? Da scheint sich etwas Ernstes zusammenzubrauen, die zwei haben ein größeres Problem, na, wenn das nicht spaßig ist!«, dachte Hermann gut gelaunt. Die Tatsache, dass die beiden von ihm besonders gehassten Männer, die genau jenes Leben führten, das er sich für sich vorgestellt hatte, einen offensichtlich äußerst schlechten Tag hatten, freute ihn sehr. Er würde dranbleiben, nahm er sich vor und verließ so leise, wie er gekommen war, den Klubraum.

Elinor

Sie hatte die Visitenkarte, die Günther Krawanek ihr überreicht hatte, wie einen Augapfel gehütet. In letzter Zeit war sie noch schlampiger gewesen als sonst, hatte Abholzettel, Visitenkarten und ähnliche kleine Papiere immer wieder verlegt oder auch weggeworfen. Es wäre nicht das erste Mal gewesen, dass sie einen wichtigen Kontakt einfach aus den Augen verloren hätte, nur weil sie die Kontaktdaten nicht mehr finden konnte. Aber nein, dieses Mal würde es anders sein. Die neue Elinor trat vor den Vorhang. Sie würde in einigen Tagen anrufen, nicht zu früh, sie wollte nicht aufdringlich erscheinen. Nächste Woche hatte er gemeint, also würde sie sich nicht eine Minute früher melden.

Sie war richtig nervös, wanderte in ihrer Wohnung auf und ab, betrat die zwei Zimmer, die sie eigentlich nicht brauchte und daher weder heizte noch saugte. Sie versuchte sich selbst und ihre Bleibe mit den Augen eines völlig Fremden zu sehen und musste zugeben: Dabei schnitt sie gar nicht gut ab. Ausgeschlossen! Sie könnte diesen Doktor Krawanek keinesfalls zu einer eventuellen Vorbesprechung zu sich einladen. Es wäre natürlich wunderbar, wenn sie jetzt eine elegante Wohnung hätte, zwar mit einem Hauch von Geschichte versehen, aber doch auf den neuesten Stand gebracht. Die Erbstücke auf Hochglanz poliert, geschmackvoll auf die Räume verteilt. So etwas wie: »Das war schon der Schreibtisch meines Großvaters, ich hänge einfach an ihm, hier entstehen die besten Texte!«, oder »Auf diesem Biedermeiertisch wurden schon vor Generationen Gäste bewirtet, ich bin dieser Tradition verpflichtet.« Sie würde ein geheimnisvolles Lächeln um ihren Mund spielen lassen und er wäre sehr beeindruckt: Eine Frau mit Stil, intelligent und gebildet. Leider war die Realität eine andere und der Blick in ihre stillgelegten Zimmer zauberte nicht so sehr das Lächeln in ihr Gesicht, sondern jagte vielmehr einen leisen Schauer über ihren Rücken. Irgendwann müsste sie hier wirklich aufräumen, entrümpeln und vor allem ausmalen. Nach dem Besuch in diesem prächtigen Tennisklub kamen ihr die eigenen vier Wände noch düsterer vor als sonst. Egal, sie musste sich jetzt mit wichtigeren Dingen befassen: dem Konzept zum Beispiel. Sie packte die Wurstsemmel, die sie kurz zuvor im Supermarkt erstanden hatte, aus dem Papier, legte sie mit großer Geste auf die beigepackte Serviette und verzog sich in den Wohnraum auf das abgewetzte Sofa. Während sie vor sich hin kaute, entstand vor ihrem geistigen Auge ein Plan für ihr Buch: »Der TC Leopoldshof – Aufbruch in die Moderne. Von Elinor Pächter«. Das war schon einmal ein sehr guter Anfang. Sie wischte sich die fettigen Finger an der mickrigen Serviette ab und kramte unter dem Papierhaufen auf dem Beistelltisch Stift und Block hervor. »Auf geht's, Elinor!«, sagte sie laut und begann an ihrer Idee zu arbeiten.

Die nächsten Stunden arbeitete sie hochkonzentriert. Als sie wieder von ihrem Block aufblickte, war nicht nur die Nacht hereingebrochen, sie konnte ihre eingeschlafenen Unterschenkel kaum aus dem Schneidersitz befreien, in dem sie einige Stunden völlig erstarrt gesessen war. Langsam streckte sie die kribbelnden Beine durch und blickte äußerst zufrieden auf ihr Elaborat. Vor ihr lagen nicht weniger als sieben dicht beschriebene Seiten, die das neue Buch skizzierten. Sie wollte in der Gegenwart beginnen, mit schönen Bildern des Interieurs und der Anlagen. Auch der Garten musste abgebildet sein. Dann würde sie die Leser Schritt für Schritt in die Geschichte führen, nicht ohne diesen Tennisklub und die vielen mit ihm verbundenen Schicksale in der Zeitgeschichte zu verankern. Sie war schon gespannt, wieviel der TC Leopoldshof wirklich bereit sein würde zu ertragen, das würde wohl davon abhängen, was sie in den Archiven finden und was davon sie der Öffentlichkeit präsentieren würde. »Mal sehen, wie viele Nazis sich dort verstecken«, dachte sie grimmig. »Aber wer zahlt, hat recht«, schloss sie noch etwas grimmiger. Jetzt musste sie dringend ihre Finanzen sanieren, die Moral würde sie erst einmal hintanstellen.

Doch so weit war es ja noch gar nicht, sie musste sich als Erstes bei Krawanek melden, und plötzlich war sie gar nicht mehr sicher, ob dieser sie überhaupt ernst genommen hatte.

Hermann

Hermann war, gleich nachdem er sich aus dem Klub davongeschlichen hatte, zurück in die Trafik gegangen. Er traf Heidi an, die wieder einmal die Regale sortierte, und würdigte sie keines Wortes.

»Alles in Ordnung im Klub?«, fragte sie.

»Ach, lass mich doch in Ruhe«, murmelte er mürrisch. Für ihn war die Grenze der Erträglichkeit schon erreicht. Sie würde jetzt wieder ergeben seufzen, seine miese Laune einer Stimmungsschwankung zurechnen und diesen Blick des stillen Vorwurfs aufsetzen, der ihn regelmäßig zur Weißglut trieb. Die Frau, der er die Misere seines missglückten Lebens in Bedeutungslosigkeit ankreidete, saß nun seit Jahrzehnten an seiner Seite und schien sich auch noch dauernd zu bemühen, ihm alles recht zu machen. Wenn sie genauso unwirsch zu ihm wäre wie er zu ihr, oder wenigstens nicht immer so devot und beschwichtigend, dann hätte er nicht andauernd ein schlechtes Gewissen. Aber er konnte sich immer weniger dazu durchringen, ein freundliches oder zumindest höfliches Wort von sich zu geben. Wenn er sie nur sah, widerte sie ihn an. Er selbst war auch nicht gerade Adonis, dessen war er sich bewusst, aber, so erinnerte er sich wehmütig, er war doch in jungen Jahren ein recht hübscher Kerl gewesen, schlank, sportlich und vor allem ambitioniert. Dass er jetzt übergewichtig und unansehnlich geworden war, rechnete er ebenfalls seiner

Frau an. Sie kochte schweres Zeug, war selber fett und zeigte keinerlei Interesse an Bewegung oder Kultur oder auch nur irgendetwas anderem als ihrem blöden Schrebergarten.

Den hätte er ja längst verkauft. Es wurden Höchstpreise bezahlt. Noch dazu an dem beliebten Flussarm in einem der begehrtesten Naherholungsgebiete. Aber jeder seiner Vorstöße in diese Richtung war von ihr schon im Keim erstickt worden, und so unterwürfig sie sonst war, in Sachen Schrebergarten blieb sie uneinsichtig. Sollte sie sich doch alleine abmühen, er würde keinen Finger mehr rühren. All der alte Krempel, alles von ihrer Großmutter selig, nichts durfte verändert, geschweige denn weggeworfen werden. Einmal hatte er es gewagt, zwei alte Liegestühle, die schon so verzogen waren, dass man sie kaum aufstellen konnte, zum Sperrmüllcontainer zu bringen. Bei Rudi im Gartenhaus gab es sehr schöne aus Metall, die hätte man nur etwas putzen müssen, um dem Schrebergarten ein bisschen Stil zu verpassen. Aber nein, so hatte er Heidi noch nie erlebt, sie hatte ihm eine echte Szene gemacht und ihn genötigt, den alten Dreck wieder aus der Tonne herauszufischen. Das hatte er ihr nie verziehen, zumal ihm einige Nachbarn feixend dabei zugesehen hatten, wie er ungeschickt auf dem Container herumgeturnt war.

Und dann auch noch das freche Kind. Seiner Meinung nach hatte Heidi nicht nur als Ehefrau völlig versagt, sondern auch als Mutter. Keine Disziplin, kein Elan, kein Ziel. Ganz die Mama. Aber noch wesentlich hässlicher. Die wird keinen Trottel wie mich finden, der sie einfach heiratet und ihr ein bequemes Leben vor die Füße legt. Sie war richtig empört gewesen, die fette Kuh – oder angepisst, das sagte man doch heute? –, als er ihr erklärte, sie habe ab sofort für Kost und Logis zu bezahlen. Was bitte sollte daran gemein sein? Sie war weit über zwanzig, andere hatten längst einen Beruf und eine eigene Wohnung, dachte Hermann bitter, wohl über die Tatsache hinwegsehend, dass auch er seinem Onkel sehr lange auf der Tasche gelegen hatte. »Das waren andere Zeiten«, sprach er sich zu. »Mir hat man nicht alles nachgeschmissen, und jetzt ist die dumme Nuss auch noch arbeitslos. Nicht einmal diesen lächerlichen Verkaufsjob hat sie geschafft, das heißt zahlen wird sie jetzt wieder nichts und frisst den Eiskasten leer.« Hermann wies sich selbst an, sich zu beruhigen. Sich jetzt in einen Wirbel zu reden, brachte ihn nicht weiter und er spürte, wie sein Magen sich verkrampfte.

»Ich geh zum Rudi«, rief er in den Verkaufsraum hinein, während er die Tür der Trafik hinter sich zuzog.

In der Stallerschen Villa angekommen, setzte er sich erst einmal an den Küchentisch und atmete tief durch: Das würde nicht mehr lange so gehen. Erstens hatte er keine Lust, weitere zig Jahre auf diese Weise zu verbringen, zweitens würde er sich, wenn er sich weiterhin so ärgerte, ein waschechtes Magengeschwür züchten. Nein, er würde jetzt zur Tat schreiten, die Pläne, die er schon lange wälzte, genau durchdenken, und dann Ciao! Nachdem er sich beruhigt hatte, machte er sich auf die Suche nach Rudi. Die Haustüre war nicht abgeschlossen gewesen, das sichere Zeichen, dass er zu Hause war. Das nahm Rudi sehr ernst und er war stolz darauf, seinen eigenen Schlüssel zu haben. Hermann fand ihn, wie meistens, im Blauen Salon inmitten seiner Eisenbahn, hochkonzentriert bearbeitete er gerade eine Weiche.

»Grüß' dich Rudi, ich sehe mir deine Post und deine Banksachen durch, wenn es dir recht ist.«

»Mach nur, ich muss hier die Weiche richten«, antwortete Rudi in sich gekehrt.

»Na bitte«, dachte Hermann, »er will es so!« Er begab sich ins Arbeitszimmer, sortierte die Post, die er alibihalber aus dem Briefkasten mitgenommen hatte, setzte sich vor den Bildschirm und öffnete Rudis Bank-Account. Es war eine reine Freude, die üppigen Kontostände zu sehen. Rudis Vermögen war wiederum angewachsen. Hermann kontrollierte auch noch das Depotverrechnungskonto, nur um festzustellen, dass die Hundertsiebzigtausend, die Krawanek abgebucht hatte, noch nicht wieder rückgebucht worden waren. Dann kontrollierte er die zahlreichen Sparguthaben, die der Vater Staller in weiser Voraussicht angelegt hatte, und die mittlerweile beträchtliche Summen aufwiesen. In seinem Hirn begann ein Plan Form anzunehmen: Was er da im Klub zwischen dem Krawanek und dem Freyenberg aufgeschnappt hatte, passte doch sehr gut zu dieser Banktransaktion. Wahrscheinlich war der gute Herr Doktor blank und hatte sich nicht mehr anders zu helfen gewusst, als bei Rudi in den Topf zu greifen. »Der rechnet sicher nicht damit, dass ich mitlese«, Hermann grinste hämisch, »na ja, die ganzen Weiber und Kinder, und die Geschäfte gehen auch nicht, wie ich heute gehört hab'.«

Er begann, seine Strategie auszuarbeiten. Erst einmal würde er damit anfangen, Rudi zu bearbeiten und ihn darauf vorzubereiten, dass er ein Sparbuch abgeben würde. Was wäre wohl am besten, um ihn dazu zu überreden? Er müsste es ganz freiwillig tun, dann hätte er, Hermann, später auch keine Probleme, sollte jemand auf die Idee kommen, nachzusehen. Die einzige Person, die ihm einfiel, war der Treuhänder Krawanek, aber den hatte er jetzt in der Hand. Er fühlte sich großartig, alle Fäden liefen zusammen und formten sich zu einem soliden Strang. Er musste sich nur überlegen, wie er Rudi gefügig machen würde. Der war nämlich manchmal richtig aufmüpfig. Sollte er ihm etwa Angst damit einjagen, dass Heidi schwer krank sei und das Geld für eine lebensrettende Operation benötige? Oder besser an seine Großzügigkeit appellieren? Etwas wie: Er würde das Geld spenden, damit Kinder im Kinderdorf auch eine Eisenbahn haben könnten? Nein, für so eine große Summe musste es etwas Großes sein. Er würde ein neues Haus für das Kinderdorf bauen, das man aus Dankbarkeit »Rudolph Staller Haus« nennen würde. Das war gut! Rudi mochte Kinder, auch wenn diese ihn nicht so sehr mochten. Seine ganze Familie wäre dadurch geehrt, sein Vater wäre sehr stolz auf ihn. Ja, das passte. So würde er es langsam, aber doch stetig angehen. Dem Krawanek würde er gleich den Marsch blasen: Er wollte die Hälfte, das wären Fünfundachtzigtausend, sagen wir aufgerundet Hunderttausend, eine schöne, glatte Summe. Leicht zu merken. Er freute sich schon auf Krawaneks Gesicht, wenn er ihn mit der Hiobsbotschaft konfrontieren würde. Jetzt musste er nur den richtigen Moment abwarten.

Er loggte sich aus, legte alle Sparbücher und Unterlagen wieder an ihren Platz und schloss sorgfältig die Schreibtischlade. Dann ging er in den Blauen Salon, wo Rudi mit unverminderter Begeisterung seiner Eisenbahn folgte, und verabschiedete sich. Er wollte noch im Altwarenladen vorbeischauen und Herbert Matzka zu dem Meissener Service befragen. Hoffentlich war der Laden geöffnet, jetzt musste es zügig vorangehen. Wie ein Puppenspieler musste er alle Fäden gleichzeitig bedienen.

Herbert

Herbert war immer da. Außer, wenn er etwas abzuholen oder auszuliefern hatte. Und wenn er im Gartencenter unterwegs war, um neuen Blumenschmuck zu organisieren. Er machte keine Betriebsferien, hatte keinen Ruhetag, an Sonn- und Feiertagen war zwar offiziell geschlossen, er war aber trotzdem da und öffnete auf Anfrage jederzeit seine Pforten. Er brauchte keinen Urlaub. Seiner Meinung nach hatte er den besten Beruf, den er Tag und Nacht ausüben wollte, und gereist war er auch reichlich. Keinerlei Bedarf mehr nach der Ferne. Die interessanten Dinge fand man ohnehin vor der Haustür, war sein Credo. Und Arbeit gab es in seinem Geschäft immer genug.

Er hatte den Ausstellungsraum wieder umdekoriert. Der Herbst hielt Einzug, da war es an der Zeit, andere Objekte zu präsentieren und den Raum der Jahreszeit entsprechend einzurichten. Seinem persönlichen Stil folgend veränderte er die »Lebensbereiche«, wie er sie nannte: Die »Gartenecke« mit einem resedagrün-rostigen, runden Tischchen nebst zwei filigranen Gartensesseln kam nach hinten ins Depot. Er hatte für die Sessel kleine, grün-weiß gestreifte Kissen genäht, die er jetzt sorgfältig verpackte, um sie bis zum Frühling in seinem Fundus zu verstauen. Die Anregung hatte er natürlich in einem seiner geliebten englischen Einrichtungsmagazine gefunden und nicht widerstehen können. Er konnte gut nähen, aber auch diese Vorliebe behielt er für sich, es schien ihm ebenfalls nicht zu seinem Image zu passen.

»Die wirkliche Entdeckungsreise besteht nicht darin, neue Landschaften zu erforschen, sondern darin, altes mit neuen Augen zu sehen.« Ein weiteres Zitat, das der große Proust allein für ihn formuliert zu haben schien, als würde er ihn in seiner Lebensgestaltung bestätigen wollen. Deshalb würde er die Sommerware nächstes Jahr erneut aufstellen und einfach anders arrangieren, damit auch seine Kunden etwas Neues entdecken könnten. Für den Herbst hatte er entschieden, es sollten warme Farben sein, eine neue Leseecke musste her, mit dem schönen alten Kaschmirplaid und einer frischen Bücherauswahl. Im Sommer war neben einem alten Liegestuhl, der noch mit dem Originalmarkisenstoff bezogen war, Stevensons

Schatzinsel gelegen, begleitet von einem hohen Moser Kristallglas. Für den Longdrink an heißen Tagen. Jetzt kombinierte er zu dem abgewetzten Lederfauteuil Lindgrens *Kinder aus Bullerbü* und zwei schöne Teetassen von Augarten, Dekor Wiener Rose. Man musste ja auch schon an das Weihnachtsgeschäft denken, und er hatte die Erfahrung gemacht, dass seine Arrangements die Fantasie seiner Kunden anregten und die meisten etwas mehr mitnahmen, als sie eigentlich vorgehabt hatten. Eine alte Lederschultasche, ein Tintenfass mit Federkiel und ein alter Steiff-Teddy mussten auch noch ins Schaufenster, wo sie das leicht beschädigte Croquetspiel ablösen sollten. Während er vor sich hin summte und hin und her überlegte, betrat Hermann Hartl den Laden, begleitet vom leisen Gebimmel der Glocke.

»Der hat mir noch gefehlt«, dachte Herbert, grüßte aber freundlich. Der Kunde war schließlich König. Hermann kam, die Formalitäten überspringend, sofort zur Sache.

»Herr Matzka, schauen Sie sich das an. Was ist so etwas wert? Ich hab' noch mehr davon.« Er war zum Schreibtisch im hinteren Raum gegangen und wickelte eine kleine Schale aus mehreren Schichten Zeitungspapier. Herbert kam näher, setzte eine Brille auf, wie sie zuletzt John Lennon getragen hatte, und betrachtete das Objekt.

»Meissen?!«, stieß er halb fragend, halb behauptend aus. »Goldener Drache, sehr schön, sehr selten.« Die Rückseite mit der legendären Signatur betrachtend, fügte er hinzu: »Noch dazu eine alte Serie. Ende 19. Jahrhundert. Noch schöner. Noch seltener.«

Hermann grinste schief: »Ich habe hundertvierundvierzig Teile, es ist komplett!«

»Sie Glückspilz«, meinte Herbert trocken. »Ein Erbstück?«

»Ja, ja!«, versicherte Hermann seinerseits etwas atemlos. »Wieviel bekommt man dafür? Und können Sie das verkaufen?«

»Geerbt? Dass ich nicht lache«, dachte Herbert und antwortete höflich: »Wenn es vollständig und unbeschädigt ist, sicher eine gute fünfstellige Summe. In meinem Geschäft habe ich bedauerlicherweise keine Kapazität für ein so exquisites Objekt. Wenden Sie sich doch an ein Auktionshaus, es kann aber auch die Firma Meissen Interesse daran haben, ein derart seltenes Exemplar für ihr eigenes Museum zu erwerben. Vielleicht findet man in den alten Unterlagen ja noch, wer der Auftraggeber oder der erste Käufer war. Meissen verfügt über eine ausgezeichnete Dokumentation, jedes Stück ist signiert und nummeriert.«

Einen Dank murmelnd, beeilte sich Hermann, die Schale wieder in das Papier einzuwickeln. Damit hatte er nicht gerechnet, dass womöglich leicht zu verfolgen wäre, dass das Service den Stallers gehörte. Schnell verließ er den Laden.

Herbert sah ihm nachdenklich nach. Irgendetwas stimmte nicht mit diesem Mann, das sagte ihm seine Intuition. Grundsätzlich sprach er nie über seine Kunden. Allerdings war dieser Mensch genaugenommen gar kein Kunde. Er würde sich mit Arthur Furtner beraten, denn er hatte das Gefühl, dass er diese Episode nicht einfach abhaken sollte.

Gero

Gero Weiss war höchst zufrieden mit sich. Er hatte soeben einige wichtige geschäftliche Transaktionen durchgeführt, hatte alle Beteiligten kräftig genervt, aber zuletzt war es so gekommen, wie er sich das vorgestellt hatte.

Seit er das Erbe des Herrn Direktors angetreten hatte, war es ihm etwas peinlich gewesen, womit das Geld verdient wurde. Da waren einerseits die schlecht beleumundeten und verstreuten Spielautomaten, die der Vater noch zu Lebzeiten gebündelt und in großzügigen Spielhallen untergebracht hatte, andererseits die noch verpönteren Kondomautomaten, die Gero alle hatte abmontieren lassen. In Zeiten des Onlinehandels wirkten diese ohnehin wie ein Gruß aus dem vorigen Jahrhundert. Er beendete ganz offiziell die Tätigkeit der entsprechenden Firma und schloss somit ein bedeutendes Kapitel der Familiengeschichte. Gero hatte sich immer für diesen Geschäftszweig geniert und schrieb die Tatsache, dass er keinen Anschluss fand und, wie er es nannte, »abgesnobt« wurde, diesem Umstand zu. Er würde den Auftritt seiner Firmen total verändern, sich ein neues Image verpassen, dann würde er endlich Tennispartner finden und auch zu den schönen Dinnerpartys eingeladen werden, die in der Umgebung regelmäßig stattfanden.

Er konnte nicht umhin, vor seinem alten Herrn noch posthum den Hut zu ziehen: Dieser war nicht nur besonders geschäftstüchtig gewesen, sondern auch außerordentlich vorausschauend, denn zu jedem Kondomautomaten hatte er die entsprechende Immobilie erworben. Bis zuletzt betrieb er dieses System, wenn auch nur mehr aus reiner Sportlichkeit. Begonnen hatte alles mit einem Problem, das er schnell lösen musste. Die Bewohner eines Hauses hatten gegen die Anbringung eines Automaten an prominenter Stelle neben dem Eingang heftig protestiert. Wegen der nächtlichen Lärmbelästigung, meistens machten sich grölende Betrunkene an dem Gerät zu schaffen, und auch wegen der Jugend, denn so ein Automat würde die Fantasie anstacheln und die Kinder vom rechten Pfad abbringen. Um der ganzen Debatte ein Ende zu setzen, kaufte der Herr Direktor kurzerhand die gesamte Immobilie, erteilte sich selbst die uneingeschränkte Erlaubnis, den Automaten hinzuhängen, wo immer es im passte, und bot den Kompromiss an, das Ding um zwei Meter von der Eingangstüre wegzusetzen. Er war immer an guten Lösungen interessiert. Bei nächster Gelegenheit verfuhr er genauso; noch bevor es überhaupt zu Protesten kommen konnte, hatte er auch schon das Haus gekauft. So brachte er es im Lauf der Jahre zu einem beträchtlichen Immobilienbesitz, der klarerweise wesentlich mehr einbrachte als die Automaten. Er hielt aber an seinem Ursprungsgeschäft fest, wenn auch aus reiner Sentimentalität, und nach seiner Tätigkeit befragt, verstand er sich nicht als Immobilienbesitzer, sondern immer als Automatenbetreiber.

Gero hatte sich nun endgültig von den Automaten getrennt, die Spielhallen ließ er bestehen, verpasste ihnen ein modernes Erscheinungsbild und brachte die EDV auf Vordermann. Von einer angesagten Innenarchitektin ließ er sich in einem seiner Häuser ein smartes Büro einrichten und gründete das Unternehmen ›Immo-Weiss‹. Mit schickem Logo in gedämpften Farben, glänzendem Türschild und einer gebrandeten Fußmatte im Eingang. Sylvia hatte die Transaktionen mitbekommen und ihm einmal angeboten, sie könne doch in dieser neuen Firma eine Aufgabe übernehmen, Billy war ja längst aus dem Gröbsten heraus und sie hätte Kapazitäten. Gero schmetterte das Ansinnen sofort ab: Er denke nicht, dass sie geeignet wäre, sie habe auch nicht die passende Ausbildung, außerdem würde sie dem Stress sicher nicht standhalten. Darüber hinaus bezahle er sowieso alles, er wäre ja nicht dumm, sie zusätzlich noch in der Firma anzustellen, mit Urlaubsanspruch und dreizehntem und vierzehntem Monatsgehalt, das habe sie sich ja fein ausgedacht.

Zufrieden mit sich und sehr überzeugt von seinen Entscheidungen begab er sich in den Tennisklub. Er bestellte an der Bar einen Pfefferminztee und setzte sich in den Klubraum. Am Eingang waren ihm der Sekretär und der Kassier entgegengekommen, in ein hitziges Gespräch vertieft hatten sie ihn, wie immer, kaum eines Grußes gewürdigt. Einen der beiden zu fragen, ob er Lust auf ein Spiel hätte, hatte Gero sich nie getraut, sie waren in seiner Gegenwart immer sehr kurz angebunden und dann auch immer schnell verschwunden. Er sah sich um. Es war sehr ruhig heute und da er keine Trainerstunde vereinbart hatte, würde es mit dem Spielen wohl nichts werden. Egal. Er fühlte sich in der gediegenen Atmosphäre sehr wohl, das war das Richtige für ihn. Er wollte jetzt auch gar nicht an seine Frau denken, die in letzter Zeit richtig bockig war und die er immer wieder nachdrücklich darauf hinweisen musste, was sie ihm alles zu verdanken hatte. Vielleicht war sie im Wechsel. Sie war überhaupt gealtert in letzter Zeit. Sie schaute ja auch nicht auf sich, hing immer nur mit einer Leidensmiene herum. Und das Mädchenhafte, das ihn früher so angesprochen hatte, war auch verschwunden. Frauen waren doch am besten unter zwanzig, da waren sie so frisch und unschuldig. Das Unzufriedene und Berechnende kam erst später und ab fünfundzwanzig konnte man sie überhaupt vergessen. Seine Mama hatte ihm das immer prophezeit: Er war eine ausgezeichnete Partie und müsse sehr vorsichtig sein, mit wem er sich einließe. Sylvia war so schlicht und naiv gewesen und jetzt ging sie ihm schwer auf die Nerven. Hier im Klub gab es ja einige sehr nette Mädels, so um die sechzehn, oder auch jünger. So genau konnte man das bei den Mädchen heute gar nicht sagen, aber das war genau das, was ihn ansprach. Wenn sie mit den kurzen weißen Röckchen über den Platz sausten und dann verschwitzt nach dem Spiel ihre Köpfe über den Limonaden zusammensteckten, richtig inspirierend. Das war das pure Leben. Er sah ihnen gerne zu, achtete aber sehr wohl darauf, nicht auffällig zu werden. Hin und wieder schlich er sogar in die Damengarderobe, atmete den Geruch von Schweiß und Duschgel ein und suchte nach vergessenen Gegenständen. Die nahm er mit. Er hatte schon eine kleine Sammlung von Socken, Shirts und Haarspangen. Heute war so ein Tag, keiner da, alle Garderoben verlassen, er konnte es wagen. Er durfte sich nur nicht erwischen lassen, eine Ausrede, was er denn bei den Damen zu suchen hätte, würde ihm kaum einfallen. Kurz bedauerte er, dass er keine Mitgliedschaft für seine Frau genommen hatte, dann könnte er zur Not glaubhaft machen, sie hätte etwas vergessen. Aber das Risiko hatte auch seinen Reiz. Er machte sich auf den Weg zu den Nassräumen, sah sich noch einmal kurz um und verschwand in der Damengarderobe.

Jessica

Ihr Leben hatte sich seit ihrem Hinauswurf aus dem Drogeriemarkt keineswegs verbessert. Die Mutter verbarg ihre offensichtliche Enttäuschung hinter bleiernem Schweigen, das schwer zu ertragen war. Jessica war gut darin, zu widersprechen und die Antworten zu geben, von denen sie wusste, sie würden ihr Gegenüber zur Weißglut bringen. Das Gefühl, ein Streitgespräch in gewisse Bahnen zu lenken, hatte sie immer mit Genugtuung erfüllt. Aber auf nichts konnte sie auch nichts sagen. Sie trieb sich sogar absichtlich in Heidis Nähe herum, um irgendeine andere Reaktion als Stummheit zu provozieren, aber ihre Mutter verließ einfach den Raum, wenn sie ihn betrat. Sie hätte nicht erwartet, dass das so irritierend sein würde, war ihr doch die ewige Quengelei, aber auch das extra gutgelaunte Geplapper der Mutter maßlos auf die Nerven gegangen. Doch das hier war noch viel schlimmer.

Dem Vater konnte sie auch nichts erwidern. Wenn er sie nur sah, verzog er verächtlich das Gesicht und legte auch schon los, was für eine Versagerin, den eigenen Arbeitgeber beklauen war das Allerletzte! Natürlich hatte die Filialleiterin sich bei den Eltern gemeldet und Jessica hemmungslos bloßgestellt. Das war Öl im Feuer des Vaters: Nichtsnutzig und dumm, faul und fett, und so weiter. Noch schlimmer war es, wenn er sie in der Küche sah. Dann ging die andere Leier los: Wer essen wollte, musste auch arbeiten, nicht nur anderen alles wegfressen, ihm hätte niemand auch nur ein Ei geschenkt. Alle wussten, dass dem ganz und gar nicht so war, aber Hermann hatte das alles verdrängt und ging völlig in der Rolle des Selfmademans auf. Die Vorwürfe wollten nicht enden und wiederholten sich in Dauerschleife, sodass sie nicht einmal mehr kränkend waren.

Weil sie aber irgendwann auch genug hatte, beschloss Jessica, den einen Vorschlag zu akzeptieren, den Hermann einmal zwischendurch gemacht hatte, nämlich, den Garten bei Rudi Staller zu betreuen. Sie hatte zwar keine Ahnung von Gartenpflege, aber so würde sie sich wenigstens der bedrückenden Atmosphäre ihrer Wohnung für einige Stunden entziehen können. Im Garten wäre sie sicher allein, würde ein bisschen herumfummeln und den Rest der Zeit in einer gemütlichen Ecke verbringen. So konnten die Eltern ihr wenigstens nicht die totale Tatenlosigkeit vorwerfen und irgendwie würde sie diese unrühmliche Episode auch überstehen.

Heidi hob nur fragend die Augenbrauen und zuckte mit den Schultern, als Jessica ihren Entschluss mitteilte und so ihren guten Willen zum Ausdruck brachte. Im Schrebergarten war sie höchst selten anzutreffen gewesen und hatte auch noch nie einen Finger gerührt. Hermann war allerdings positiv überrascht und beglückwünschte sich zu seinen offenbar erfolgreichen pädagogischen Interventionen. Außerdem hätte er noch ein Augenpaar vor Ort. Dass dieser Simonius, dieser kaputte Säufer, sich hin und wieder mit Rudi unterhielt und dieser letztens auch gemeint hatte, er habe jetzt noch einen guten Freund, gefiel ihm gar nicht. Da war es gut, wenn Jessica die Augen und Ohren offenhielt.

Jessica wollte ihren Elan bekräftigen, indem sie meinte, so bald wie möglich anfangen zu wollen. Am Morgen des nächsten Tages fuhren Vater und Tochter in die Kastanienallee 17. Jessica hatte ein bemüht freundliches Gesicht aufgesetzt und versuchte sich ihren Missmut nicht anmerken zu lassen. In der Nacht waren ihr einige Zweifel gekommen. Warum hatte sie gestern den Mund so voll genommen? Sie hatte nicht die geringste Lust, den halben Tag im Garten bei diesem Deppen zu verbringen. Hermann schien von ihrem Stimmungsumschwung nichts zu merken, öffnete das Gartentor und führte sie an der Villa vorbei in den hinteren Teil des Gartens, wo das Gerätehaus stand. Hier fände sie alles, was sie bräuchte, meinte er aufgeräumt. Er fügte noch einige Erläuterungen hinzu, dass der Staller ein freundlicher Mensch sei, eher wie ein Kind, sie werde das schon machen, und sie solle sich auf jeden Fall alles merken, was sie hörte oder sah. Er sei am Nachmittag wieder da, um sie abzuholen. »Und was den Garten betrifft«, meinte er, während er sich schon Richtung Gartentor bewegte, »du siehst ja, was zu tun ist.«

Das war ja unglaublich! Den ganzen Tag sollte sie hier verbringen? Jessica hatte absolut keine Ahnung, was sie hier tun sollte. Also beschloss sie, erst einmal eine Pause einzulegen, sie war viel zu früh aufgestanden und schon wieder müde. Sie setzte sich vor das Gartenhaus ins Gras, öffnete ihren Rucksack und fischte eine Dose Cola heraus. Sogar die Jause hatte sie selber packen müssen, so sauer war Heidi gewesen. Das war auch noch nie vorgekommen. Sie ließ ihren Blick durch den Garten wandern. Das herbstliche Licht ließ die Farben und Konturen so klar erscheinen, wie man sie eben nur im Herbst sehen konnte. Ganz gegen ihren Willen fand sie diesen Garten bezaubernd, es war so friedlich und still. Nur die Vögel waren zu hören. »Ich weiß gar nicht, was da alles wächst«, dachte sie, ganz frei von ihrer üblichen Präpotenz, »und welche Vögel das sind, weiß ich schon gar nicht.«

Der Moment war aber gleich wieder verflogen, als ihr klar wurde, dass sie die nächsten Stunden irgendetwas anfangen müsste. »Rasen mähen«, beschloss sie, »das sieht gut aus und zeigt, dass man etwas gemacht hat.« Sie wollte sich von Hermann nicht gleich wieder anpfeifen lassen, wenn er sie abholen würde, deshalb musste schon ein sichtbares Ergebnis her. Sie öffnete die Tür zum Gartenhaus. Staubkörner wirbelten durch den Luftzug der geöffneten Türe auf und schwebten im Lichtstrahl, der durch das Seitenfenster fiel, langsam zu Boden. Es war warm und roch nach Holz. Ganz vorne stand auch schon der Rasenmäher. Beherzt packte sie den Griff und schob das schwere Gerät ins Freie. Es war ein älteres Modell. Das neuere, leichte Modell mit Akku, das Krawanek sofort bewilligt hatte, ohne auf einen Preisvergleich zu bestehen, war in der Zwischenzeit im Hartlschen Schrebergarten gelandet. Das dazugehörige lange Kabel hatte Jessica zum Glück gleich entdeckt, ebenso die Steckdose. Sie war ein bisschen stolz auf sich. Sie steckte also das Kabel an, drückte den Sicherheitsknopf – so viel hatte sie sich von irgendeiner Gartenepisode aus ihrer Kindheit gemerkt – und meinte triumphierend »Yes!«, als die Maschine zu brummen begann. Langsam schob sie das schwere Gerät über den Rasen, merkte aber bald, dass es gar nicht einfach war, einerseits gleichmäßige Reihen zu ziehen und sich dabei selbst nicht über das Kabel zu fahren. Nach kurzer Zeit war sie schweißgebadet und ihre schlechte Laune war zurück.

Sie verabscheute den Vater aus tiefstem Herzen. Seinetwegen war sie überhaupt hier. Sollte sich der Staller doch einen Gärtner nehmen. Der war ohnehin so reich. Um sich zu beruhigen, setzte sie sich wieder vor die Hütte. Diesmal auf einen kleinen Stuhl, den sie im Inneren zusammengeklappt in einer Ecke gefunden hatte. Sie ging ihre persönliche Hassliste durch, das entspannte sie meistens und zauberte ihr ein fieses Lächeln auf die Lippen. Während sie in der mittlerweile recht warmen Sonne saß, ihr lauwarmes Getränk schlürfte und den verlassenen Rasenmäher betrachtete, kam ihr eine großartige Idee: Sie würde Hermann einen schönen Gruß aus dem Garten bringen. Sie nahm ihr Handy und googelte sich unter dem Stichwort »Giftige Gartenpflanzen« durch die Fülle an Informationen.

Heidi

Heidi hatte an diesem Vormittag wirklich genug. Sie war von einer langen Runde heimgekommen, hatte einige Retouren für die Trafik verpackt, einige Auslieferungen, die sie durch die ganze Umgebung geführt hatten, durchgeführt und zuletzt noch neben eigenen Einkäufen die Wocheneinkäufe für zwei alte Damen erledigt. Seit Hermann das Projekt »Rudi Staller« zu seinem zentralen und einzigen erkoren hatte, blieben alle weiteren Aufgaben an ihr hängen. Jessica brauchte sie erst gar nicht zu fragen, ob sie ihr bei der Seniorenbetreuung zur Hand gehen wollte. Und sie wollte im Moment eigentlich gar nichts von ihrer Tochter wissen. Die Enttäuschung über die jüngsten Entwicklungen, die Einsicht, dass sie ihrem eigenen

Kind wirklich egal war, schmerzte mehr, als sie erwartet hatte. Als Jessica mit der Hiobsbotschaft heimgekommen war, war sie zunächst ganz ruhig geblieben und hatte, wie immer, beschwichtigend gemeint, es würde sich sicher bald eine neue Aufgabe finden. Sogar als die Filialleiterin in der Trafik vorbeigekommen war und über die Umstände der Entlassung berichtet hatte, war sie noch milde und beschwichtigend gewesen. Jeder junge Mensch hätte doch irgendwann einmal etwas geklaut. Eine Jugendsünde, die sich sicher nicht wiederholen würde. Dann war ihr allerdings gedämmert, dass Jessica keineswegs mehr als Jugendliche durchging und dass all die netten Mitbringsel, ebenso wie das Geburtstagsgeschenk, über das sie sich sehr gefreut hatte, einfach nur gestohlen waren. Das Bild der ruppigen, aber doch liebenden Tochter, die von ihrem hart erarbeiteten Geld ein schönes Geschenk für ihre Mutter besorgte, zerbrach mit einem Mal. Seitdem konnte sie Jessica nicht mehr sehen; wenn diese das Zimmer betrat, musste sie einfach den Raum verlassen.

Und jetzt sollte sie auch noch die Hausarbeit erledigen, die sie in letzter Zeit ebenfalls mit immer weniger Elan verrichtete. Sie war einfach nur noch müde. Jessicas Zimmer ließ Heidi neuerdings aus, sie war ohnehin immer nur angemotzt worden, wenn sie saubergemacht hatte. Sollte die Tochter ihren Müll doch selbst wegräumen. Sie begab sich auch nicht mehr auf die Jagd nach der Wäsche, auch das würde das Kind in Zukunft selbst erledigen müssen. Während sie die ungeliebte Wohnung oberflächlich saugte, in der immer noch die alten Möbel von Onkel Kurt herumstanden, musste sie an Hermann denken, der sich über die Jahre beharrlich geweigert hatte, eine neue Einrichtung oder gar eine moderne Einbauküche zu kaufen. So hatte sie im Gegenzug und aus reinem Trotz an ihrem alten Schrebergarten festgehalten. Sie wusste sehr wohl, dass ihr Mann diesen gerne verkauft hätte, Angebote gab es immer wieder, war doch die Lage des kleinen Grundstücks einzigartig. Solange er sich widersetzte, die Wohnung zu modernisieren, würde sie sich weigern, den Schrebergarten herzugeben. Wobei sie schon im Gefühl hatte, dass Hermann den Erlös einfach einsacken und keinesfalls in die gemeinsame Wohnung investieren würde. Abgesehen davon liebte sie den Garten, und immer, wenn sie bedrückt war, dachte sie an das kommende Wochenende, wenn sie wieder hinausfahren und Zeit mit den Pflanzen und den alten Dingen aus ihrer Kindheit verbringen würde. Verkaufen konnte sie immer, der Preis konnte nur steigen. Sie saugte summend vor sich hin, während sie überlegte, ob sie das Hochbeet schon mit Wintergemüse besetzen sollte. Heidi war eine lausige Gärtnerin, die meisten Pflanzungen überlebten die Saison nicht und auch das Gemüsebeet war in einem bedauernswerten Zustand. Ihr Elan und ihre Freude blieben von den zahlreichen gärtnerischen Niederlagen aber unbeeinflusst, und Hermann hatte in letzter Zeit gar nicht mehr insistiert, er schien, was den Schrebergarten betraf, aufgegeben zu haben. Es war ihr erst jetzt aufgefallen, dass das Thema schon länger nicht mehr diskutiert worden war, er schien sich mit anderen Dingen zu beschäftigen. Sie musste ohnehin das Herrenzimmer saugen. Bei der Gelegenheit konnte sie doch wieder einmal die Unterlagen sichten …

Heidi betrat das Zimmer, öffnete die Fenster, um die Muffigkeit, die von den alten Möbeln ausströmte, zu vertreiben und setzte sich an Hermanns Schreibtisch. Die Laden hielt er immer verschlossen, aber dieses Mal fasste sie aus einem Impuls heraus den Griff der obersten Lade, die sich problemlos herausziehen ließ. Er hatte vergessen, abzuschließen. Wie interessant. Normalerweise hatte sie immer schon ein schlechtes Gewissen, wenn sie Hermanns Zimmer nur betrat. Das meldete sich dieses Mal nicht. Sie war seine Frau, sie hatte ein Recht, hier zu sein, und so begann sie mit der systematischen Durchsicht von Papieren, die sie noch nie zu Gesicht bekommen hatte. Alles war sorgfältig geordnet, sodass sie sich schnell zurechtfand, aber was sie entdeckte, stellte ihr bisheriges Leben und alles, woran sie noch geglaubt hatte, auf den Kopf.

Dann tat sie das, was man eben tat, wenn man etwas dokumentieren wollte: Sie zog ihr Handy aus der Hosentasche und begann mit zitternden Händen zu fotografieren. »Warum regt mich das eigentlich so auf?«, dachte sie. »Ist ja nichts Neues, dass er mich nicht leiden kann, aber dass es so weit geht … Wir waren ihm immer nur eine Last.« Sie hatte es lange gewusst, aber dann doch wieder und wieder beschönigt. Die ständige Unfreundlichkeit – er war eben ein grummeliger Typ, raue Schale, weicher Kern. Das ewige Stänkern, die dauernde Kritik, nichts konnte man ihm rechtmachen – das war eben die aufreibende Arbeit, die Verantwortung für Geschäft und Familie, dafür musste man einfach Verständnis haben. Sie hatte im Grunde ein gutes Leben. Hatte sie? Lächerlich, was war das für ein Leben? Von Ehemann und Tochter, die es ja nie anderes gesehen hatte, schlechter behandelt zu werden als jede Putzfrau. Nein – die behandelte man sogar sehr gut, denn die konnte einfach nicht mehr kommen. Sie knipste ein Bild nach dem anderen, systematisch und konzentriert. Die Nervosität war verflogen, wenn er jetzt zur Tür hereinkäme und sie inmitten seiner Unterlagen fände, wäre es ihr auch egal. Er konnte sie nicht mehr demütigen oder beleidigen. Das war bereits vollumfassend und unübertrefflich geschehen. Nachdem sie das letzte Bild gemacht hatte, packte sie die Papiere wieder in die Lade, ohne sich zu überlegen, wie sie wohl geordnet gewesen waren. Sollte er ruhig merken, dass sie ihm auf die Schliche gekommen war.

Sie verließ das Zimmer, räumte den Staubsauger an seinen Platz, nahm Jacke und Handtasche, ging hinunter zu ihrem Wagen und fuhr in den Schrebergarten.

Hermann

Nachdem er Jessica in Rudis Garten abgeliefert hatte, setzte er sich wieder in seinen Wagen und dachte kurz nach. Er hatte das untrügliche Gefühl, dass sich die Ereignisse bald zuspitzen würden, und er wollte sich gedanklich vorbereiten. Die Tochter schien im Moment doch geläutert zu sein. Dass sie nur knapp einer Anzeige entgangen war, hatte ihr wohl eindrücklich gezeigt, dass sie so nicht weitermachen konnte. Wenigstens war sie jetzt einige Zeit beschäftigt und im Grunde war es ihm völlig egal, ob sie das mit der Gartenarbeit hinbekam oder nicht. Eigentlich sollte er in die Trafik zurück, Heidi hatte heute andere Dinge zu erledigen, also war das Geschäft unbesetzt. Auch das war ihm egal, es würde ja nicht mehr lange so gehen.

Der Plan für seinen Abgang hatte in letzter Zeit konkrete Formen angenommen: Er hatte ein Ticket nach Rio de Janeiro für den ersten Weihnachtstag, One Way. Ursprünglich hatte er mit dem Gedanken gespielt, die dralle Fußpflegerin, mit der er ein Techtelmechtel gehabt hatte, einzuladen, mitzukommen, damit er dort anfänglich nicht so allein wäre. Aber er hatte sich schnell dagegen entschieden. Die Dame hatte eindeutig zu hohe Erwartungen, die er allerdings selbst geweckt hatte. Wie so üblich, hatte er sich über seine zerrüttete Ehe beklagt und den festen Wunsch geäußert, die Scheidung einzureichen und stattdessen eine neue, bessere feste Beziehung einzugehen. Die Fußpflegerin, bei der er sich als Mann von Welt mit moralischem Anspruch gab, war sofort bereit, ihn in sein neues Leben zu begleiten, akzeptierte aber verständnisvoll eine gewisse Wartezeit. In der Zwischenzeit war ihm klar geworden, dass er allein besser zurechtkäme, vertröstete die Geliebte und ließ zwischen den Kontakten immer mehr Zeit verstreichen. Auch die herzige Griechin, die er anlässlich eines heimlichen Aufenthalts auf Kreta kennengelernt hatte, war ihm kurz in den Sinn gekommen, aber nein. Er würde in Südamerika reichlich Zeit haben, sich eine neue Gespielin zuzulegen. Eine viel jüngere und schönere.

Also Abgang nach Brasilien, dort würde man ihn weder suchen noch finden. Sie hatten eine schöne Summe auf dem gemeinsamen Konto und wenn Heidi merken würde, dass alles weg war, wäre es schon zu spät. Ihr blieb ja immer noch der Schrebergarten! Haha! Das Sparbuch von Rudi Staller, das er sich demnächst schnappen würde, war zweihundertfünfzigtausend Euro schwer, damit konnte man auch eine Zeit lang durchkommen. Dann war da noch das Geschirr. Das musste er loswerden, aber mit einem fünfstelligen Betrag war da auch zu rechnen. Und zum Schluss, und das war eigentlich das Schönste: die Hunderttausend von Krawanek. Und dass der bezahlen würde, daran hatte er keinen Zweifel. »Wahrscheinlich war das nur die Spitze des Eisbergs, auf die ich da gestoßen bin«, dachte er. »Der wird froh sein, wenn ich verschwinde.« Aber ein wesentliches Detail fehlte noch in diesem ganzen Plan: Krawanek wusste noch gar nichts von seinem Glück. »Das werden wir gleich ändern«, beschloss Hermann, startete den Wagen und machte sich auf in Richtung TC Leopoldshof.

Krawanek

Günther Krawanek saß im Büro des Vorstands und hatte sehr viel um die Ohren. In der Kanzlei ging es drüber und drunter, die tüchtige Steffi würde auch bald aufgeben. Aber es fehlten ihm im Moment einfach die Ruhe und Konzentration, um dort einmal Ordnung zu schaffen. Er hatte jetzt Dringlicheres zu lösen. Er musste die Vorstandssitzung vorbereiten und gleich danach mit Hans noch einmal ein klares, möglichst emotionsloses Gespräch über ihren missglückten Immobiliendeal führen. Die Lücke in der Klubkasse konnten sie mit dem, was er bei Rudi Staller abgezweigt hatte, gut schließen. Bis zur Generalversammlung wenig später mussten die Finanzen stimmen, danach konnten sie sich wieder etwas ausleihen. So etwas Dummes auch, das Geschäft schien bombensicher, er hätte sich damit sanieren können und Hans hätte auch einmal ordentlich verdient. Vielleicht war er doch etwas zu naiv gewesen, diesem kleinen, feigen Lokalpolitiker alles zu glauben.

Er hatte sich schon öfter kleinere Summen aus der Klubkasse ausgeborgt, als Klubkassier hatte er einfachen Zugang und sein Freund hatte ihn auch immer gedeckt. Bis jetzt hatte er alles rechtzeitig retournieren können. Dieses Mal war es aber schon etwas eng. »Also«, überlegte er konzentriert und stellte fest, dass er gerade zum ersten Mal alles wirklich durchrechnete, »das Geld vom Staller deckt das Klubkonto wieder ab. Nach der Rechnungsprüfung leihen wir uns wieder etwas aus und zahlen die Investoren aus, damit es keinen Skandal gibt. Das ist das Letzte, was wir jetzt brauchen. Hans muss gegenzeichnen und sich einfach noch etwas von seiner Julie geben lassen. Wird sie schon machen. Und wenn alle Stricke reißen, nehm' ich noch etwas von Rudi Staller. Der merkt das eh nicht.« Es schien sich tatsächlich auszugehen. »Jetzt muss nur der gute Hans die Nerven bewahren, der war ja völlig fertig! Er ist einfach zu empfindlich …«

Es klopfte leise.

»Ja bitte?«, fragte Günther leicht irritiert. »Herr Hartl! Was führt Sie heute zu uns? Neue Zigarren?«

»Nicht ganz, Herr Doktor, darf ich nähertreten? Ich hätte etwas mit Ihnen zu besprechen.«

»So geheimnisvoll? Kommen Sie, setzen Sie sich. Worum geht es?« Günther fragte sich genervt, was der Kerl wollte, er war gerade so gut mit seinen Gedanken vorangekommen und wollte sich jetzt keinesfalls mit den Problemen eines Herrn Hartl herumschlagen.

»Das ist etwas heikel, aber ich will nicht lange herumreden.« Hermann machte eine kleine, kunstvolle Pause.

»Na dann, raus damit!«, meinte Günther launig.

»Sie wissen doch, ich unterstütze hin und wieder Rudi Staller, oben aus der Kastanienallee«, sagte Hermann zögernd. »Er sieht in mir einen Freund und wir, also meine Frau und ich, wir helfen ihm ein wenig im Alltag, Sie verstehen?«

»Das ist sehr schön von Ihnen beiden!« Ein unangenehmes Gefühl kroch Günthers Magenwände hoch.

»Ja, und wir helfen ihm auch bei den Bankangelegenheiten …«

Günther schwante Übles.

»Und da ist mir aufgefallen«, fuhr Hermann jetzt mit festerer Stimme fort, »dass jemand vom Verrechnungskonto Geld abgehoben hat, also Sie, Hundertsiebzigtausend. Es ist mir nicht entgangen, dass Sie und Ihr werter Freund, der Herr Freyenberg, gewisse Probleme zu haben scheinen.«

»Das darf nicht wahr sein«, dachte Günther und versuchte, sein entgleistes Gesicht zu kontrollieren. »Aha, und weiter?«, fragte er ruhig.

»Na ja«, meinte Hermann, »ich bin der Letzte, der einen Skandal heraufbeschwören will, aber teilhaben lassen müssen Sie mich schon.«

Nach einer längeren Pause, in der Hermann irritiert zu zwinkern begonnen hatte, antwortete Günther: »Und wie haben Sie sich das konkret vorgestellt?«

»Hunderttausend.« Als Günther Hermann über den Schreibtisch hinweg ausdruckslos anstarrte, begann dieser zusätzlich noch unbehaglich auf dem Sessel herumzurutschen. »Also, zuerst dachte ich an die Hälfte, aber dann hab' ich mir gesagt, Hundert, das ist eine schöne runde Summe, die kann sich der Herr Doktor leichter merken.« Er grinste frech. »Und für Sie ist das ja sicher nur eine Kleinigkeit.«

»Also, Herr Hartl«, Günther musste sich räuspern, die Magensäure war ihm regelrecht die Speiseröhre hochgeschossen. »Da muss ich jetzt schauen …«, sagte er gedehnt und verstummte. Zeit schinden schien ihm erst einmal das Wichtigste.

»Völlig verständlich, dass Sie jetzt etwas Zeit brauchen, Herr Doktor. Aber nicht zu lange. Sonst müsste ich …« Er ließ den Satz unvollendet, stand auf und ging zur Tür, wo er sich noch einmal umdrehte. »Ich melde mich!«, sagte er und war schon gegangen.

Günther saß bewegungslos in seinem Sessel und starrte auf die Türe. Nach einigen Minuten hatte er sich so weit gefasst, dass er wieder klar denken konnte. Erpressung! Eine astreine Erpressung! Auf so etwas stand Gefängnis, dachte er, aber auf das, was er gemacht hatte, auch, Anzeigen ging also nicht. »So ein Mistvieh, aber ich hab' diesem Kerl noch nie über den Weg getraut. Ich muss sofort Hans anrufen, na der wird sich freuen!«

Sylvia

Sie stand hinter dem Haus und sah etwas sehnsüchtig über den geschmacklosen Kunststoffzaun in den angrenzenden Garten der Furtners. Gero hatte auf diese Zaunlösung bestanden. Er sei praktisch, man müsse ihn nie wieder pflegen, weder streichen noch nachspannen, außerdem gebe es gerade eine Aktionswoche im Baumarkt, da müsse man einfach zugreifen. Dann stand der Zaun in einem unerträglichen, grellen Grün und markierte unwiderruflich die Grenze, nicht nur zwischen den zwei Grundstücken, sondern auch, wie es Sylvia schien, zwischen den beiden Welten. Soeben war Dolli noch draußen gewesen, hatte mit den Gärtnern die Aufgaben besprochen und Sylvia hatte gehofft, ihre Nachbarin in ein Gespräch zu verwickeln. Sie wurde beinahe magisch von den Furtners angezogen, je mehr sie sie beobachtete, das wollte sie sich ja kaum eingestehen, desto interessanter erschienen ihr die beiden und desto beneidenswerter kam ihr das Leben vor, das sie führten. Sylvia hatte es immer wieder versucht, aber bis auf wenige belanglose Plaudereien war über die Zeit nichts entstanden, was sie einander nähergebracht hätte. Arthur grüßte immer freundlich, wechselte einige Worte über das Wetter und erkundigte sich beiläufig nach den schulischen Fortschritten des Sohnes, den die Furtners ja praktisch aufwachsen gesehen hatten, um dann wieder schnell ins Haus oder in seinen Wagen zu flüchten. Auch Dolli ließ sich kaum erwischen: Sie schien beinahe telepathische Fähigkeiten zu entwickeln, denn sobald sich Sylvia vor die Türe begab, schaffte es Dolli im gleichen Augenblick, hinter eine Türe zu verschwinden.

Dabei hätte Sylvia sich gerne über den Garten unterhalten und vielleicht einige Verbesserungen auf dem eigenen Terrain vorgenommen. Der Furtnersche Garten war ein wahres Prachtstück, man merkte ihm die jahrelange und liebevolle Pflege an. Es fuhren ja auch wöchentlich zwei Transporter eines nahegelegenen Gartengestaltungsunternehmens vor, aus denen jeweils zwei engagierte Fachkräfte sprangen, um sich den ganzen Tag dem Schneiden, Jäten und Düngen zu widmen. Es wäre ein Leichtes gewesen, diese Firma zu beauftragen, auch den Nebengarten gleich mitzupflegen, dann hätte sich Sylvia das Rasenmähen erspart und sicher auch wertvolle Anregungen bekommen. Sie hatte die Idee nicht einmal zu Ende formulieren können, als Gero ihr scharf ins Wort fiel: Jetzt sei sie schon zu träge, das bisschen Garten zu pflegen, wo sie doch sonst nichts zu tun hätte, und den Gärtner der Furtners brauche er schon gar nicht, nichts als Angeberei. Sie war es endgültig leid, und beschloss keinerlei Vorschläge mehr einzubringen.

Die Sehnsucht allerdings ließ sich nicht unterdrücken, nämlich die Sehnsucht nach einem Leben, wie die Furtners es führten, und je weniger Sylvia tatsächlich wusste, umso interessanter erschien es ihr. Sie stellte sich vor, wie es in der Villa wohl aussah, sie war ja noch nie eingeladen gewesen und kannte nur die bruchstückhafte Optik, wenn sie durch ein Fenster eine Deckenlampe, die Farbe des Vorhangs oder ein Stück der Tapete erhaschen konnte. Sie sah Dolli und Arthur kommen und gehen, je nach ihrer Kleidung stellte sie sich vor, was die beiden wohl vorhatten, tagsüber lässig, elegant zum Stadtbummel oder einer Ausstellung, abends herausgeputzt zur Opernpremiere? Wenn die Haushälterin mit den Einkäufen kam, überlegte sie, was es wohl zum Abendessen gab und am traurigsten war sie, wenn die Furtners ihre legendären Dinnerpartys gaben, zu denen weder sie noch Gero jemals eingeladen worden waren. Sie hätte auch sehr gerne so eine Haushälterin gehabt, vielleicht nicht ganz wie Frau Hilde, diese flößte ihr zu viel Respekt ein und strahlte so viel Würde aus, dass sich Sylvia neben ihr ganz klein und unbedarft vorkäme. Aber sie kam sich sowieso immer klein und unbedarft vor. Nein, ihre Haushälterin wäre eine lustige, runde Person mit Humor, mit der sie lachen und gemeinsam die Teppiche zum Klopfen in den Garten schleppen könnte. Nur gab es so eine Person nicht und immer, wenn Sylvia sie sich in lebhaften Farben vorstellte, blieb sie umso trauriger zurück, wenn sie aus ihrem Tagtraum wieder in die Realität zurückkehren musste.

Aber im Garten konnte sie sich aufhalten, ohne allzu verträumt zu wirken, sie konnte auf das Nebengrundstück schauen, alles betrachten und als unverdächtige Pflanzenliebhaberin durchgehen. Sie verbrachte also viel Zeit im Freien, das wirkte positiv auf ihre Stimmung und sie konnte so immer wieder einen Blick auf Dolli erhaschen und höflich hinübergrüßen.

Es war Herbst geworden, es gab viel zu tun: Bei den Furtners waren wieder die Gärtner damit beschäftigt, eine Unmenge an Tulpenzwiebeln zu vergraben, die üppigen Staudenbeete zu schneiden, und jene Beete zu jäten, in denen die Pflanzen gerade zu dieser Jahreszeit in voller Blüte standen. Das war auch so eine Sache am Furtnerschen Garten: Es gab immer etwas zu sehen, jeden Monat leuchtete es aus einer anderen Ecke hervor und die Vielfalt war beeindruckend. Außerdem hatten die Furtners weder Kinder noch Haustiere, sie mussten keinerlei Rücksicht nehmen und sich auch nicht vor den giftigen Gartenpflanzen hüten. Das war immer eine ihrer zahlreichen Ängste und Befürchtungen gewesen, dass Billy irgendeine giftige Pflanze schlucken könnte. Ihr Garten war daher frei von Eiben, deren rote Beeren ihr richtige Angst einjagten. Wie leicht könnte ein Kind sie mit einer Johannisbeere verwechseln? Gerade diese Eiben waren bei den Nachbarn zu prächtigen, exakten Formen geschnitten, oder auch die wunderbaren Ritterspornblüten, die im

Sommer hoch über die Buchsbaumränder hinausragten, ihre persönlichen Lieblingspflanzen. Aber sie hätte es nie gewagt, so etwas in die Nähe ihres Sohnes zu bringen. Sie hatte ihn überhaupt sehr behütet, ihn immer wieder auf die Gefahren des Alltags hingewiesen, auf die Probleme, die etwa Brausepulver, Eiscreme oder kalte Getränke auf leeren Magen verursachen könnten. Jetzt war er siebzehn, sie konnte ihn nicht mehr so beschützen, wie sie es gerne getan hätte, aber sie hoffte inständig, dass er genug Vorsicht walten ließ. All die Gefahren, die in so einem jungen Leben lauerten, Alkohol, Nikotin, Drogen, sie wollte gar nicht daran denken. Gero machte sich oft über sie lustig und bezeichnete sie als alte Glucke. Das »alt« war jetzt neu zu seinen ständigen Vorwürfen dazugekommen, früher war sie nur die »Glucke« gewesen, die ein »Muttersöhnchen« produzierte. »Da spricht der Richtige«, dachte sie und erinnerte sich mit Schaudern an ihre Schwiegermutter, die sie zum Glück nur kurz gekannt hatte. Umso mehr interessierte es sie, dass sich Dolli nicht scheute, die giftigste aller Gartenpflanzen im hintersten Teil des Gartens anzupflanzen: Der Herbsteisenhut leuchtete in kräftigen lila und kobaltblauen Tönen aus dem Hintergrund hervor und zog die Blicke auf sich. Was für eine Pflanze! So wunderschön und so tödlich!

Sie würde Dolli Furtner heute wohl nicht mehr im Garten antreffen, so wandte sie sich um und ging ins Haus.

Vorstandssitzung

Die Vorstandssitzung wurde alljährlich gegen Saisonende im Herbst im Speisesaal des Klubhauses abgehalten. Dazu wurden einige Tische in der Mitte des Raumes zu einer langen Tafel zusammengeschoben, auf der – und das ließ sich der Restaurantbetreiber partout nicht nehmen – neben alkoholfreien Getränken und Brötchen jedes Mal üppiger Blumenschmuck drapiert war. Auf jedem Platz war ein Block mit den Klubinsignien und ein ebensolcher Stift für Notizen ausgelegt. Günther hatte es aufgegeben, darauf hinzuweisen, dass es sich keinesfalls um einen Staatsbesuch handle, außerdem meistens nur fünf der zehn Vorstandsmitglieder anwesend seien, man eine solche Tafel also keinesfalls benötige.

Bogdan Ricic aber schmetterte die Einwände jeweils mit dem Hinweis auf seine Frau Mila ab, die sich dem TC Leopoldshof und seinem Vorstand zu ewiger Dankbarkeit verpflichtet sah, hatte ihnen doch die Übernahme des Klubrestaurants aus einer schweren Existenzkrise herausgeholfen. Bogdan war in seinen jungen Jahren ein gefeierter Stern auf dem Firmament der Kulinarik gewesen, sein medial ausführlich kommentierter Sturz ein tiefer. Als die Stelle des Kantinenwirtes neu zu besetzen war, hatte man sich im Vorstand ungeachtet seines fragwürdigen Rufs für Ricic entschieden, der außerdem ein begnadeter Tennisspieler war und gerne auch Trainerstunden gab oder Kinderkurse abhielt. Seitdem waren er und seine Frau dem TC Leopoldshof und insbesondere dem Vorstand zutiefst ergeben und so wurde jede Vorstandssitzung von den beiden Wirtsleuten entsprechend inszeniert. Nach der Sitzung wurde jedes Mal als kleines Dankeschön eine Flasche Champagner kredenzt und alle waren sich einig, dass man mit Bogdan und Mila die beste Wahl getroffen hatte.

Wie jedes Jahr war der Vorstand auch dieses Mal nicht vollzählig. Der Präsident, ein alter, etwas schwerhöriger Medizinalrat, den in letzter Zeit auch eine leichte Schüttellähmung plagte, verspätete sich. Neben Günther Krawanek und Hans Freyenberg als Kassier und Sekretär waren noch der grobschlächtige Baumarktbesitzer und ein Urologe im Ruhestand, der allerdings lieber Golf als Tennis spielte, anwesend. Als Medizinalrat Niederhofer endlich eintraf, konnte die Sitzung eröffnet und das Protokoll zügig abgehandelt werden. Die vorangegangene Rechnungsprüfung war eine reine Formalität gewesen, Günther war es gelungen, alle verdachtserregenden Hinweise zu eliminieren. »Das heißt, zu frisieren«, dachte er für sich, als er die von den ahnungslosen Prüfern gegengezeichneten Unterlagen präsentierte. Er wechselte einen kurzen Blick mit Hans, der sich auch nicht besonders wohlzufühlen schien, aber da war der Moment schon wieder vorbei und unter dem letzten Punkt der Tagesordnung »Allfälliges« berichtete Günther von seiner zufälligen Begegnung mit Elinor Pächter und der Idee zu einem Buch über den TC Leopoldshof. Er musste seine gesamte Konzentration aufbringen, um sich scheinbar unbeschwert diesem Thema zu widmen und seine Unruhe zu unterdrücken. Wider Erwarten waren alle Anwesenden sehr angetan. Er hatte eher mit Desinteresse gerechnet, vor allem von Seiten des Baumarktbesitzers, dem er keinerlei kulturelles Interesse zugestanden hatte. Das Gegenteil war der Fall: Der Vierschrötige schien sich geehrt zu fühlen und betonte, dass die langjährige Geschichte ihres Klubs unbedingt der Dokumentation bedürfe, um der Nachwelt gesichert zu sein. Er wäre sogar bereit, das Projekt zusätzlich zu unterstützen, sollte die Klubkasse finanziell damit überfordert sein. Günther verpflichtete sich, das Projekt zu verfolgen und den Kontakt zur renommierten Historikerin Elinor Pächter zu vertiefen und so schnell wie möglich Konzept und Kostenvoranschlag vorzulegen. Dann könnte man die Durchführung unbürokratisch durch einen Umlaufbeschluss bewilligen lassen und sofort mit der Arbeit beginnen. Die anwesenden Teile des Vorstands sprachen Günther diesbezüglich ihr volles Vertrauen aus und ernannten ihn zum Beauftragten für das Buch. Bei der demnächst stattfinden Generalversammlung würde man den Mitgliedern schon ein konkretes Konzept vorlegen und vielleicht könnte ja Frau Doktor Pächter einen kleinen Vortrag halten. Das wäre doch eine schöne Überleitung zu dem direkt im Anschluss stattfindenden Jahresabschlussfest, mit dem alljährlich das offizielle Saisonende gefeiert wurde.

Die Sitzung wurde geschlossen, der Champagner geöffnet. Der Baumarktbesitzer stieß mit ihnen auf die gelungene Saison an und entschuldigte sich sogleich mit dringenden Geschäften, die er noch zu erledigen hätte. Auch der Urologe musste sich schnell verabschieden, man sähe einander ja demnächst auf dem Fest. Zurück blieben der zittrige Medizinalrat, der kaum sein Glas zum Mund führen konnte, Hans und Günther.

»Der harte Kern!«, brüllte Günther dem Präsidenten ins Ohr.

»Ja, ich hab' das auch gern!«, antwortete dieser launig, um sich auch gleich auf den Weg zu machen, ohne dass er genau zu wissen schien, wohin.

»Ich muss dich dringend sprechen«, raunte Günther Hans zu, der sich sein zweites Glas einschenkte. »Das kannst du im Moment sicher brauchen.«

»Was ist denn jetzt schon wieder passiert?«, fragte Hans misstrauisch, in letzter Zeit waren von seinem Freund nur Hiobsbotschaften gekommen.

»Wir werden erpresst!«

»Was? Von wem?«

»Der Hartl will Hunderttausend.«

»Der Zeitungs-Hartl? Der Dicke? Wie kommt er da drauf?«

»Der hat in die Bankunterlagen vom Staller geschaut und gesehen, dass ich mir Geld ausgeborgt hab', um die Klubkasse wieder aufzufüllen ...«

»Scheiße.«

»Ja mein Lieber, das geht auch dich etwas an, er hat uns anscheinend belauscht, als wir letztens über die Immobiliengeschichte geredet haben, und hat sich seinen Reim drauf gemacht. Der ist doch nicht so blöd, wie er aussieht.«

Hans war blass geworden, das Gesagte sickerte langsam durch und raubte ihm die Luft. »Und was jetzt? Zahlen wir? Und woher nehmen wir das wieder?«

»Nein, wir zahlen sicher nicht! Das nimmt doch kein Ende, glaubst du wirklich, der nimmt die Hunderttausend und das war's? Ha!«

Hans war noch blasser geworden, er musste sich setzen. »Ich komme mir vor wie in einem miesen Film.«

Günther setzte sich neben ihn. »Mir fällt schon etwas ein, aber wir beide müssen jetzt dichthalten.«

»Na, was denn sonst? Aber lass dir schnell etwas einfallen, ich krieg gleich einen epileptischen Anfall«, und Hans goss sich den letzten Rest des Champagners in sein Glas.

Elinor

Günther war die letzten Tage nicht er selbst gewesen. Es hatte sogar einige Zeit gedauert, bis er die Tatsache, dass Hermann Hartl ihn erpresste, realisieren konnte. Das passierte wirklich ihm, Günther Krawanek, angesehener Rechtsanwalt. Er war ein geschätztes Mitglied der Gesellschaft, des Tennisklubs, der Anwaltskammer. Er hatte Kinder, die seinen Namen trugen, er hatte Frauen, die immer noch einiges auf ihn hielten, er hatte Freunde. Das alles würde er mit einem Schlag verlieren, wenn Hartl mit seinem Wissen an die Öffentlichkeit ginge. Dazu musste er nicht einmal in einer Tageszeitung inserieren – es genügte, wenn er in seiner Trafik beiläufig einige Vermutungen fallen ließe, es würde sich wie ein Lauffeuer verbreiten, es würde »viral gehen«. »Genau«, dachte er, nicht frei von Selbstironie. »Ein Virus, das mich sofort erledigt.« Gesellschaftlich sowieso und an die rechtlichen Konsequenzen wollte er gar nicht erst denken, zumal er sich einiger Leichen in seinem Keller bewusst war. Beim Stichwort Leichen aber tauchte langsam eine Idee aus den Tiefen seines alarmierten Gehirns auf. Wie wäre es, wenn … Er ließ den Gedanken nicht aufkommen, beschloss aber gleichzeitig, diesen in einem ruhigen Moment weiterzuentwickeln und auf Durchführbarkeit zu prüfen.

Jetzt musste er sich auf das Buchprojekt konzentrieren, man durfte ihm seine Fassungslosigkeit und Desorientiertheit nicht anmerken. Den Vorstand und die Mitglieder mit dem Prachtband zu beschäftigen, schien ihm die beste Methode, um von anderen, für ihn höchst unangenehmen Themen abzulenken. Außerdem würde er diese Historikerin wiedersehen und darauf freute er sich. Ein Lichtblick im Chaos seines Lebens, sie, die mit all diesen Dingen nichts zu tun hatte und ihm wie ein Wegweiser in eine andere Welt schien. Hoffentlich meldete sie sich bald.

Während Günther sich mit aller Kraft über Wasser hielt, sich einen betont gut gelaunten Anstrich gab und außerdem jovial dafür sorgte, dass niemand auch nur einen Hauch von Verdacht hegen könnte, es wäre etwas nicht in Ordnung, rotierte Elinor in ihrer abgewohnten Bleibe. Sie hatte sich sehr zusammengenommen und wirklich erst nach einer Woche den ersehnten Anruf getätigt. Die Zwischenzeit hatte sie damit verbracht, in Gedanken ihre Wohnung auf Vordermann zu bringen, um Günther Krawanek, sollte er doch einmal vorbeikommen, nicht völlig zu verschrecken. Insgeheim, das musste sie sich eingestehen, würde sie ihn sehr gerne bei sich sehen und ihn an ihrem Biedermeiertisch, der endlich wieder im alten Glanz erstrahlen könnte, bewirten. Sie rief sich selbst zur Ordnung, und das mehrmals täglich, denn die träumerischen Gedanken entglitten ihr und führten ein wohltuendes Eigenleben. Das Konzept war längst fertig und je länger sie darüber nachdachte, umso mehr Gestalt nahm es an. War die Idee ursprünglich nur so dahingeplaudert gewesen und hauptsächlich deshalb entstanden, um irgendwo Geld locker zu machen, so war sie zunehmend der Überzeugung, dass der Stoff tatsächlich ein gutes Buch ergeben würde. Sie räumte also in ihrer Wohnung hin und her, begutachtete einzelne Gegenstände auf ihre Brauchbarkeit, entsorgte angeschlagenes Geschirr und entstaubte die Gemälde in ihren schweren Goldrahmen, sie überzog das Bett, nähte abgerissene Knöpfe an und entkalkte die Badewanne. Auch das Katzenklo, das im Vorzimmer einen allzu prominenten Platz einnahm, verlegte sie in die ehemalige Dienstbotenkammer hinter der Küche. Allmählich gewannen die Räume an Frische, das spornte sie weiter an und so setzte sie ihren Feldzug gegen den Mief der letzten Jahre fort und nahm sich vor, alle ihr zur Verfügung stehenden Mittel einzusetzen, um die Schönheit der Wohnung, der alten Möbel und der Kunstgegenstände, die teilweise noch von ihren Großeltern stammten, zur Geltung zu bringen. »Sauberkeit und Frische haben nichts mit Geld zu tun!«, motivierte sie sich immer wieder aufs Neue und der Erfolg gab ihr Recht. Die ganze Wohnung schien aus ihrem Dornröschenschlaf zu erwachen und sie selbst sah alles mit neuen Augen. Zuletzt nahm sie sich ihr Arbeitszimmer vor, ihre »Pièce de Résistance«, wie sie es nannte. Sie würde nicht nur die alten Vorhänge ersatzlos entfernen, sie würden eine Reinigung in ihrer Fadenscheinigkeit wahrscheinlich gar nicht überleben, sondern auch die gesamte Möblierung. Sie kontaktierte eine soziale Einrichtung, die die Möbel als Geschenk gerne abholte. Als das Zimmer in den Hinterhof leer war, blickte sie aus dem Fenster und sah zum ersten Mal, dass in all den Jahren eine schlanke Kastanie gewachsen war, die ihre Äste in alle Richtungen entfaltete und ihr einen Blick ins Grüne eröffnete. »Die ist mir noch nie aufgefallen«, dachte sie, überrascht über die Freude, die der Anblick bei ihr auslöste. Sie hatte alle Unterlagen und Papiere, die sie seit ihrem Schulabschluss gesammelt hatte, alle Studien- und Prüfungsunterlagen bis hin zu allen Artikeln und Katalogen, die sie je verfasst hatte, aus den Schränken geräumt und an der Wand entlang auf dem Fußboden gestapelt. Die würde sie systematisch durchforsten und gnadenlos ausmisten. Das Zimmer war vor Jahrzehnten das letzte Mal so leer gewesen. Da hatte sie ihr Mädchenzimmer neu eingerichtet, die Kindermöbel hatten einem Jugendzimmer Platz gemacht, mit dem kleinen Schreibtisch, an dem sie fortan ihre Hausaufgaben, später ihre Studien und danach ihre Publikationen verfasste. Sie hatte sich ein wenig vor sentimentalen Aufwallungen gefürchtet, diese blieben aber aus, stattdessen fühlte sie sich einfach nur befreit. Sie setzte sich mitten ins Zimmer auf den Parkettboden und wählte Günther Krawaneks Nummer.

Er nahm den Anruf sofort entgegen. »Ja bitte?«, meldete sich eine gepresst klingende Stimme.

»Elinor Pächter, störe ich?«, fragte sie zögernd.

Wahrscheinlich hatte er das alles doch nicht ernst gemeint, dachte sie unsicher, als er einen kurzen Moment zu überlegen schien, um dann offensichtlich sehr erfreut zu entgegnen: »Das ist wirklich schön, dass Sie sich melden, ich habe erst kürzlich über unser Projekt gesprochen!« Und bevor sie noch irgendeine Höflichkeit von sich geben konnte, fügte er hinzu: »Wir müssen einander so bald als möglich treffen, der Vorstand ist von der Idee sehr angetan.«

»Jederzeit gerne! Ein erster Entwurf steht«, antwortete sie und spürte, wie ihre Beine vor Erleichterung zu kribbeln begannen. Wäre sie nicht schon auf dem Boden gesessen, sie hätte sich setzen müssen.

»Haben Sie Lust, morgen Mittag in den Klub zu kommen, zum Lunch? Dann können wir das Konzept gemeinsam durchgehen.«

Sie konnte es nicht fassen! Er wollte das Buch, und einen Lunch gab es obendrein! Jetzt musste sie sich nur noch ein weißes Outfit organisieren, er sollte sehen, dass sie auch gesellschaftliche Herausforderungen mit Leichtigkeit meisterte.

Das Buch

Günther erwartete Elinor im Tennisklub. Er hatte im Speisesaal einen kleinen Tisch in der Ecke decken lassen, wo sie sich ungestört unterhalten konnten. Seit seiner surrealen Begegnung mit Hermann Hartl und dessen daraus resultierenden, äußerst bedrohlichen und dennoch aberwitzigen Kopfgeburten, zog er es vor, sich einen vor unerwünschten Zuhörern sicheren Platz für seine Besprechungen auszuwählen.

Mila Ricic hatte wieder für eine besondere Atmosphäre gesorgt. »An der ist wirklich eine Innendekorateurin verlorengegangen«, dachte er, als er an dem weiß eingedeckten Tisch Platz nahm, um auf Elinor zu warten. Die gestärkten Servietten knisterten, das Besteck und die Gläser waren auf Hochglanz poliert, Herbstanemonen verliehen der Situation einen feierlichen Anstrich. Entgegen seiner Gewohnheit, im letzten Moment zu erscheinen, war

Günther zu früh dran, und ebenfalls ganz entgegen seiner Art orderte er eine Flasche Wasser anstelle des üblichen Bieres. Mila nahm die Bestellung kommentarlos entgegen, war aber etwas irritiert. Seit sie Günther Krawanek kannte, hatte sie ihn noch nie ohne ein Glas in der Hand oder zumindest auf dem Tisch vor sich erlebt. Das war einmal etwas Neues, sehr interessant, dachte sie und nahm sich vor, die kleine Tischgesellschaft genauer zu beobachten.

Elinor war pünktlich. Eigentlich war auch sie überpünktlich gewesen, hatte aber noch vor der Einfahrt zum Klub herumgetrödelt, war auf und ab flaniert, um keinesfalls zu früh zu kommen und womöglich wie bestellt und nicht abgeholt herumzustehen. Die Sorge war unbegründet. Als sie das Klubhaus betrat, wurde sie sofort von Mila empfangen und mit den Worten »Sie werden schon erwartet!« in den Speisesaal begleitet. Günther sprang auf und begrüßte sie wie eine alte Freundin. Mit so viel Herzlichkeit hatte sie nicht gerechnet, war sie doch normalerweise als Bittstellerin unterwegs, die ihre Geldgeber immer erst mühselig überzeugen musste, dass das betreffende Projekt wirklich wichtig wäre. Aber diese Leute hier waren wenigstens höflich und dieser Doktor Krawanek war sehr zuvorkommend. Elinor hatte sich extra noch weiße Kleidung besorgt, eine Hose mit passendem Pullover, wenn auch nur vom Discounter, aber da sie groß und schlank war, sah an ihr alles sehr passabel aus. Dass das die richtige Entscheidung gewesen war, hatte sie gleich gesehen, auch Günther war ganz in Weiß und sah viel mehr wie ein Dandy aus den Gründertagen des Tennisklubs aus, als ein Rechtsanwalt aus dem 21. Jahrhundert.

Nach herzlicher Begrüßung und kurzem Smalltalk reichte er ihr die Speisekarte. »Ein Glas Champagner vielleicht?«, fragte er launig.

»Das trinke ich gerne, wenn unser Buch auf dem Tisch liegt. Erst die Arbeit, dann das Vergnügen«, antwortete sie lächelnd. Champagner! Tagsüber! Großartig! Aber sie wollte keinesfalls den Eindruck erwecken, sich auf anderer Leute Rechnung den Bauch vollzuschlagen und deshalb wählte sie schlicht Vitello Tonnato und Espresso.

Günther schloss sich der Auswahl an. »Sie ist ein echter Profi, da wird gearbeitet, nicht gesoffen!«, dachte er beeindruckt. Es war schon lange her, dass er überhaupt mit jemandem geschäftlich verkehrt hatte, ohne dass Alkohol im Spiel gewesen wäre. Was ihn aber am meisten überraschte, war, dass es ihm nicht fehlte. Konzentriert folgte er Elinors kurzen, aber nachvollziehbaren Ausführungen zu ihrem Konzept. Es war gut, daher freute es ihn umso mehr, die Begeisterung des Vorstands ausführlich zu schildern. Er übertrieb ein wenig, aber er wollte sie unbedingt bei der Stange halten.

»Sogar derjenige, von dem ich gedacht hätte, er würde skeptisch sein, war Feuer und Flamme! Ich denke, wir können beginnen, sobald es Ihre Zeit erlaubt.«

»Ich bin sehr interessiert«, antwortete Elinor und versuchte ihre Aufregung hinter wohlgesetzten Worten zu verbergen. »Sehen Sie, da geht es nicht nur um den Klub selbst. Die sozio-kulturellen Aspekte solcher Klubgründungen vor hundert Jahren sind von übergeordnetem gesellschaftlichen Interesse. Ich mache auch gleich an dieser Stelle darauf aufmerksam, dass möglicherweise unangenehme Details zu Tage treten könnten. Auch etwas so Harmloses wie ein Tennisklub war dem Lauf der Geschichte ausgesetzt.«

»Bumm«, dachte Günther und meinte schnell: »Sie können von unserer Seite mit jeder Art von Unterstützung rechnen. Als Kassier und Mädchen für alles im Verein habe ich Zugang zu allen Dokumenten, ich wäre also Ihr Ansprechpartner.«

»Ausgezeichnet, wir müssten allerdings noch das Finanzielle …« Elinor wusste: Das war normalerweise der Moment, an dem solche Gespräche ins Stocken gerieten und die anfängliche Begeisterung des Gegenübers merklich abkühlte.

»Das wird kein Problem sein«, entgegnete Günther. »Der TC Leopoldshof ist von der Bedeutung dieses Projekts überzeugt und unsere Mitglieder sind sich bewusst, dass professionelle Arbeit ihren Preis hat. Wenn Sie eine Anzahlung benötigen, wenden Sie sich einfach an mich.«

Elinor schwieg einen kurzen Moment, um nicht dem aufwallenden Bedürfnis nachzugeben und einfach zu sagen: »Ich bin sowas von pleite, ich brauche jeden Cent und Sie schickt der Himmel!« Stattdessen meinte sie zurückhaltend: »Lassen Sie mich alles noch im Detail durchsehen, dann kann ich genauere Auskunft über die Kosten geben.«

»Ich hätte allerdings auch noch eine Bitte.« Günther bedeutete Mila, dass die Unterredung sich dem Ende zuneigte. »In zwei Wochen haben wir hier unsere Generalversammlung mit einem anschließenden Fest. Es ist das Saisonabschluss-Fest und hat eine lange Tradition. Ob das unsere Gründer schon so gehandhabt haben, werden Sie herausfinden. Jedenfalls ist es ein alljährlicher Höhepunkt in unserem Veranstaltungskalender und ich lade Sie herzlich ein, mit uns zu feiern. Zu diesem Anlass könnten Sie ja gleich das Projekt präsentieren? Die Mitglieder würden Sie dann kennenlernen und Sie hätten noch besseren Zugang zu allem und jedem …«

»Das mache ich sehr gerne, bis dahin kann ich noch an dem Konzept feilen, aber ich denke, wir haben ein sehr schönes Projekt!«

Sie verabschiedeten sich, er ließ sich sicherheitshalber noch ihre Nummer geben, damit er nicht auf ihren Anruf warten müsse, wie er augenzwinkernd meinte, als er sie zum Ausgang begleitete. Beschwingt machte sich Elinor auf den Heimweg und konnte sich des Gefühls nicht erwehren, dass sie einen Glückstreffer gelandet hatte. Günther kehrte ebenfalls bestens gelaunt an den kleinen Tisch zurück. Er hatte doch tatsächlich die letzte Stunde nicht einen Gedanken an seine vertrackte Situation verschwendet, er hatte sich ganz diesem neuen Projekt gewidmet, das ihm wie ein Leuchten am Ende eines langen düsteren Tunnels erschien. Und diese Frau wirkte überhaupt wie ein Wundermittel auf ihn. Er entspannte sich in ihrer Gegenwart, wie er es sonst nur mittels bedeutender Mengen Alkohol schaffte, sein gemartertes Hirn konnte ausruhen und sich mit wichtigen, schönen Plänen beschäftigen. Warum, fragte er sich, war es nicht immer so? Warum war sein Leben voll von Menschen und Dingen, die ihn quälten? Die Frauen, die Kinder, die Klienten und dann noch der Hartl? Die Gedanken rollten auf ihn zu wie eine dunkle Welle, er setzte sich und deutete Mila, ihm einen großen weißen Spritzwein zu bringen. Ja, mit dem Hartl musste er sich jetzt beschäftigen. Er konnte nicht zulassen, dass dieser bösartige Trottel den Rest seines Lebens ruinierte. Gerade jetzt, wo er das Gefühl hatte, vor einem Neuanfang zu stehen.

Hans

»Krani, was gibt's? Hast du dir schon etwas überlegt? Ich bin so fertig, ich kann nicht einmal mehr schlafen und ich war immer ein guter Schläfer, mich hat noch nie etwas um meine Nachtruhe bringen können, aber das jetzt?«

Hans Freyenbergs Stimme überschlug sich, als Krawanek ihn anrief. Er hatte schon viel früher mit einem Anruf gerechnet und seine Nerven lagen förmlich blank.

Seit ihm sein Freund eröffnet hatte, dass sie die Hauptdarsteller in einer Geschichte waren, die man normalerweise im Fernsehen bei Chips und Bier an sich vorüberziehen ließ, war es mit seiner Seelenruhe dahin. Er rotierte, konnte sich auf nichts mehr konzentrieren, in seinen Sonnenstudios ließ er sich nicht mehr blicken, sie waren ihm ohnehin schon lange eher eine Last, seine sportlichen Aktivitäten hatte er mangels Lust und Elan völlig eingestellt und nicht einmal der Drink mit Freunden in einer der angesagten Bars der Stadt machte ihm mehr Spaß. Er verbrachte jetzt viel Zeit zu Hause, was Julie wohl zur Kenntnis nahm, die neue Einsilbigkeit ihres sonst so eloquenten Mannes bereitete ihr allerdings einige Sorge. In seinen Gedanken drehte sich alles um diese jüngste Entwicklung, an der er, seiner Meinung nach, nicht einmal einen Anteil hatte. Sollte er Krani einfach im Regen stehen lassen? Was konnte schon passieren? Er war es ja nicht gewesen, der in die Klubkasse gegriffen und auch noch das Konto seines Schützlings geplündert hatte. Allerdings hatte er als Sekretär des Vereins beide Augen zugedrückt und alles durchgewunken. Und er hatte sich maßgeblich an dieser Immobiliengeschichte beteiligt. Dabei hatte er zwar nur Familiengelder in den Sand gesetzt, aber mit Julie würde es sicher eine peinliche Szene geben, bei der er zu Kreuze kriechen und alles erklären musste. Es würde sich bestimmt wieder regeln lassen, das bliebe quasi im privaten Bereich. Aber könnte er glaubhaft versichern, selbst getäuscht worden zu sein? Er überlegte ernsthaft, sich irgendwie herauszuwinden, Krani die Suppe auslöffeln – es war immerhin hauptsächlich die seine – und einfach Gras über die Sache wachsen zu lassen. Andererseits fürchtete er sich ernsthaft vor den Konsequenzen. Er würde seinen besten Freund liefern, müsste sogar einiges beschönigen und ihn dadurch zusätzlich belasten und dann konnte man immer noch nicht vorhersagen, wie alles ausgehen würde. Außerdem hatte er zu viel Angst, einerseits vor Krani, der mit dem Rücken zur Wand stand und irgendwann nichts mehr zu verlieren haben würde und andererseits, und das musste er zu seiner Beschämung eingestehen, hatte er Angst vor Hermann Hartl. Er war die Unbekannte in der Gleichung. Sie wussten nichts über ihn, hatten ihn bis jetzt kaum wahrgenommen und ihn offensichtlich maßlos unterschätzt. Das hatte sogar Krani eingeräumt. Sie wussten nicht, was auf sie zukam und womit zu rechnen war. Wie weit würde dieser Hartl gehen? Alles Fragen, die er sich nicht beantworten konnte und die ihn immer tiefer in einen nie gekannten, depressiven Zustand versetzten.

Nein, er würde Krani nicht in den Rücken fallen, zu zweit waren sie einfach stärker. Sie waren zwei der angesehensten Mitglieder dieses Klubs und gesellschaftlich fest verankert. Sie würden sich diesem Hartl stellen, die Geschichte beenden und danach nie wieder ein Wort darüber verlieren. Krani dürfte allerdings nicht so weitermachen wie bisher. Er würde ihm schon sagen, dass er so krumme Transaktionen nicht mehr decken würde. Trotzdem war er derart erleichtert, als sich Krawanek endlich bei ihm meldete, dass er ihn mit einem nicht enden wollenden Wortschwall überschüttete.

»Krani«, dachte Günther Krawanek, »sagt wirklich nur noch Hans zu mir, sonst nennt mich niemand mehr so.« Die vertraute Anrede löste einen kurzen Moment der Nostalgie in ihm aus, gleichzeitig spürte er die tiefverwurzelte, jahrelange Freundschaft wie ein stützendes Korsett für sein angeschlagenes Ich. »Jetzt beruhige dich«, unterbrach er den Redefluss seines Freundes, »ich habe eine Idee. Wir müssen sie nur sehr genau durchdenken und planen. Auf der Bank? Halbe Stunde?«

»Bin da«, bestätigte Hans knapp und machte sich sofort auf den Weg.

Wenig später saßen sie auf der abgelegensten Bank, nicht ohne vorher alles genau auf unerwünschte Lauscher kontrolliert zu haben. Als Krawanek sicher war, frei sprechen zu können, begann er mit dennoch gedämpfter Stimme, seine Idee auszuführen. Einleitend hatte er seinen Freund gebeten, einfach nur zuzuhören und nicht zu unterbrechen.

Komplott

Er holte tief Luft, wie ein Schauspieler, der sich auf den entscheidenden Monolog vorbereitet, und breitete Schritt für Schritt seinen Plan vor Hans aus. Dieser hätte nicht unterbrochen, selbst wenn ihm etwas eingefallen wäre. Er saß da, atmete leise durch den Mund, wie man es tut, wenn der Sauerstoff knapp wird, seine Augen weiteten sich zusehends vor Entsetzen. Zum Schluss, als Günther geendet hatte, schlug er die Hand vor den Mund, als ob er das soeben Gehörte irgendwohin zurückstopfen wollte. Lange schwiegen die beiden.

»Das ist nicht dein Ernst?« Hans hatte seine Stimme wiedergefunden.

»Fällt dir etwas Besseres ein? Der wird nie Ruhe geben, wenn wir einmal zahlen, was wir gar nicht können, aber selbst wenn … Er wird sich bestätigt fühlen und immer wieder antanzen. Erstens ist er geldgierig und zweitens, glaube ich, macht es ihm Freude, uns zu demütigen. Der war doch immer ein Neidhammel, es hätte mir nur früher auffallen müssen!«

»Aber wir sind doch nicht in einem blöden Hollywoodfilm! Das ist echt hier!«

»Das ist mir leider allzu klar. Glaub mir, wir haben keine andere Möglichkeit, aus der Geschichte herauszukommen, der Hartl muss weg. Verschwinden. Und weil er das wahrscheinlich nicht freiwillig und von selbst tun wird, müssen wir nachhelfen. Ich glaube, das ist der einzige Weg.«

»Und wenn noch jemand etwas weiß? Wenn er nicht alleine da drinsteckt? Vielleicht ist seine Frau ja auch dabei?«

»Das glaub' ich nicht, Erpressung steht immerhin im Strafgesetzbuch, ich denke, das zieht der alleine durch.«

»Und wie stellst du dir das jetzt genau vor?« Hans war noch immer völlig aus dem Gleichgewicht, es schien ihm, als würde das alles jemand anderem passieren und er wäre ein unbeteiligter Zuschauer. Aber so war es leider nicht, er steckte mit Haut und Haar und Kopf und Kragen mittendrin.

»Also, wir machen das jetzt so.« Günther holte noch einmal tief Luft und legte detailliert seinen Plan dar: Bei der demnächst anstehenden Generalversammlung und der anschließenden Abschlussparty, bei der so gut wie alle Mitglieder plus Anhang dabei sein würden, würde als besonderer Gag der Weinkeller »leergemacht« werden, ein seit vielen Jahren gepflegter Brauch. Dabei wurden alle Weine, die getrunken werden mussten, aber auch Spirituosen, die während der Saison nicht ausgeschenkt worden waren, zu einem Sonderpreis abverkauft. Manchmal entstand sogar eine kleine Auktion, wenn zwei Gäste dieselbe Flasche kaufen wollten. Der Erlös ging in die Vereinskasse und kam somit allen zugute. Diese Tradition, die es dem Klub ermöglichte, für die neue Saison frisch einzukaufen, fand immer unter großem Zuspruch der Mitglieder statt. Darüber hinaus wurde auch die Eistruhe geleert, allerdings wurde das Eis gratis an den Nachwuchs verschenkt, ebenfalls unter großem Applaus. Bei dieser Gelegenheit war es üblich, dass sich der Vorstand im Namen aller bei jenen bedankte, die im Hintergrund tätig waren: Dem Platzwart, den Betreibern von Bar und Restaurant, dem Reinigungspersonal, und natürlich dem Zeitungsmann. Sie erhielten jeweils eine Flasche von irgendetwas Gutem und einen kräftigen Händedruck, der zumindest eine Art von Augenhöhe vortäuschen sollte.

Anlässlich dieser Dankesbekundungen sollte nun Hermann Hartl seine Flasche mit bestem Dank für die Dienste überreicht werden. Krawanek wollte dafür sorgen, dass dieses Jahr jemand anderer als er oder Hans die Übergabe vollzog, mit dem ernsthaften Hinweis, den guten Inhalt möglichst bald auf die Gesundheit aller Anwesenden zu leeren. Das bringe Glück für die nächste Saison. Hermann Hartls Flasche würde präpariert sein, im Klub, ganz hinten im Wirtschaftsraum lagerten genügend Dosen mit Rattengift, die nur der Platzwart bei Bedarf verwendete. Hartl würde seine präparierte Flasche demnächst trinken und richtige Probleme bekommen. Danach würde er sicher niemanden mehr erpressen. Man musste ihn jetzt nur bei Laune halten, bis es so weit war.

Günther machte eine Pause um abzuschätzen, wie weit sein Freund seinen Ausführungen gefolgt war, und ließ ihm einige Momente, um seiner Fassungslosigkeit Ausdruck zu verleihen. Nachdem Hans Druck abgelassen hatte, meinte Günther lakonisch: »Und jetzt zur Durchführung, da dürfen wir uns keinen Patzer erlauben.«

Zuallererst musste die entsprechende Flasche gefunden werden.

»Komm«, sagte Günther zu Hans, der immer noch ferngesteuert wirkte, »das erledigen wir gleich. Die Wirtsleute sind gerade unterwegs, da können wir in Ruhe die Weine durchschauen. Es muss eine Flasche sein, die man gut wieder verschließen kann.«

»Und wie willst du das machen?«, erwiderte Hans skeptisch. »Wenn einmal die Folie runter ist, sieht jeder, dass die Flasche nicht original verschlossen ist!«

»Das hab' ich mir schon genau überlegt: Dabei kommst du ins Spiel.«

Château Pétrus

Das Klubhaus war leer, die Saison eindeutig beendet. Bogdan und Mila Ricic waren mit ihrem Minivan unterwegs, um die letzten Einkäufe für das bevorstehende Abschlussfest zu tätigen. Der Platzwart hatte seinen freien Tag, die Reinigungskräfte waren gestern da gewesen, Günther und Hans konnten also in aller Ruhe die Weinvorräte nach einem geeigneten Exemplar durchforsten. Nachdem Hans sich doch noch beruhigt hatte, konzentrierte er sich voll und ganz auf die anstehende Aufgabe, den moralisch zweifelhaften Aspekt ihres Vorhabens hatte er völlig ausgeblendet. »Wenn wir das wirklich durchziehen, dann muss es einfach funktionieren!« An diesen Gedanken klammerte er sich fest und beendete damit für sich die emotionale Talfahrt, in die ihn der Plan, wie sie die Aktion in Zukunft nennen wollten und die jetzt zu einer gemeinsamen geworden war, gestürzt hatte. Als sie sich dann beide Einweghandschuhe überzogen, die sie unter der Theke in der Bar gefunden hatten, grinsten sie einander an: »Wenn schon, denn schon – man ist ja nicht blöd!« Es fühlte sich an wie ein Lausbubenstreich.

Sie wurden bald fündig: Ein edler roter Tropfen, der letzte seiner Art, zumindest hier im Weinkeller, Château La Fleur-Pétrus 2020. Allein das Etikett verhieß schon Eleganz und Noblesse. Der Preis ebenso. Die Flasche war mit vierhundertfünfundsiebzig Euro eine der teuersten auf der Karte.

Günther googelte das Weingut und stellte zufrieden

fest: »Hier steht, dass dieser Pomerol nicht nur über tiefdunkles Rubingranat, violette Reflexe und einen opaken Kern verfügt«, an dieser Stelle musste er einfach lachen und Hans stimmte ein. Es war auch zu komisch, hier im Weinkeller einen Tropfen nach diesen eigenartigen Kriterien auszusuchen, nämlich dunkles Rot, damit man keine Verfärbungen sehen konnte und natürlich intensiver Geschmack, damit man das Rattengift nicht schmeckte. »Er hat auch«, fuhr Günther launig fort, »Kirschfrucht, Zwetschgen, Nougat, Kräuterwürze, Edelholz und Extrasüße. Das ist unser Wein!«

»Da kriegst du was für dein Geld«, witzelte Hans, eindeutig erleichtert, dass der Druck von ihm abgefallen war. »Sogar die Hülse passt, die ist nicht bedruckt, so eine habe ich im Abfüllkeller.«

»Sehr gut, dann legen wir einfach los!«

»Was, jetzt gleich?«

»Jetzt ist perfekt, keiner da! Mach du schon mal den Wein auf, ich hole so eine Dose Rattengift, aber schau, dass du den Korken nicht total zerbröselst.«

»Wein aufmachen werd' ich wohl noch können …«

Aber Günther war schon unterwegs zu den Wirtschaftsräumen, wo die Reinigungsmittel und -geräte gelagert waren, aber auch Papiernachschub, Gartengeräte und –zubehör und ganz hinten, im obersten Regal, die Dosen mit dem Rattengift. Günther nahm eine herunter und begutachtete sie. Die Dose, die eigentlich ein kleiner, weißer Kunststoffkübel war, ließ sich einfach öffnen und wieder verschließen. Das Gift selbst war portionsweise in transparente Folien abgepackt. Ausgezeichnet. Man konnte leicht etwas entnehmen, ohne dass es auffiel. Er nahm zwei Tabs, die ihn an Geschirrspülmittel erinnerten, verschloss die Dose und stellte sie in die hinterste Reihe zurück. Er warf noch einen Kontrollblick in den Wirtschaftsraum, bevor er die Tür leise schloss und zu

Hans zurückging, der es geschafft hatte, die Flasche zu öffnen, ohne den Korken zu beschädigen.

Er goss ein großes Glas voll. Sofort stieg ihnen ein wunderbarer Duft nach Himbeeren und Nadelwald in die Nase.

»Es ist direkt schade um diesen herrlichen Tropfen«, meinte Hans bedauernd. »Was glaubst du, wie der schmeckt, wenn er schon so herrlich riecht!«

»Na umso besser, dann wird er nichts merken«, meinte Günther grimmig und rührte den Inhalt der beiden Folien vorsichtig mit einem Löffel in den Wein. Es dauerte ein wenig, bis sich das Pulver ganz aufgelöst hatte, aber zuletzt war weder farblich etwas zu bemerken, noch waren Rückstände zu sehen. »Das hat ja bestens funktioniert, und jetzt zurück in die Flasche«, sagte Günther zufrieden. Mittels Trichter beförderte er den präparierten Wein zurück und drückte den Originalkorken in den Flaschenhals.

»Jetzt bist du dran Hans, your turn! Soll ich mitkommen?«

»Nein, das würde nur auffallen. Wenn ich gesehen werde, kann ich mir leicht eine Ausrede einfallen lassen, ich wohne ja schließlich neben der Abfüllanlage. Du kümmere dich um den Hartl, falls er noch einmal mit irgendwelchen Wünschen ankommen sollte.«

»Das glaube ich nicht, ich habe ihm erklärt, dass ich Zeit brauche, um die Kohle locker zu machen. Der will sich das sicher nicht verderben. Ich glaube, wir haben bis zum Fest unsere Ruhe. Ruf mich an, wenn du fertig bist.«

Hans wickelte die Flasche sorgfältig in Folie und trug sie zum Wagen. Dann fuhr er los in Richtung Kastanienallee. Daheim angekommen parkte er seinen Porsche wie immer in der Auffahrt. Er sah sich um, ob seine Ankunft bemerkt worden war, aber da war niemand. Erleichtert, dass er keine Erklärungen würde abgeben müssen, ging er über den Hof zum alten Wirtschaftsgebäude, und dort hinunter in den Keller. Der »Wirtschaftshof«, wie das Gebäude allgemein genannt wurde, war noch vom alten Kayser errichtet worden, denn in den ersten Jahren des Unternehmens war die Produktion, also die Abfüllanlagen, direkt neben dem Wohnhaus angesiedelt gewesen. Oder vielmehr, man hatte einfach neben der Firma gewohnt. Erst später, als sich der finanzielle Erfolg eingestellt hatte, waren ein prächtiges Herrenhaus anstelle des einfachen Fuhrwerkerhauses errichtet und die Produktionsstätten aufs Land verlegt worden, der Wirtschaftshof war stehen geblieben, ebenso die gesamte technische Ausstattung. Jetzt wurden die Anlagen nur mehr genutzt, wenn neue Produkte getestet wurden, etwa Apfel- und Birnencidre. Diese beiden waren erst vor Kurzem in einer kleinen Testauflage im Wirtschaftshof hergestellt worden und als sie sich als markttauglich erwiesen hatten, war die Produktion ausgelagert worden. Korken, Flaschenhülsen und die alte manuelle Verschlussmaschine waren vorhanden. Sollte er jetzt entdeckt werden, würde er einfach etwas von einer neuen Produktidee fabulieren und in Kauf nehmen, dass man ihn sonderbar fände.

Vorsichtig zog Hans den alten Korken mit einer Flachzange heraus. Es war ein typischer französischer Eichenkorken, lang, schmal und geprägt. Hans drehte ihn mit einiger Bewunderung hin und her. Wie so ein kleines Stück Korkeiche so viel versprechen konnte, dachte er in einer Anwandlung von philosophischer Reflexion, es schien ihm fast, als ob die gesamte kulturelle Überlegenheit der Grande Nation sich in diesem winzigen Stück Korkeiche konzentriert hätte. »Mit so einem edlen Teil kann ich nicht dienen«, murmelte er vor sich hin, aber diese hier waren auch nicht schlecht. »Und dass er nicht geprägt ist, wird nicht auffallen, er hat ja keinen Vergleich.« Er griff sich einen Korken aus der Schachtel. Als sie den Cidre entwickelt hatten, sollte dieser in jeder Beziehung hochwertig sein. Dazu gehörte auch die Wahl des Korkens und man hatte sich für erste Qualität, Eiche aus Portugal, entschieden; nicht billig, aber diese Korken verliehen dem säuerlichen Inhalt der Flaschen den erwünschten exklusiven Charakter. Er befreite den Flaschenhals des Château Pétrus von der Transparentfolie, spannte die Flasche in die alte Maschine, setzte einen Korken ein, zog den langen Hebel kräftig hinunter und der Bolzen drückte den Stoppel in die Flasche. Auch die Metallhülsen, die die Cidreflaschen zieren sollten, waren noch vorhanden. Rot für Apfel, Gold für Birne. Das Rot war etwas heller als das Original, aber da das Aluminium hauptsächlich schimmerte, passte es ganz ausgezeichnet. Hans war richtig stolz auf sein Werk. Nachdem er die Aluminiumhülse noch über den Flaschenhals gepresst hatte, waren keinerlei Spuren von Manipulation zu erkennen. Meisterhaft! Er arrangierte alles so, wie er es vorgefunden hatte, löschte das Licht und ging leise nach oben. »Warum schleiche ich eigentlich so?«, dachte er kopfschüttelnd und zum wiederholten Mal. »Ich wohne hier, ich kann einfach hier sein!« Aber ja, er hatte auch so etwas wie ein Gewissen, und ein ziemlich schlechtes noch dazu, aber das konnte er jetzt gar nicht brauchen. Es war alles in Ordnung, er hatte nur ein Flasche Château Pétrus neu verkorkt, er musste gar nicht wissen, was sich darin verbarg oder wie es dazu gekommen war. Er hatte nur eine Flasche verkorkt. Vorsichtig ging er über die gekieste Auffahrt, es war zwar alles harmlos, aber erwischt wollte er doch nicht werden. Er öffnete die Wagentür und legte die Flasche vorsichtig unter den Beifahrersitz. Dann zog er sein Telefon aus der Jacketttasche und wählte Günthers Kurzwahl

»Fertig«, meinte er nur, als dieser sich sofort meldete.

»Dann komm gleich her in den Klub, damit wir das

Ding irgendwo verstauen, bis zur Übergabe.« Auch Günther war die Erleichterung anzumerken.

Hans machte sich schleunigst auf den Weg, wobei er sich immer noch bemühte, möglichst wenige Geräusche zu verursachen. Allerdings gelang es ihm nicht, einen hochmotorisierten Sportwagen, der dafür konstruiert worden war, möglichst laut und grollend daherzukommen, leise zu starten. Im Schritttempo verließ er die Auffahrt und bog Richtung TC Leopoldshof ab.

In seiner Erleichterung, dass dieses Himmelfahrtskommando, »der Plan«, bis jetzt reibungslos abgelaufen war, hatte er nicht gesehen, dass Julie die ganze Zeit hinter dem Fenster des großen Salons gestanden war und sich gefragt hatte, was ihr Ehemann wohl jetzt wieder ausheckte. Sie würde ihn, wie immer, nicht darauf ansprechen und das Wissen, von dem sie noch nicht genau überblickte wie es zu verstehen war, für sich behalten.

Sylvia

Julie Freyenberg war an diesem Abend nicht die Einzige, die sich über das Kommen und Gehen gewundert hatte. Es war nicht zu überhören gewesen, und selbst wenn Hans das Gefühl gehabt hatte, leise und unbemerkt vorbeizufahren, so hatte sein Wagen doch bemerkenswerte Töne von sich gegeben.

Sylvia Weiss saß wieder einmal alleine hinter ihrem Küchenfenster und sah Hans Freyenberg hin- und herfahren. Noch so ein Nachbar, der wahrscheinlich nicht einmal wusste, dass es sie gab. Sie konnte so einfach nicht weiterleben, in Langeweile und Lieblosigkeit gefangen wie in einem Netz. Egal, wie sie sich drehte und wendete, sie stieß immer auf den kalten Widerwillen Geros. Dieser Widerstand war in letzter Zeit auch noch bösartiger geworden, ließ er sich doch keine Gelegenheit entgehen, auf ihre Unzulänglichkeit in Haushalt und Küche, aber auch im Alltag allgemein hinzuweisen. Daran hatte sie sich zwar schon gewöhnt, aber dass er sich neuerdings lautstark Gedanken zu ihrer Figur und vor allem über ihr Alter machte, ging doch zu weit. Sie musste etwas ändern. Und zwar dringend. Sofort.

Sie nahm ihr Handy und suchte ein Bild, das sie letztens gemacht hatte: Bei einem ihrer ohnehin seltenen Friseurbesuche war ihr eine Zeitschrift aufgefallen, deren Cover eine an die hundert Jahre alte, wunderschöne Frau zierte. Sie trug eine riesige runde Brille, hatte eine kecke Kurzhaarfrisur und war extravagant gekleidet, nicht einmal der Stock, auf den sie sich stützen musste, tat ihrer Erscheinung Abbruch. In bunten Lettern lautete die Schlagzeile: *»Only One Trip«*. Diese Worte, die zusammen mit dem Bild eine graphische Meisterleistung darstellten, trafen Sylvias Innerstes. Wie oft hatte sie es gehört: Man lebte nur einmal, man musste das Leben genießen, man wusste nie, wie lange es noch dauerte. Sie hatte sich nie angesprochen gefühlt, sie war ja noch jung, sie hatte eine Familie und damit auch eine Aufgabe zu erfüllen. Um ihre eigenen Bedürfnisse würde sie sich später kümmern, jetzt standen Mann und Kind im Mittelpunkt, das war ihr Leben. Doch all das war mit einem Schlag anders, als ob ein Schalter umgelegt worden wäre. Sie hatte ihre Arbeit aufgegeben, sich in völlige Abhängigkeit begeben und die letzten sechzehn Jahre einem muffigen Kind gewidmet, das ihr mittlerweile, das musste sie sich einfach einmal eingestehen, richtig auf die Nerven ging. All ihre Bemühungen, Billy zu einem freundlichen, sozialen Wesen zu erziehen, waren mehr oder weniger fehlgeschlagen. Je älter ihr Sohn wurde, umso ähnlicher wurde er seinem Vater. Er war ungesellig, missgünstig und geldgierig. Das hatte sich in den letzten Jahren bemerkbar gemacht, als er über sein von Gero erstaunlicherweise großzügig bemessenes Taschengeld frei verfügen durfte, dieses hortete und bei jeder Gelegenheit seine Mutter anschnorrte. Er hatte kaum Freunde, und wenn, waren es eher die seltsamen Typen aus der Klasse, mit denen sich sonst niemand gerne abgab. Der einzige Trost diesbezüglich waren Billys schulische Leistungen. Er war zwar auch bei der Lehrerschaft keineswegs beliebt, durch vorzügliche Leistungen in sämtlichen Hauptfächern aber unantastbar. Nein, Billy brauchte sie nicht mehr, sie musste hier nicht Tag für Tag ihr Leben vorbeiziehen lassen, er würde auch anders sehr gut zurechtkommen. Gerade jetzt saß er in seinem Zimmer und hatte den ganzen Abend nicht ein Wort mit ihr gewechselt. Er war mit einer Dose Cola und einem Wurstbrot nach oben gegangen, um was auch immer zu tun. Das konnte er auch ohne sie. Vielleicht war er doch autistisch veranlagt? Asperger-Syndrom? Das hatte sie nachgelesen, es würde passen. Hochbegabt, aber sozial völlig unterbelichtet. Tagelanges Schweigen, unterbrochen durch unmotivierte Redeanfälle zu seltsamen Themen, die außer Billy keinen interessierten. Aber vielleicht war er einfach nur der Sohn seines Vaters, unfreundlich und ständig unzufrieden. Sie wollte sich damit nicht mehr befassen. »Only One Trip. Nur eine einzige Fahrt«, sagte sie leise vor sich hin. Sie setzte sich auf die ausladende Couch im Wohnzimmer und wartete auf die Rückkehr ihres Mannes.

Sie wusste nicht mehr, wie lange sie regungslos im Wohnzimmer gesessen hatte, als sie Gero heimkommen hörte. Wo er gewesen war, wusste sie nicht, es war jetzt auch schon egal. Er betrat das Wohnzimmer und sah sie im gedämpften Licht der Leselampe sitzen.

»Was machst du da? Eine neue Marotte? Herumsitzen im Halbdunkel? Es ist bekannt, dass alternde Frauen die Beleuchtung scheuen.«

Sylvia ging auf die Bemerkung nicht ein, sie bestärkte sie vielmehr in ihrem Vorhaben, das sie jetzt umsetzen würde.

»Gero, ich habe dir etwas zu sagen!«

»Aha, und was kann das schon sein?«

Sylvia holte tief Luft, stand auf, spannte ihre Bauchmuskulatur an und sagte ruhig: »Hör mir einfach zu. Es wird heute noch Folgendes passieren: Du packst jetzt einen Koffer mit dem Nötigsten und gehst in ein Hotel. Morgen wirst du mit deinem Anwalt sprechen und eine Schenkung zu meinen Gunsten in die Wege leiten. Du überschreibst mir eines der Zinshäuser aus dem Besitz der ›Immo-Weiss‹. Vorzugsweise mit einer freien Wohnung in einer guten Größe, in der ich in Zukunft leben werde. Wenn Billy möchte, kann er mit mir wohnen, er kann aber gern bei dir bleiben. Ich werde ausziehen und dir das Haus überlassen. Meinen Lebensunterhalt werde ich aus den Einkünften meines Miethauses bestreiten. Somit ist klar, dass die Immobilie auch eine entsprechende Summe abwerfen muss.«

Gero war die Kinnlade heruntergefallen. Er starrte seine Frau mit offenem Mund an und sah dabei nicht sehr intelligent aus.

»Zusätzlich überweist du mir eine Million Euro auf mein Konto, damit der mir zustehende Lebensstandard gesichert ist. Über die Scheidung können wir danach in aller Ruhe verhandeln, es wird aber nicht mehr viel zu sagen geben.«

Gero hatte mittlerweile seine Körperfunktionen wieder in den Griff bekommen, war zwei Schritte auf seine Frau zugegangen und baute sich bedrohlich vor Sylvia auf: »Bist du noch normal? Hast du irgendetwas genommen? Was heißt, du lässt mir mein Haus? Ich lasse dich gleich einweisen!«

»Halt!«, sagte Sylvia und streckte ihre Hand aus, um

ihn auf Abstand zu halten. »Ich weiß über dich und deine dreckige Leidenschaft Bescheid. Ich habe deine peinliche Schatzkiste gefunden und alles dokumentiert. Du stehst auf kleine Mädchen und genierst dich nicht, in den Garderoben beim Tennis nach Fetischen zu suchen. Ich habe im Übrigen auch deine Fotos gefunden, falls du jetzt argumentieren wolltest, dass ich mit ein paar Höschen nicht weit kommen werde. Du brauchst nur das zu tun, was ich verlange, dann wird von mir niemand etwas erfahren. Aber ich werde mit dir keinen weiteren Tag mehr verbringen!«

Es entstand eine Pause, ein leises Schnappen eines Türschlosses war aus dem oberen Stock zu hören. Ob Billy mitgehört hatte? Daran hatte Sylvia gar nicht gedacht. Aber die Wahrheit war eben die Wahrheit, dachte sie, und wenn jemand Erklärungsbedarf hatte, dann war es wohl Gero. Dieser sah jetzt gar nicht mehr gut aus, seine Beine schienen nachgegeben zu haben und er war auf die Couch gesunken. Seine Gesichtsfarbe, die vorher vor Zorn tiefrot gewesen war, sah käsig aus. Er hatte offensichtlich ein Sauerstoffproblem und schnappte nach Luft.

»Und«, fügte Sylvia hinzu, »solltest du dir überlegen, irgendetwas gegen mich zu unternehmen, ich kann dir versichern, ich habe alle Unterlagen bei meinem Anwalt hinterlegt. Ich melde mich jeden Tag zu einer anderen Uhrzeit bei ihm. Wenn ich das nicht mehr tun kann, ist er beauftragt, alles an die Polizei weiterzuleiten und natürlich auch an den Tennisklub.«

Dem war ganz und gar nicht so, aber es war ihr gerade eingefallen und so wie Gero jetzt aussah – seine bleiche Miene hatte sich in der Zwischenzeit furchterregend verzerrt – traute sie ihm ohne weiteres zu, ihr einen kräftigen Stoß an der Treppe zu verpassen, oder sie anders ins Jenseits zu befördern.

Geros stoßweise Atmung hatte sich etwas beruhigt. Seine Gedanken rasten. So eine blöde Schlampe, wie konnte sie es wagen? Seine Gutmütigkeit, sein Vertrauen so zu missbrauchen? Aber seine Mutter hatte es ihm gleich gesagt. Eine hinterhältige Schlange, nichts anderes war sie! In seinen Sachen zu wühlen, das war ja wohl das Letzte! Es war doch kein Wunder, dass er sich anderen Frauen zuwandte, so wie sie aussah! Gero war zwar eingebildet, überheblich und sehr von sich überzeugt, aber er wusste, wann er nachzugeben hatte. Leider hatte er sich in letzter Zeit nicht nur damit begnügt, vergessene Gegenstände in den Garderoben einzusammeln, er hatte angefangen, in den Sporttaschen der Mädchen, die diese einfach unversperrt herumstehen ließen, zu wühlen und das eine oder andere Souvenir zu entwenden. Er hatte keine andere Chance, aus dieser Sache herauszukommen, als ihre Bedingungen zu erfüllen.

Schließlich setzte er sich auf, zog sein Hemd und sein Jackett zurecht und räusperte sich: »Wenn ich deine Wünsche erfülle, dann ist die Sache erledigt? Ein für alle Mal?«

»Ein für alle Mal. Glaube mir, ich will keinerlei Kontakt mehr zu dir. Und Billy ist bald volljährig, er wird uns nicht mehr brauchen.«

»Und diese Unterlagen? Bekomme ich die dann?«

»Natürlich nicht, ich muss ja auch in Zukunft für meine Sicherheit sorgen. Und du wüsstest ja ohnehin nie, ob du alles bekommen hättest. Damit wirst du einfach leben müssen.«

Es war die reine Katastrophe. Er stand auf und ging gebückt wie ein alter Mann zur Treppe in den oberen Stock, um seinen Koffer zu packen.

Sylvia setzte sich auf die Couch, genau so, wie sie vorhin gesessen hatte. Sie musste erst verarbeiten, was sie soeben getan hatte.

Saisonabschluss

Die Generalversammlung des TC Leopoldshof fand alljährlich im Spätherbst statt. Wann die Gründer damit begonnen hatten, im Anschluss an diese Pflichtveranstaltung, die alle langweilte, den Saisonabschluss ausgiebig zu feiern, war nicht belegt. Mittlerweile aber galt diese Party als einer der beiden gesellschaftlichen Höhepunkte des Jahres, neben der legendären Sommermeisterschaft, die jeweils zu Beginn der großen Ferien stattfand. Die Mitglieder nahmen die mit jedem Mal kürzer gehaltene Generalversammlung in Kauf, denn die Aussicht auf nachfolgende Amüsements war tröstlich. Deshalb gab es bei den Generalversammlungen niemals Gegenstimmen oder kritische Interventionen, alle Punkte der Tagesordnung wurden möglichst schnell und oberflächlich abgehakt, um dann zum eigentlichen Höhepunkt zu kommen: dem großen Fest.

Die Mitglieder erschienen meist vollzählig mit jeweiliger Begleitung und es gab wohl keinen anderen Klub in der Stadt, der sich einer so gut besuchten Generalversammlung rühmen durfte. Um alle bei der Stange zu halten, wurden auch in diesem Jahr bereits während der Sitzung, die der alte Medizinalrat formlos eröffnet hatte, Getränke und Snacks gereicht, der Vorstand wurde entlastet, die Rechnungsprüfer, ein Steuerberater im Ruhestand und ein Bankdirektor, bekundeten ihre Zufriedenheit, der Vorstand stellte sich der Wiederwahl, die umgehend von allen im Raum, die eine Hand frei hatten, weil sie nicht mit Fingerfood oder Champagnerglas belegt war, per Handzeichen bestätigt wurde. Hans Freyenberg zog in seiner Eigenschaft als Sekretär eine kurze, aber höchst zufriedenstellende Bilanz über das Klubjahr und übergab das Wort an den Besitzer der Baumarktkette, das jüngste Mitglied des Vorstands, Franz Winkelmeier.

Er würde heuer die Ehre haben, all jenen zu danken, die unermüdlich im Hintergrund tätig waren. Günther Krawanek hatte für alle Bedankten die Getränke ausgewählt und Winkelmeier gebeten, Ansprache sowie Übergabe zu übernehmen, damit ihn alle Mitglieder als neuen Vorstand kennenlernen könnten. Dieser war ebenso überrascht wie erfreut und übernahm diese schöne Aufgabe bereitwillig, vor allem seine Frau Traudl freute sich sehr darüber, dass ihr Mann im Kreis dieser vornehmen Leute angenommen worden war. Günther erklärte, wer welche Flasche bekäme, jede war mit einer prächtigen Schleife und einer Dankeskarte versehen.

Von einem Tusch aus der Musikanlage begleitet erhob Franz Winkelmeier seinen massigen Körper, ergriff das Mikrofon, und begann mit der Zeremonie. Er war selbst etwas gerührt, hatte er doch nicht damit gerechnet, eine so wichtige Aufgabe übernehmen zu dürfen. Er war sogar ein bisschen nervös. In der ersten Reihe vor ihm aber stand seine Traudl und sah in begeistert an. Er hob also an, wollte keine langen Reden halten, sondern kam gleich zur Sache. Es wurde dann doch eine etwas längere Rede, aber ein herzlicher Dank ging jedenfalls an die vielen guten Geister, die den Klub im Hintergrund am Laufen hielten und deshalb sollten sie heute vor den Vorhang treten. Er dankte also den beiden Damen des Reinigungsdienstes, für sie jeweils ein leichter Rosé, dem Platzwart und seinem Helfer, der auch als Gärtner fungierte, beide erhielten knackigen Grünen Veltliner, für Bogdan und Mila Ricic hatte Günther eine Flasche Jahrgangschampagner ausgewählt, und last, but not least eine Flasche Château Pétrus für den unentbehrlichen Zeitungsmann Hermann Hartl. Die Geehrten nahmen die Geschenke dankend entgegen, und Hermann war wirklich erstaunt, mit so einem wertvollen Wein hatte er nicht gerechnet. Er freute sich richtig, und als Winkelmeier noch darauf hinwies, den guten Tropfen möglichst bald zu einem schönen Anlass zu leeren, nahm sich Hermann vor, das ganz sicher anlässlich seines baldigen Abgangs zu tun.

Günther und Hans beobachteten die Übergabe aus dem Hintergrund, sie wollten keinesfalls mit der inkriminierten Flasche gesehen werden. Zufrieden stellten sie fest, dass die Dinge unwiderruflich ihren Lauf genommen hatten. Franz Winkelmeier erwies sich auch weiterhin als hervorragender Conférencier und hielt sich genau an seine Vorgaben: Bevor man zur lang ersehnten Leerung des Weinkellers schreiten würde, gäbe es heuer noch einen weiteren Programmhöhepunkt. Der Vorstand hatte einstimmig beschlossen, die großartige Geschichte des TC Leopoldshof in einer wissenschaftlich fundierten Studie aufzuarbeiten und einen Prachtband herauszugeben. Von den Gründervätern bis zum heutigen Tag sollte alles dokumentiert werden und sogar mit Originalfotos bebildert sein. Zum Nachlesen, aber auch zum Schmökern.

»Das sind wir heute nicht nur unseren Vorgängern, sondern auch unseren Nachfolgern schuldig!«, rief Franz pathetisch in den Saal hinein. »Eine solche Geschichte verpflichtet«, meinte er weiter, und er fühle sich geehrt, ein Teil davon zu sein. Die Mittel dafür seien vorhanden, sollte allerdings mehr vonnöten sein, würde er, Franz Winkelmeier persönlich, als Sponsor auftreten. Er verbeugte sich unter großem Applaus und bat, als sich dieser beruhigt hatte, die bekannte Spezialistin, die Historikerin Frau Doktor Elinor Pächter aufs Podium, um einige Worte zu ihrem Projekt zu sprechen.

Elinor hatte sich im Hintergrund gehalten und trat nun vor. Sie schüttelte Franz Winkelmeier die Hand, übernahm das Mikrofon und sah sich suchend nach Günther Krawanek um. Als sie ihn neben Hans zwischen den anderen im Saal entdeckt hatte, winkte sie ihm zu.

»Sehr geehrte Damen und Herren, werte Klubmitglieder, alles hat damit begonnen, dass ich mich verlaufen habe.« Das Murmeln im Raum verstummte, sie hatte die Aufmerksamkeit.

»Ich habe es ja gewusst, diese Frau hat einfach Klasse«, dachte Günther und war richtig stolz auf sie und sich selbst.

»Ich bin auf einem meiner Spaziergänge zufällig in diesem wunderbaren Klubhaus gelandet, das mich allein seiner bedeutenden Architektur wegen fasziniert hat. Ich wusste natürlich nicht, dass es sich um einen privaten Klub handelte, ich hoffte einfach auf einen Kaffee, als ich die Bar sah. Ihr freundlicher Kassier Herr Doktor Krawanek hat mich also aufgelesen, mir einen Kaffee spendiert und etwas über das Haus erzählt. Mir war sofort klar, dass Sie hier ein unterschätztes Juwel haben, dem man gerecht werden muss. Die Geschichte dieses Hauses steht beispielhaft für die gesamtgeschichtliche Entwicklung dieser Stadt und dieses Landes. Und die Schicksale der handelnden Personen sollen festgehalten und gewürdigt werden. Ich werde in der nächsten Saison also hier herumgeistern und Informationen sammeln und ich fordere Sie alle herzlichst auf, sich zu beteiligen! Wenn Sie über alte Fotos oder Geschichten verfügen, bitte wenden Sie sich an mich, jede Art von Material ist willkommen. Vielen Dank!«

Es folgte ein Moment beeindruckter Stille, dann erklang tosender Applaus, durchsetzt von Bravorufen.

»Sie ist wirklich gut«, dachte Günther. »Sie nimmt die Mitglieder an Bord, jeder soll sich beteiligen, dann wird auch keiner etwas dagegen haben!« Er griff sich zwei Gläser Champagner und bahnte sich den Weg zu Elinor. Der Abend war bis jetzt ganz nach seinem Geschmack verlaufen, die Flasche war richtig gelandet und das Buchprojekt offensichtlich angenommen, wenn es auch nicht ganz nach den Regeln gegangen war.

Dolli und Arthur waren seit Jahren Mitglieder im Klub, wenn auch das Tennisspiel nicht unbedingt ihres war. Sie waren beide der Überzeugung, eine solche Institution musste einfach gefördert werden, deshalb stimmten sie allen Verbesserungsvorschlägen begeistert zu und beteiligten sich auch widerspruchslos an allen Kosten. Auch das Buchprojekt stieß auf ihre volle Unterstützung:

»Das ist ja einmal ein richtig intelligentes Projekt!«, meinte Dolli. »Und diese Historikerin scheint auch zu wissen, was sie tut, also mir gefällt das.«

»Du meinst, dass unsere Neureichen sich jetzt einen intellektuellen Anstrich verpassen wollen?«, konterte Arthur zwinkernd.

»Aber Arthur! Ein Schelm, wer Böses dabei denkt«, sagte sie und hakte sich bei ihm unter. »Lass uns eine Weinrarität jagen!«

»Halali!«, rief Arthur und begab sich mit dem traditionellen Jagdruf auf die Pirsch, wobei er seine Frau in Richtung Bar zog, wo die Flaschen zum Verkauf ausgelegt waren. Dort herrschte schon geschäftiges Gedränge und das Scherbeln war in vollem Gang. Die Furtners konnten noch eine Flasche Château Liot Sauternes 1997 erstehen, der sollte den Gänselebergang beim Dinner, das sie demnächst geben wollten, begleiten.

»Siehst du hier noch jemanden, den wir dazu laden können?«, fragte Arthur und sah sich um. »Und weißt du, wer heute Abend gar nicht hier zu sein scheint?«

»Nein, wer fehlt?«

»Unser unangenehmer Nachbar, dieser Weiss, der drückt sich doch sonst dauernd im Klub herum. Ich habe in der Klubzeitschrift gelesen, dass er die Flutlichtanlagen gespendet hat.«

Arthur liebte die Klubpost, die zweimal im Jahr erschien und die Neuigkeiten verkündete. Das Blatt bestand allerdings zu einem großen Teil aus Inseraten, die die

Produktion garantierten. Redakteur war Hans Freyenberg und ›Kaysers Confitüren‹ waren auch die wichtigsten Inserenten.

»Noch so ein Prolet, der glaubt, dass man alles kaufen kann«, schnaubte Dolli. »Mir fehlt er jedenfalls nicht, obwohl seine Frau sehr nett zu sein scheint.« Sie betrachtete nachdenklich die feinen Bläschen in ihrem Glas, die in einer schmalen Säule aufstiegen, um auf der Oberfläche eine zart moussierende Schaumkrone zu bilden. »Letztens habe ich sie im Garten gesehen, sie stand so verloren da und war tief in Gedanken versunken, ich wollte sie fast ansprechen, aber es schien mir nicht passend zu sein.«

»Meine Liebe«, antwortete Arthur schmunzelnd, »das kann ich mir kaum vorstellen. Du und jemanden ansprechen? Noch dazu über den Gartenzaun?«

»Ich sagte ja auch ›fast‹«, entgegnete Dolli vielsagend. Tatsächlich war das Zaungespräch unter Nachbarn nicht ihre Sache. Sie hielt allgemein nicht viel von der Idee des »Plauderns«, denn im Prinzip bestand das ebenso verbreitete wie beliebte Schwätzen aus nichts als Banalitäten, wobei sich die Beteiligten kaum bis gar nicht für ihr Gegenüber interessierten, ging es doch vielmehr entweder um eine gelungene Selbstdarstellung oder aber um das Entlocken möglichst unappetitlicher Geschichten, die irgendjemanden schlecht dastehen ließen. Nicht zuletzt deshalb hatte Dolli die meisten ihrer Freundschaftskontakte ersatzlos gestrichen, hauptsächlich handelte es sich dabei um Personen, die dann aufblühten, wenn das Schicksal mit jemand anderem ungnädig gewesen war. Dolli war bei Weitem keine Philanthropin, aber das Durchhecheln irgendwelcher Geschichten, mit denen sie nichts zu tun hatte, stieß sie ab. Viel lieber beschäftigte sie sich mit den Dingen, die sie unmittelbar betrafen, Haus und Garten etwa, die Verwaltung ihres kleinen, aber feinen Vermögens, wobei auch Arthur sie immer gerne zu

Rate zog, wenn es um seine Finanzen ging. Sie dachte praktisch und direkt und mied emotionale Verstrickungen. Damit war sie Zeit ihres Lebens gut gefahren und hatte auch keineswegs vor, daran etwas zu ändern.

Die Furtners waren ein ebenso eingeschworenes wie verschlossenes Team, das sich kaum in die Karten blicken ließ. Dass man ihre Freundschaft nicht leicht erringen konnte, hatte sich schon herumgesprochen, dafür war ihre Bekanntschaft umso begehrter, und dass Arthur der Zugänglichere der beiden war, war ebenfalls bekannt. So war auch er derjenige, an den sich Bereitwillige, die die Furtners doch gerne näher kennenlernen wollten, hielten. Hatte man erst Arthur gewonnen, konnte man näher an Dolli herankommen, allerdings hatte er es sich zur ritterlichen Aufgabe gemacht, seine Frau vor geschwätzigen Langweilern zu schützen. Wenn jemand versuchte, Dolli direkt einzuladen oder an ihre Telefonnummer zu gelangen, meinte diese immer höflich, für Gesellschaftliches sei ihr Mann zuständig, sie habe jetzt gar nichts bei sich, um etwas zu notieren und ihre Telefonnummer wisse sie einfach nicht auswendig. Da ihre Auftritte bei großen Veranstaltungen äußerst selten waren, wurden sie sofort von Neugierigen umringt, die gerne wissen wollten, wie es ging, was sie so trieben, welche Urlaube sie planten. Ja, und ob alles in Ordnung wäre, man habe sie die ganze Saison im Klub vermisst. Die beiden grüßten in alle Richtungen und als die unausweichliche Frage nach dem Urlaub kam, begab sich Dolli mit der Bemerkung, sie sei am Verhungern und die Ricics hätten sich sicherlich wieder selbst übertroffen, in Richtung Buffet. Arthur nickte seinem Gegenüber, das sich gerade über die letzte Großwildjagd ausließ, zu und ließ den Mann höflich, aber bestimmt mit seinem Bericht allein. Er stellte sich neben seine Frau ans Buffet. Es war tatsächlich eine Augenweide, die kulinarische Höchstleistungen versprach.

»Wenn das Gespräch beim Urlaub angekommen ist, muss man die Flucht ergreifen«, meinte sie und nahm sich einen Teller.

»Noch schlimmer ist es«, fügte Arthur grimmig hinzu, »wenn es mit Urlaub beginnt! Aber warum, sagtest du, sind wir eigentlich Mitglieder in diesem Klub?«

Dolli seufzte. »Das weiß ich selbst nicht so genau, aber es hat etwas mit Nostalgie zu tun. Irgendwie ist es ein Stück Zugehörigkeit, auch wenn ich mich frage, warum ich mich ausgerechnet zu diesen Leuten zugehörig fühlen möchte. Allerdings finde ich diese Idee mit der Monographie über den Klub ausgezeichnet! Endlich ein sinnvolles Vorhaben, das wir immerhin mit unserem Beitrag mitfinanzieren.«

»Wohl wahr, die Idee gefällt mir auch sehr gut und diese Historikerin scheint etwas von ihrem Fach zu verstehen. Und Nostalgie ist ein schönes Gefühl, lassen wir es einfach dabei und wenn sie uns hier allzu sehr auf die Nerven gehen, verschwinden wir.«

Arthur wusste: Sie würden nicht mehr allzu lange bleiben. Ihm war es recht. Sie standen in einer Ecke und balancierten ihre Teller mit mediterranen Köstlichkeiten, als sein Blick auf Hermann Hartl fiel, der sich mit seiner Flasche Château Pétrus in der Hand suchend umsah. Wen er wohl suchte? Ein unangenehmer Mensch, dachte er, und die Episode, als der Trafikant irgendeine schwere Tasche aus Rudi Stallers Haus geschleppt hatte, fiel ihm wieder ein. Dieser Kerl tauchte immer unversehens auf und verbreitete Unbehagen, er hatte etwas Lauerndes an sich und schien immer auf etwas zu warten.

Er stand am Buffet und ließ seinen Blick durch den Raum schweifen. Wo war dieser Krawanek? Er hatte ihm jetzt wirklich genügend Zeit gelassen, das Geld zu besorgen und die Angelegenheit zu Ende zu bringen. Hermann hatte Günther Krawanek kurz zu Beginn der Generalversammlung gesehen, es hatte sich aber keine Gelegenheit ergeben, ihn anzusprechen. Seit diese Historikerin mit ihrem Buch das Podium betreten hatte, war der Kerl verschwunden. Na, er würde ihn schon zur Rede stellen, schließlich konnte der Mann sich nicht einfach aus dem Staub machen. Aber wenn doch? Der Gedanke kam ihm erst jetzt. Er selbst würde sich ja auch demnächst aus dem Staub machen und einfach verschwinden, vielleicht hatte der Herr Kassier schon alles organisiert und ließ ihn, Hermann, hier einfach blöd zurück? Das musste er verhindern, sonst wäre sein eigener Plan nicht mehr ganz so gut. Er hätte immerhin noch das Sparbuch, aber das musste er auch erst in die Finger bekommen, das Meissener musste er noch versilbern, aber die Hunderttausend vom Krawanek würden seine eigenen Ersparnisse massiv auffetten. Es musste einfach gelingen. Vor einer Stunde war er ja noch da gewesen, beruhigte er sich selbst, so schnell konnte man sich auch nicht in Luft auflösen.

Den schönen Château Pétrus jedenfalls würde er mit Genuss trinken. Er hatte sich ehrlich über das Geschenk gefreut und noch nie einen so wertvollen Wein getrunken. Das Weingut kannte er nur dem Namen nach. Es war doch ein gewisses Zeichen ihrer Wertschätzung, dachte er, auch wenn sie allesamt arrogante Idioten waren, hin und wieder ließen sie etwas springen. Er würde die Flasche direkt vor seiner Abreise öffnen, um sich von seinem alten Leben zu verabschieden und das neue zu begrüßen. Würdevoll und elegant. Er hätte dann wohl einen

Schwips, aber der Flug nach Brasilien war lang genug um auszuschlafen, ausgestreckt, First Class.

Hermann ließ den Blick noch einmal durch den Raum schweifen und sah Arthur direkt in die Augen. Wieder fühlte er sich ein wenig ertappt und in der Hoffnung, sich nicht verraten zu haben, machte er kehrt und verließ den Raum. »So ein Unsinn, niemand kann etwas wissen, das kann sich der Krawanek gar nicht leisten«, versuchte er sich selbst zu beruhigen. Arthurs nachdenklichen Blick im Rücken, steuerte er den Ausgang an, fest entschlossen, Günther Krawanek in einer stillen Ecke zur Rede zu stellen.

Franz Winkelmeier

Franz Winkelmeier war glücklich. Vor allem deshalb, weil seine Traudl über ihr ganzes rundes Gesicht strahlte. Sie war so stolz auf ihn gewesen, als er die Preise für die Mitarbeiter übergeben durfte und dazu sogar noch einige Worte mehr gesagt hatte, als ihm eigentlich vorgegeben worden waren.

Er konnte sich eben gut in die Gemüter der Mitarbeiter einfühlen, war er doch selbst erst in seiner Generation aus einer unbedeutenden Position zu einem der erfolgreichsten Wirtschaftstreibenden des Landes aufgestiegen. Er erinnerte sich aber nur allzu gut an das Leben davor und hatte dies in seiner launigen und sehr herzlichen Rede anklingen lassen. Manch eines der Mitglieder hatte gelangweilt die Augen nach oben verdreht und vorwurfsvolle Blicke in Richtung Vorstand auf der Tribüne geschickt. Die dort stehenden Mitglieder des Vorstands hatten nur bedauernd die Schultern gehoben, um ihre diesbezügliche Ergebenheit auszudrücken: Da musste man durch, das musste man einfach aushalten. So war es eben heutzutage, man konnte auf Mitglieder wie Franz Winkelmeier nicht verzichten, sein finanzieller Beitrag war dringend benötigt. Dafür musste man jetzt das Gelaber über seine Bilderbuchkarriere über sich ergehen lassen, und dass er sich mit dem Personal verbrüdern würde, war ja wohl zu erwarten gewesen.

Als der Festredner dann aber seine Redezeit noch weiter ausdehnte, um auch seiner hier anwesenden Gattin auf das Wärmste für ihre lebenslange Unterstützung zu danken, griffen die Herren des Vorstands beherzt ein. Der Urologe im Ruhestand hätte eine weitere Anekdote aus der Winkelmeierschen Vita nicht mehr ertragen und hob zu einem kräftigen Applaus an. Diesem schickte er noch ein herzhaftes »Bravo! Hört! Hört!« hinterher, die Partygäste fielen erleichtert ein und bedachten Traudl mit wohlwollenden Blicken. Jetzt war es endgültig um ihre Haltung geschehen. Freudentränen liefen über ihre prallen Wangen. Entsetzt zog sie ein Taschentuch hervor und beeilte sich in Richtung Sanitäranlagen, um ihre wohl etwas zu gewagt aufgetragene Wimperntusche zu retten. Auf dem Weg zur Damentoilette war sie sicher: das war einer der schönsten Tage in ihrem Leben. Ihr Franz auf dem Podium mit all diesen eleganten und wichtigen Leuten! Und wie schön er gesprochen hatte! Sie war zum Platzen stolz auf ihren tüchtigen Mann. Jetzt waren sie angekommen. Wer hätte das gedacht, als sie ihn vor fünfundzwanzig Jahren in einem Wirtshaus in der Provinz kennengelernt hatte?

Franz Winkelmeier der Dritte war der Spross einer Familie von Hufschmieden und Schlossern. Der Großvater, der Erste, hatte noch gut vom Beschlagen der Pferde leben können, während sein Sohn, der Zweite, schon auf Schlosserei umgesattelt hatte. Das war in den wirtschaftlich gloriosen Tagen nach dem Weltkrieg ein gutes Geschäft, wurde doch allerorts gebaut. Zunächst ein reiner

Handwerkerbetrieb, begann die Firma Winkelmeier bald auch für Heimwerker Werkzeug, Nägel und Schrauben anzubieten. Denn die Nachfrage war so groß, dass Franz der Zweite Kundschaften mit dem Hinweis abweisen musste, er habe nur zwei Hände, die Leute müssten schon selbst mit anpacken. Bald erweiterte man das Angebot auch um Baumaterial und da die Mutter Winkelmeier einen grünen Daumen hatte, konnte man bei ihnen auch Gartengeräte und Blumenerde kaufen.

Als nun Franz der Dritte an der Reihe war, befreite er den elterlichen Betrieb aus seinem Provinzdasein und expandierte bald über die Grenzen des Bundeslandes hinaus. Als er dreiundvierzig wohlsortierte Baumärkte sein Eigen nannte, beschloss er, den Heimatort zu verlassen und in die Stadt zu ziehen. Und da gleich in die beste Gegend.

Traudl hatte er just in dem Moment getroffen, als er sich erstmalig mit dem Gedanken befasst hatte, den Familienbetrieb zu vergrößern. Die Idee beschäftigte ihn intensiv, sodass er sich beim Fest der freiwilligen Feuerwehr, das alljährlich im Wirtshaus vor Ort stattfand, in Gedanken versunken mit einem Mineralwasser allein an einen Tisch setzte. Auf der anderen Seite saß bereits Traudl mit einer Flasche Apfelsaft gespritzt.

»Trinkst du auch nichts?«, fragte sie den in sich gekehrten Franz. Sie wusste schon, wer er war, praktisch jeder kannte den Junior vom Winkelmeier und dass er besonders tüchtig war, hatte sich herumgesprochen.

»Sonst schon ganz gern ein Bier, aber ich muss nachdenken, da brauch' ich einen klaren Kopf. Ich bin übrigens der Winkelmeier Franz.«

»Das weiß ich, ich war schon oft mit meinen Eltern bei euch einkaufen. Was musst du denn nachdenken?«

»Übers Geschäft und wie das alles werden soll. Soll ich dir das erzählen?«

»Aber ja, ich interessiere mich sehr fürs Geschäftliche und ich hab' immer einen klaren Kopf, weil ich Alkohol nicht mag. Deshalb sitze ich bei solchen Festen immer in der Ecke, ich bin nicht so lustig wie die anderen!«

»Na, das werden wir ja sehen«, meinte Franz, nahm sein Mineralwasser und wechselte auf die andere Seite des Tisches. Während die Stimmung draußen im Gastgarten auf ihren Höhepunkt zusteuerte, entstand zwischen Traudl und Franz ein Band, das sie für den Rest ihrer beiden Leben zusammenschweißen sollte. Franz erzählte von seinen kühnen Expansionsplänen und Traudl war Feuer und Flamme. War sie bis jetzt Sekretärin am Gemeindeamt gewesen, so stimmte sie sofort zu, als Franz ihr einen Posten in seiner neuen Entwicklungsabteilung anbot, und mit vereinten Kräften machten sie aus der mittelständischen Provinzschlosserei über die Jahre den höchst erfolgreichen *Winkels Baumarkt*. Traudl ließ sich sogar einen neuen Slogan einfallen, der ab dann auf jedem Plakat zu lesen war: »*Winkel da und Winkel hier, bauen – ja das können wir!*«

Traudl wirkte im Hintergrund, organisierte die Büros und kümmerte sich mütterlich um die Angestellten, während Franz seine Ideen entwickeln und sich immer auf sein Backoffice verlassen konnte. Sie war in all den Jahren bescheiden geblieben und hätte auch gerne weiter auf dem Land neben der alten Schlosserei gewohnt, aber Franz strebte nach Veränderung. Die einzige Veränderung, die der immer größere Reichtum bei ihr hervorrief, war ihre überbordende Garderobe, die sie nach Lust und Laune ergänzte, ohne sich um Stil, Farbe oder Schnitt zu kümmern. Auch zum Frisör im nahegelegenen Städtchen ging sie einmal die Woche. Dieser war besonders innovativ und mit ihrem Einverständnis verpasste er ihr die ausgefallensten Frisuren und Haarfarben, ebenfalls ohne Rücksicht auf Gesichtsform oder Alter zu nehmen. So war Traudl mit der Zeit zu einer schillernden Gestalt geworden, nach der man sich jedenfalls umdrehte. Franz war das völlig egal, sie war immer seine Traudl und wenn sie sich wohlfühlte, war es ihm recht. Es war ihm nicht entgangen, dass die gehässigen Bemerkungen immer versteckter fielen, je größer sein Einfluss und Reichtum wurden. Aber trotz der erfolgreichen Expansion und der Übersiedlung in die Nähe der Kastanienallee war Franz Winkelmeier derselbe geblieben. Es war ihm sehr wohl bewusst, dass allein das Geld ihm die Türen zur besseren Gesellschaft geöffnet hatte und dass die wenigsten im TC Leopoldshof ihn überhaupt wahrgenommen hätten, wäre da nicht seine eindrucksvolle Spende gewesen. Aber das störte ihn keineswegs, so war er eben, der Mensch. Gierig und bestechlich, kleinlich und neidisch. Wenn man das vorher wusste, musste man sich nachher nicht kränken.

Da er ganz neu in den Vorstand aufgenommen worden war, hielt er sich mit all den Ideen, die ihm immer wieder kamen, erst einmal zurück. Man konnte so einiges verbessern, aber, so nahm er sich vor, das würde er in den nächsten Sitzungen auf die Tagesordnung bringen. Seinem unternehmerischen Verständnis nach gäbe es einiges an Einsparungspotential, ohne dass die Qualität zu leiden hätte. Er würde das als Hobby betreiben, eine Liste mit Verbesserungs- und Modernisierungsvorschlägen anlegen und diese peu à peu präsentieren. Es würde schon werden. Was ihn allerdings wirklich nachdenklich stimmte, war die flotte Art des Kassiers und des Sekretärs, über bestimmte Punkte locker hinwegzugehen, vor allem, was die Abrechnungen betraf. Da er aber der Einzige zu sein schien, dem das aufgefallen war, hatte er lieber geschwiegen. Die Rechnungsprüfung war ein Witz gewesen. Es schien alles in Ordnung zu sein, dennoch war er als gewiefter Geschäftsmann etwas beunruhigt. Die anderen hatten offensichtlich kein Problem, wahrscheinlich war es hier immer schon so gewesen, dass sich niemand lang mit den Abrechnungen beschäftigte. Auch dieses Buchprojekt – er war ja selbst sowohl überzeugt als auch begeistert und würde die Unternehmung auch finanziell unterstützen, aber hätte man nicht die Mitglieder abstimmen lassen müssen? Er kannte sich im Vereinswesen nicht so gut aus, aber das Ganze schien ein Alleingang dieses Krawanek zu sein. »Merkwürdig«, dachte er und beschloss jedenfalls die Augen offen zu halten und insbesondere die Aktivitäten des Kassiers im Auge zu behalten.

Dinner mit Goethe

Die Soireen bei Dolli und Arthur waren ausgesprochen beliebt. Man kam nicht leicht auf die Einladungsliste, denn die Furtners ließen sich ausschließlich von ihren Gefühlen leiten und niemals von gesellschaftlichen Normen oder sozialen Empfehlungen. Es war ihnen vollkommen gleichgültig, wie wichtig oder erfolgreich die eine oder andere Person gerade war, ob sie positive oder negative Schlagzeilen erzeugte, oder ob sie in den Wirtschaftsmeldungen Furore machte. Sie wählten ihre Gäste einzig und allein nach Sympathie aus, und diese hegten sie für die ungewöhnlichsten Menschen. Daraus ergaben sich wiederum äußerst interessante Abende, waren die Gäste doch immer auf eine besondere Art gemischt, auf Furtnersche Art eben, und die Gespräche waren so niemals langweilig. Auch den Trick, die beiden zu irgendeiner Feier einzuladen, um dadurch die den gesellschaftlichen Vorgaben entsprechende Gegeneinladung zu initiieren, durchschauten sie immer und lehnten Einladungen von Personen, die sie keinesfalls bei sich zu Hause zu sehen wünschten, höflich, aber bestimmt ab. Meistens ohne Angabe von Gründen. Legendär soll Dollis diesbezügliche Aussage geworden sein, als die gutbetuchte Gattin eines Klubmitglieds auf sie zugekommen war, um sie zum Fünf-Uhr-Tee einzuladen, und Dolli wieder einmal Zeitmangel als Grund für ihre Absage nannte. Die gewiefte Gastgeberin schlug zwei andere Termine vor. Dolli litt unter chronischem Zeitmangel. Dann meinte die Frau bereits irritiert, Dolli möge doch selbst ein Datum nennen. Diesen Vorstoß konterte diese mit den Worten »Ich werde keine Zeit haben«, womit die Unterhaltung ihr Ende fand.

Um diese Abendeinladungen in der Kastanienallee rankten sich also zahlreiche Geschichten. Viele wären gerne in das schöne Haus mit dem prächtigen Garten gekommen, man munkelte über die exquisite Einrichtung, die hervorragenden Kochkünste der Haushälterin, den erlesenen Weinkeller. Aber man wusste nichts Genaues, man wunderte sich über die Auswahl der Gäste, die ihrerseits nichts durchdringen ließen und zu dem jeweiligen Abend befragt nur so etwas wie »Schön war's!« berichteten. Es hatte sogar schon einen Versuch gegeben, Frau Hilde abzuwerben. Dieser Versuch scheiterte ebenso wie alle anderen, den Furtners näher zu kommen, denn Hilde war ihren Arbeitgebern im Lauf der Jahre immer ähnlicher geworden und war äußerst wählerisch, was ihre sozialen Kontakte betraf.

Dolli wählte für die Dinners immer gerne ein Thema. Damit war einerseits das Menü schon halbwegs konzipiert und Frau Hilde konnte sich angemessen einstimmen. Zum anderen waren auch die Tischgespräche im Vorhinein thematisiert und selbst Gäste, die einander noch nie gesehen hatten, konnten so leicht eine Konversation bestreiten. Dieses Mal hatte man sich auf Goethe geeinigt. Kurz war Gioacchino Rossini im Gespräch gewesen, die Hintergrundmusik wäre dann natürlich entsprechend ausgefallen und man hätte die Gänseleber verwerten können, für die Arthur auf dem Klubfest den Sauternes erstanden hatte. Dann hatten sie sich aber doch für den deutschen Dichterfürsten entschieden, der nicht nur als großer Literat, sondern auch als großer Esser in die Geschichte eingegangen war. Sie hatten dabei speziell an einen ihrer Gäste gedacht, dem das Thema wohl besonders viel Freude bereiten würde: Herbert Matzka war erstmalig eingeladen. So wenig sich Dolli auch für Flohmärkte und alten Krempel erwärmen konnte, bei Herbert Matzka war es anders. Er ging so respektvoll mit den alten Dingen um, sein Laden war immer aufgeräumt und übersichtlich und zu jedem einzelnen Gegenstand in seinem Sortiment konnte er eine Geschichte erzählen. Dolli kannte wohl seine Passion für Proust, hoffte aber, dass sich ihr Gast auch in der Gesellschaft des alten Geheimrats wohlfühlen würde. Es war eigentlich Arthurs Idee gewesen, als sie über die Gäste dieses Abends nachgedacht hatten. Bei seinen mittlerweile recht häufig stattfindenden Begegnungen mit diesem seltsamen Altwarenhändler war ihm dieser immer als besonders belesen und überlegt vorgekommen. Außerdem war er höchst seriös, er schien über ein besonders ausgebildetes Berufsethos zu verfügen, hatte es doch noch nie Beschwerden gegeben. Außerdem hatte er seine Bedenken über Hermann Hartl geäußert. Er, der noch nie über irgendjemanden auch nur ein Wort verloren hatte. Er war mit Sicherheit der richtige Gast.

Nachdem Frau Hilde schon zwei Tage zuvor eine klassische Gänseleberpastete hergestellt hatte – die Gänseleber musste verarbeitet werden, und sie hatte die klassische französische Art mit eingelegten Armagnac-Zwetschgen gewählt – war es zu einer Diskussion gekommen: Ob das nun eine Speise wäre, die Goethe auch gegessen hätte, fragte sich Dolli angesichts der prächtigen, herrlich duftenden Terrine. Wohl eher nicht, lag doch sein Arbeitgeber, der Kurfürst von Sachsen, mit Frankreich im Krieg, da hätte er wohl kaum auf französische Art zubereitete Gänseleber gegessen. Das sei zu vernachlässigen, versicherten sowohl Arthur als auch Frau Hilde, als Dolli in einem Anflug von Perfektionismus nachsehen wollte, ob sie Literatur dazu finden könnte.

Die Tage zuvor hatten sich die Drei intensiv mit der Erstellung der Speisenabfolge auseinandergesetzt. Gänseleber, das war klar. Dann sollten Artischocken in Citronensauce folgen, Citrone mit »C«, so wurde es zu Goethes Zeiten geschrieben, man hielt daran fest. Die »Stachelgewächse« hatte Goethe erst in Italien kennengelernt und in einem Brief hervorgehoben. Danach sollte es Kalbsragout mit Erbsen geben, ein Gericht aus der Weimarer Klassik. Dolli hatte es in der Literatur gefunden, die bessere Gesellschaft dieser Zeit aß anscheinend hauptsächlich Kalbfleisch. Den Abschluss sollte der Carlsbader Strudel bilden, den der Dichter gerne aß, wenn er sich in dem legendären Bad zur Kur aufhielt. Ein herrliches Menü, Frau Hilde hatte sich, sobald die Abfolge beschlossen war, an die Arbeit gemacht. Sie würde den Abend begleiten und konnte so gleich feststellen, ob alles gelungen war. Als ob jemals etwas nicht gelungen wäre, aber Hilde ließ es sich nicht nehmen: Sie kochte jedes Mal mit der gleichen Sorgfalt und Konzentration, als ob es ihr erstes Mal wäre.

Im Esszimmer wurde der Tisch für sechs Personen gedeckt, Hilde hatte für passenden Blumenschmuck gesorgt, im Hintergrund sollten Beethovens Klavierkonzerte erklingen, da sich die beiden ja ganz gut gekannt hatten.

»Beethoven würde sich im Grab drehen, wenn er wüsste, dass seine Musik im Hintergrund eines Dinners zu Goethes Ehren gespielt wird!«, witzelte Arthur, als er die Musikauswahl festlegte.

»Oder auch nicht«, rief Dolli aus dem Esszimmer, wo sie einige letzte Kontrollblicke über die Tafel warf, »vielleicht fände er uns ganz witzig, unangepasst!«

»Wie auch immer, er kann sich jedenfalls nicht mehr wehren!«

Arthur ging zur Tür. Die ersten Gäste waren eingetroffen.

Herbert und die Madeleines

Arthur öffnete die Tür, um Herbert Matzka zu begrüßen, der eine Minute zu früh gekommen war. Er entschuldigte sich mit den Worten, zu früh sei auch unpünktlich, aber er habe sich schon den ganzen Nachmittag vorbereitet und er sei auch ein bisschen aufgeregt, war er sich doch der Besonderheit dieser Einladung vollends bewusst und er hoffe sehr, die Gastgeberin durch sein frühes Erscheinen nicht unter Druck zu setzen. Arthur bat seinen neuen Freund herein, nicht ohne ihm zu versichern, dass es schon ein bisschen mehr bräuchte, um seine Frau zu verunsichern. Herbert war, wie immer, eine spezielle Erscheinung: Seine Glatze glänzte im Schein der Beleuchtung, das Flinserl in seinem rechten Ohrläppchen blitzte in allen Farben des Spektrums auf und er hatte seine schönste und neueste Lederkluft angezogen. Statt seines üblichen schwarzen T-Shirts unter seiner Lederjacke trug er zur Feier des Anlasses ein blendend weißes. Seine Tätowierungen schlängelten sich den Hals hinauf und aus den Ärmeln hervor, und die schwere Lederhose knautschte bei jeder Bewegung. Bordeauxrote Cowboystiefel vollendeten das Bild. Alles in allem hätte man so eine Gestalt bei den Furtners nicht erwartet. Dolli begrüßte ihn auf das Herzlichste, er trug zwei Schachteln mit beiden Händen vor sich her und musste diese erst abstellen, bevor er unerwartet, aber formvollendet Dollis Hand küsste.

»Guten Abend, gnädige Frau, ich bedanke mich sehr herzlich für die Einladung und darf Ihnen diese hier überreichen.« Er übergab die größere Schachtel, auf der die kleinere lag. Beide waren in feinstes dunkelblau-grün marmoriertes Papier eingeschlagen und jeweils mit hellblauen Seidenschleifen zugebunden. Sie nahmen im Salon Platz, verpassten dem Gast ein Glas Champagner und Dolli begann vorsichtig, das kleinere Paket aufzubinden. Allein die Verpackung versetzte sie in Begeisterung, sorgfältig und mit Bedacht war das Papier gefaltet worden, keinerlei Klebestreifen verunzierten und zerstörten das Papier, das offenbar händisch gefärbt worden war, es war einfach ein echter Matzka. Sie öffnete die Box, um einen fein ziselierten silbernen Fingerhut zu finden, der poliert auf einer blauen Samtunterlage glänzte.

»Der ist ja entzückend!« Sie war wirklich begeistert, während Herbert erklärte, dies sei wahrscheinlich das einzige Stück in seinem Laden, das möglicherweise aus der Zeit Goethes stamme, die Punzierung weise zumindest auf Wien um 1800 hin. So etwas Wertvolles könne sie gar nicht annehmen, meinte Dolli, während der Gast bestätigte, dass dieses besondere Stück für sie geschaffen sei. Und die zweite Schachtel? Ja, meinte Herbert Matzka, das wäre sozusagen seine Begleitung heute Abend, das einzige, das er wirklich beherrschte, nachdem er es wieder und wieder versucht hatte: Vorsichtig hob Dolli den Deckel ab und sofort stieg ihr ein zartes Marzipanaroma mit buttriger Note entgegen.

»Madeleines!« Sie war entzückt. Schon seit Ewigkeiten hatte sie diese herrlichen kleinen Biskuitküchlein nicht mehr gegessen, sie schienen vollkommen in Vergessenheit geraten zu sein, und jetzt lag eine volle Kiste vor ihr. Herbert entschuldigte sich nochmals mit dem Hinweis, es sei ihm bewusst, dass das Gebäck rein gar nichts mit Goethes Dichtung zu tun hätte, aber er sei nun einmal ganz und gar Proust verfallen, der Zusammenhang mit dem Gebäck sei wohl allgemein bekannt und außerdem könne er nichts anderes backen. Arthur, der sich in der Zwischenzeit mit seinem Glas zu seiner Frau und dem Gast gesetzt hatte, zog schnuppernd die Schachtel zu sich.

»Herrlich! Was für ein Aroma, die werden wir zum Digestif genießen, auf Wunsch auch mit Lindenblütentee!«

Da wusste Herbert Matzka, dass er am richtigen Platz war. Die Episode aus dem Proustschen Opus magnum, in der den Madeleines und den damit verbundenen Kindheitserinnerungen des Dichters ein literarisches Denkmal gesetzt wurde, war nur Eingeweihten bekannt. Er liebte diese Episode besonders, nicht zuletzt deshalb, weil er sie vollkommen verstehen und nachvollziehen konnte, was er von vielen anderen Passagen nicht behaupten konnte, aber er bleib seinem Dichter dennoch treu und nahm seinen Nachmittagstee wann immer es möglich war mit einem Stück des feinen Gebäcks ein. Er lebte eigentlich ganz gut mit seiner Unzulänglichkeit, war doch dieses Nichtverstehen wie ein ständiges verheißungsvolles Geheimnis, das er einfach noch nicht lüften konnte, jedoch irgendwann vielleicht doch noch lüften würde. Aber sollte er jemals Proust vollkommen verstanden haben, das wusste er, würde er sich einen neuen Lieblingsdichter suchen müssen und das täte ihm sicherlich sehr leid.

»Darf ich Ihnen etwas anbieten?«

Frau Hilde war erschienen, sie musste den Fokus von den Süßigkeiten wieder auf die Hors d'œuvres lenken, die sie mindestens ebenso liebevoll zubereitet hatte wie

Herbert seine Madeleines. »Lachstartelettes zum Champagner, darf ich das Gebäck auf einer Platte für später anrichten?«

Dolli griff schlichtend ein: »Frau Hilde, darf ich Ihnen unseren neuen Freund vorstellen? Herr Herbert Matzka ist Antiquitätenhändler und Proust-Spezialist.«

Damit war es endgültig um Herbert geschehen. Nicht als Altwarenhändler präsentiert und darüber hinaus mit seinem Spleen ernstgenommen zu werden, trieb ihm vor Rührung die Tränen in die Augen. Als Hilde höflich den Kopf neigte, sie konnte ihm nicht die Hand reichen, da sie ja gerade die Lachshäppchen anbot, und antwortete: »Ich freue mich sehr, Sie kennenzulernen. Ihr wunderschönes Geschäft ist mir schon aufgefallen, sehr geschmackvoll, sehr ausgesucht!«, war Herbert endgültig im Furtnerschen Universum aufgenommen. Er hatte es gleich gewusst, als Arthur zum ersten Mal in sein Geschäft gekommen war. Das war seine Welt. Er lehnte sich in das Sofa, seufzte und genoss das Prickeln des Champagners.

Elinor und Günther

Die Glocke kündigte die nächsten Gäste an. Dolli und Arthur hatten Günther Krawanek eingeladen, er war immer wieder bei ihnen zu Gast. Als Nachbarn verband sie ein lockeres, freundschaftliches Verhältnis, obwohl es den Furtners nicht entgangen war, dass Krawanek ein wenig ins Straucheln geraten war. Die wechselnden Frauen, die dementsprechend vielen Kinder, den schwindenden guten Ruf der Kanzlei und den übermäßigen Alkoholkonsum hatten sie keineswegs übersehen. Sie hofften nur, dass er es schaffen würde, alle Fäden beisammenzuhalten, wie Arthur öfters besorgt bemerkte. Nicht zuletzt deshalb luden sie ihn immer wieder ein, um ihm diskret zu signalisieren, dass sie auf seiner Seite standen und er auf ihre Unterstützung zählen konnte.

»Vielleicht sollten wir ihn direkt ansprechen?«, hatte Arthur überlegt, als sie besprochen hatten, dass sie Günther wieder einmal einladen sollten. Er vermutete, dass ihre Sympathie vielleicht nicht deutlich genug zum Ausdruck käme, andererseits wollte er seinen Klubkollegen nicht beschämen.

»Lass uns doch sehen, wie der Abend verläuft, dann können wir das immer noch thematisieren. Weißt du, wen er mitbringen wird? Hoffentlich nicht wieder eine seiner Sekretärinnen, die hofft, die nächste Frau Doktor zu werden!« Dolli war, was Günthers Frauengeschmack betraf, äußerst skeptisch.

»Ich weiß es nicht, aber er nimmt jemanden mit und ich bin mindestens so gespannt wie du!«, antwortete Arthur. Günther war tatsächlich der einzige, dem das Privileg zuteilgeworden war, eine Begleitung ohne vorherige Ankündigung mitzubringen. Den Furtners war es einfach zu mühsam geworden, sich mit der jeweiligen Partnerin ernsthaft auseinanderzusetzen.

Frau Hilde war zur Tür gegangen und hatte die Neuankömmlinge empfangen, um sie gleich weiter in den Salon zu leiten. Dolli, Arthur und Herbert wandten sich gespannt zur Tür, wo sich zunächst ein riesiger Blumenstrauß zeigte, äußerst geschmackvoll, Rosen in Pastelltönen und davon eine bemerkenswerte Anzahl.

»Ach Günther, du bist und bleibst ein Rosenkavalier!«, rief Dolli, die sich tatsächlich über das beeindruckende Arrangement freute.

»Für die beste Gastgeberin nur die besten Blüten«, entgegnete Günther in gewohnt charmanter Manier. »Meine Begleitung heute war auch ganz begeistert. Ich brauche sie nicht vorzustellen, ihr habt sie ja kürzlich im Klub kennengelernt: Elinor Pächter. Ich konnte sie überreden, meine Erscheinung heute Abend aufzuputzen!«

Elinor begrüßte die Anwesenden und meinte: »Es hat nicht viel Überredungskunst gebraucht, ich freue mich sehr, dass ich heute dabei sein darf, Ihr Ruf als Gastgeber eilt Ihnen voraus!«

Tatsächlich hatte sich Elinor Mühe geben müssen, ruhig sitzen zu bleiben und den Freudenschrei, der sich in ihrer Kehle breit machte, zu unterdrücken, als Günther sie bei ihrer letzten Besprechung etwas schüchtern gefragt hatte, ob sie ihn nicht zu den Furtners begleiten wolle. Eine Einladung bei den Furtners! Davon hatte sogar sie schon gehört, denn im Tennisklub, wo sie sich jetzt beinahe täglich einfand – um die Aura einzufangen, wie sie Günther scherzend erklärt hatte, in Wahrheit ging es ihr um die Speisen und Getränke, die ihr auf Anweisung des Vorstands unbegrenzt zur Verfügung standen –, war schon über die bevorstehende Soiree getratscht worden, wer wohl eingeladen wäre und welches Motto es dieses Mal sein könnte. Aber abgesehen davon: Furtners Adresse war die Kastanienallee 15, das Nachbarhaus der von ihr ins Visier genommenen Kastanienallee Nummer 17, die sie keinesfalls aus den Augen verlieren würde, trotz ihres neuen Engagements im Klub. Dass es so viel Gutes auf einmal geben sollte, nach all den Jahren der Misserfolge und des Abstiegs, schien ihr fast surreal. Sie sagte mit einem dezenten Lächeln zu und begann sofort, ihre Garderobe in Gedanken zu inspizieren. Das Ergebnis war dürftig, die Sparerei hatte ihre Spuren hinterlassen und sie musste sich dringend neu einkleiden, wenn sie jetzt öfter mit diesen Leuten zu tun haben würde. In ihren Schränken gab es nichts, das einer Einladung dieser Art würdig gewesen wäre, noch dazu unter dem Motto »Goethe«, diesem Anspruch konnte sie nicht gerecht werden. »Noch nicht!«, dachte sie bei sich, sie würde ihre Garderobe auffrischen und sich im Internet schlau machen, wie man auszusehen hatte, wenn man abends ausging. Der letzte Friseurbesuch hatte sich jedenfalls ausgezahlt, sie sah um Jahre jünger aus und fühlte sich auch so. Das nächste würde also jetzt die Garderobe sein. Sie hatte sogar einen ganzen Abend auf Instagram verbracht, um verschiedenen geliftеten Influencerinnen zu folgen, die anscheinend wussten, wie das Leben funktionierte und für Elinor völlig unpraktikable Anweisungen erteilten. Am nächsten Tag war sie in die Innenstadt gefahren, hatte die Filiale eines Textilmultis aufgesucht und war tatsächlich mit einem kleinen Schwarzen wieder herausgekommen, dazu besorgte sie sich elegante Pumps. Von ihrer Mutter gab es noch eine schmale Clutch in Kroko, die würde es tun. Danach verordnete sie sich einen strengen Ausgabenstopp: Der TC Leopoldshof hatte zwar umgehend eine beträchtliche Vorauszahlung geleistet – eine solche Summe war noch nie auf einmal auf ihr Konto eingezahlt worden – aber wie hatten ihre Eltern immer mahnend gemeint? »Ausgegeben ist es schnell!« Das war ihr jetzt wieder eingefallen und sie würde auf keinen Fall noch eine Anzahlung erbitten. Sie hatte sich auch vorgenommen, die Schlussrechnung so lange wie möglich hinauszuzögern, es schien ihr eleganter, als mit dem letzten Satzzeichen die Honorarnote zu legen. Sie war nicht bedürftig und so wollte sie auch wahrgenommen werden.

Dolli und Arthur waren positiv überrascht, und sie ließen es sich auch anmerken. An Elinor Pächter hätten sie nie gedacht, denn bis dato waren Günthers Begleitungen meist eher dümmlich, oft sogar peinlich gewesen und nicht selten hatte er die Duldsamkeit seiner Freunde auf eine harte Probe gestellt. Dieser Abend aber versprach ein besonderer zu werden. Die Zusammensetzung der Gäste verhieß kultivierte Gespräche und neue Ideen. Schnell waren alle vorgestellt und trotz seines martialischen Erscheinungsbildes hatte Elinor auch in Herbert Matzka bald den gebildeten und feinsinnigen Kunstfreund erkannt. Als Herbert dann von Elinors großangelegtem Projekt, die Geschichte des TC Leopoldshof in einem Buch aufzuarbeiten, erfuhr, fiel ihm das hinterste Regal in seinem Lager ein, das er von seinem Vorgänger damals übernommen, aber nie die Zeit gefunden hatte, alles zu sichten. Dort befand sich unter anderem eine Pappkiste, die anscheinend Memorabilia aus dem Klub enthielt. Er erinnerte sich nur dunkel, dass der Alte etwas von »Sachen aus dem Tennisklub da um die Ecke« gemurmelt hatte. Er überlegte kurz, ob er das jetzt schon erwähnen sollte, aber, wie es so seine Art war, zog er es vor, den Gesprächsfluss nicht zu unterbrechen und Elinor zu einem anderen Zeitpunkt anzubieten, die Schachtel durchzusehen.

Die Unterhaltung floss leicht und angenehm dahin, die zweite Flasche Champagner war geöffnet worden und Frau Hilde hatte bereits das nächste Tablett mit Lachshäppchen aus der Küche vorbeigebracht. Die Madeleines hatte sie konfisziert, um sie bis zum Digestif aufzubewahren. Sie kannte ihre Pappenheimer! Wäre die Schachtel im Salon geblieben, wäre wohl kein einziges Stück mehr vorhanden.

Günther hatte sich auf seinem Fauteuil zurückgelehnt und verfolgte die Unterhaltung. Er hatte sich schon lange nicht mehr so wohlgefühlt. Zwar war es bei seinen Freunden immer familiär und herzlich, sie waren hingebungsvolle Gastgeber, aber die beiden lebten doch ein ganz anderes Leben. Sie waren mit sich im Reinen und kümmerten sich nicht im Geringsten um das, was andere über sie dachten. Sie waren ein unabhängiges Team, das Einmischung von außerhalb nicht einmal in seine Nähe ließ. Diese stoische Selbstsicherheit war genau das, was andere so magisch anzog. Manchmal fragte er sich selbst, warum sie ihn überhaupt mochten. Dolli und Arthur waren immer auf seiner Seite gewesen, hatten geduldig seine Eskapaden verfolgt und waren kommentarlos darüber hinweggegangen. Wie oft hatte er sich regelrecht geniert, weil er wieder eine unmögliche Person angeschleppt hatte? Er erinnerte sich jetzt an das eine Mal, als er seine Begleitung, er konnte sich nicht einmal mehr an ihren Namen erinnern, einfach in ein Taxi gesetzt und nach Hause geschickt hatte. Sie war tatsächlich auf dem Weg zur Toilette in Dollis Garderobenraum gelandet und hatte die Kleider nicht nur besichtigt, sondern auch anprobiert. Dolli hatte die Kleider schweigend wieder an ihren Platz gehängt und die Episode mit keinem Wort mehr erwähnt. Dafür war er ihr sehr dankbar. Die arme Person hatte ihm regelrecht leidgetan, sie konnte gar nichts dafür, sie war einfach die falsche Person am falschen Ort gewesen. Es war allein seine Schuld gewesen, durch sein unsensibles Verhalten und den festen Glauben, unbedingt eine Frau an seiner Seite haben zu müssen, egal wer sie auch war, hatte er den ganzen Abend torpediert. Wie war er überhaupt dazu gekommen? Das Peinlichkeitsgefühl ließ sich dann nur mehr, wie so oft, im Alkohol ertränken. Dieser denkwürdige Abend hatte für ihn mit einem Filmriss geendet. Das war dieses Mal ganz anders. Nicht nur, dass er kaum trank, denn Elinor machte sich nicht viel aus Champagner und Ähnlichem, sie passte einfach wunderbar in diesen Kreis. Er musste nicht ständig aufpassen, dass sie sich keinen Fauxpas erlaubte, sie war dezent, elegant und hatte etwas zu erzählen. Vielleicht hätte er sich auch Arthur anvertrauen sollen, als die ersten Schwierigkeiten aufgetaucht waren, der hätte vermutlich eine bessere Lösung gefunden als das Chaos, das er jetzt angerichtet hatte. Sollte er wirklich ungeschoren aus dieser Geschichte herauskommen, das nahm er sich in diesem Moment fest vor, würde er sein Leben komplett ändern.

Günthers Gedanken wurden abrupt durch die Ankunft des letzten Gastes unterbrochen.

Simonius

In der Tür erschien, mit fast einer Stunde Verspätung, ein ziemlich ramponierter Alexander Simonius. Dolli konnte einen leisen Aufschrei gerade noch unterdrücken und auch Frau Hilde, die den Gast hereinbegleitet hatte, sah leicht verstört aus. Sie hatten Simonius auch dieses Mal wieder eingeladen, weil sie gehofft hatten, sein Allgemeinzustand hätte sich mittlerweile verbessert. Dem schien aber nicht so zu sein.

»Alex!«, rief Arthur und breitete die Arme aus, um diesen zum Sofa zu bringen. »Hast du dich geprügelt?«

Alexander Simonius humpelte den Versammelten entgegen und meinte galgenhumorig: »Nein, vielmehr hat mich das Schicksal geschlagen, haha! Die Hand kann ich leider nicht reichen und begrüße alle Anwesenden herzlich. Ich bin Alexander Simonius und entschuldige mich für die Verspätung.«

Er ließ sich erschöpft auf die Couch fallen. Sein linkes Auge war zugeschwollen und ein gewaltiges Veilchen zog sich über seinen Wangenknochen Richtung Nasenwurzel. Über dem Auge war eine Platzwunde mit mehreren Pflasterstreifen zugeklebt worden. Der rechte Unterarm war eingegipst und das Bein schien auch etwas abbekommen zu haben. Alles in allem wunderte sich Dolli, dass er überhaupt erschienen war, darüber hinaus schien er auch nicht mehr ganz nüchtern zu sein, aber es war schwer festzustellen, ob die schleppende Sprechweise nicht auf seine Verletzungen zurückzuführen war. Jedenfalls ließ er sich ein Glas Champagner in die unversehrte Hand drücken und atmete erst einmal mühevoll durch. Es war wohl auch eine Rippe angeknackst.

Simonius hatte sich tatsächlich erst im letzten Moment entschieden, der Einladung zu folgen, sonst hätte er wieder einen Abend allein, wahrscheinlich nur in der Gesellschaft mehrerer Flaschen zugebracht. Das mit dem Sturz war doch auch allzu peinlich. Er konnte sich nicht mehr so genau erinnern, wie und wo es passiert war. Als er an besagtem Abend wieder zu sich gekommen war, lag er auf einer Bahre in einem Rettungswagen und wurde mit Blaulicht ins nächste Unfallkrankenhaus gebracht. Ein riesiger, rotgesichtiger Kopf war über ihn gebeugt und schrie ihn an: »Schau an! Er ist aufgewacht! Kannst du mich verstehen? Alexander?«

Wer war dieser grobschlächtige Mann und warum waren sie per Du? Simonius kannte sich überhaupt nicht aus, er wusste nur, dass etwas sehr Unangenehmes geschehen sein musste, sonst wäre er jetzt nicht hier. Das letzte Bild, das sich in seinem bräsigen Hirn abrufen ließ, war eine düstere Bar irgendwo in der Stadt, mit ziemlich vielen ihm unbekannten Leuten, die alle so besoffen oder bekokst waren wie er, dann war da nur noch Dunkelheit. Er versuchte den Arm zu heben, gab aber angesichts der Schiene, die man ihm angelegt hatte, das Vorhaben gleich wieder auf. »Na, dann den Rücken ein bisschen drehen«, dachte er und wippte ein wenig mit der Hüfte. Das war zwar schmerzhaft, aber funktionierte. Er war erleichtert: Wenigstens war er nicht gelähmt, solange es wehtat.

»Hallo Alex! Erinnerst du dich an mich?«, rief zwischenzeitlich der Rotgesichtige und unterbrach so die kleinen Tests, die Simonius auf der Liege durchführen konnte, um selbst festzustellen, welche Verletzungen er sich zugezogen hatte.

»Nein, ich erinnere mich nicht«, dachte Simonius, war aber nicht in der Lage, einen Ton von sich zu geben.

»Dich kriegen wir schon wieder hin, bist nicht der Erste und nicht der Letzte, den es im Suff auf die Schnauze haut, ha! Ich sauf' ja auch zu viel«, fügte der Mann hinzu, »scheint eine Berufskrankheit zu sein, damit man den Scheiß verdaut, mit dem man jeden Tag konfrontiert ist!«

»Ja, da hast du recht«, krächzte Simonius mit belegter Stimme und langsam dämmerte es ihm, wer der Kerl sein könnte.

»Aber du siehst ja gar kein Blut, du bist doch Psychiater geworden, oder?«

Jetzt fiel es ihm wieder ein: Das war sein ehemaliger Studienkollege, wie hieß er doch gleich? Anton? Toni? Tonio? Sie hatten ganze Semester miteinander durchgefeiert und die Prüfungen mit schwerem Schädel und müdem Auge doch immer wieder gemeistert. Er war in die Chirurgie gegangen, während Simonius sich tatsächlich für etwas Unblutiges entschieden hatte, dann hatten sie sich aus den Augen verloren. Na, auch keine Riesenkarriere, im Rettungswagen Schnapsleichen aufzusammeln.

»Jetzt hast du mich erkannt, oder? Schöner sind wir in der Zwischenzeit alle nicht geworden«, meinte Anton/Toni jovial, aber Simonius beschloss, sich der Situation insgesamt zu entziehen, indem er die Augen schloss und die Welt um sich herum ausblendete.

Er wurde im nächsten Unfallkrankenhaus versorgt und musste sich anschließend die Bank im Wartesaal mit einem übelriechenden Obdachlosen und zwei Junkies mit Entzugserscheinungen teilen, bis ein Bett zur Verfügung stand. Das war entschieden ein Tiefpunkt, wobei er die Missbilligung in den Augen seiner Kollegen, die sich hier die Nächte um die Ohren schlugen, um Verunfallte zusammenzuflicken, förmlich mit Händen greifen konnte. Also mit einer Hand, denn die rechte war eingegipst. Beim Sturz hatte er sich den Unterarm gebrochen, das würde mindestens vier Wochen dauern. Na Bravo. Er blieb dann eine Nacht zur Beobachtung, bekam am nächsten Tag einen neuen Gips und wurde unter Stirnrunzeln der Belegschaft nach Hause entlassen. Bei sich angekommen warf er mehrere Tabletten Paracetamol ein und legte sich erst einmal in sein Bett, das ungemacht und zerwühlt wie ein stiller Vorwurf auf ihn wartete. Er musste jetzt ernsthaft darüber nachdenken, wie das alles weitergehen sollte. In der schlaflosen Nacht, die er hinter sich hatte, war ihm klar geworden, wie nahe er am Abgrund wandelte. Körperlich wurde er langsam, aber unaufhaltsam zum Wrack, er hatte schon diese typische Trinkerattitüde: vorneüber gebeugter, schleppender Schritt, rot unterlaufene, wässrige Augen, rinnende Nase. Das gelegentliche Koksen hatte den Zustand seiner Nasenschleimhäute nicht gerade verbessert. Seine Arbeit hatte er mittlerweile komplett eingestellt, nachdem ihm zuletzt alle Klienten abhandengekommen waren. Kein Wunder, war er doch zu den meisten Terminen einfach nicht erschienen, weil er sie schlicht vergessen hatte, oft nicht mehr wusste, wieviel Uhr es war, geschweige denn, welcher Tag. Außerdem konnte er sein absolutes Desinteresse am Schicksal der Patienten nicht mehr verbergen, es war ihm völlig egal, wie es anderen ging und welche Probleme sie bewältigen mussten. Seine Welt war aus den Fugen geraten, er hatte seine Ehe ruiniert, seine Tochter vergrault und wusste nicht mehr, warum er eigentlich studiert hatte. »Entweder, ich ändere jetzt etwas, oder ich kann mich gleich verabschieden«, dachte er, während er langsam in den Schlaf glitt. Als er Stunden später aufschrak, war er komplett durchgeschwitzt, seine Zunge fühlte sich an wie Sandpapier, die Schmerzen in der gebrochenen Hand riefen ihm die vergangenen Stunden quälend ins Gedächtnis. Ein Blick auf seine Uhr verriet ihm, dass er in wenigen Minuten bei seinen Nachbarn, den Furtners, eingeladen war. War das wirklich schon heute? Nachdem er sich vergewissert hatte, fiel ihm nur eines dazu ein: Unmöglich, er musste absagen, mit Hinweis auf seinen schweren Unfall. Mühevoll und stöhnend richtete er sich auf und wollte schon eine SMS losschicken, als er sich anders entschied. Nein, es würde ihm guttun, unter Freunden zu sein. Dolli und Arthur waren großartige Gastgeber, sie würden Verständnis für seine momentane Erscheinung haben und ihm sicherlich auch verzeihen, dass er nicht einmal Blumen hatte. Natürlich musste er damit rechnen, seine Geschichte zu erzählen, aber das hielt er aus. Er würde einfach eine entschärfte Version der Wahrheit schildern und die besonders peinlichen Momente aussparen. Es war ja nicht weit und er würde sich jederzeit mit dem Hinweis auf seinen Zustand zurückziehen können. So kam es, dass Alexander Simonius viel zu spät in die Runde platzte und bei allen, wenn nicht Besorgnis, so zumindest Erstaunen auslöste.

Herbert

Herbert Matzka begrüßte Alexander Simonius mit einem höflichen Nicken und nannte seinen Namen. Als dieser keinerlei Reaktion zeigte, und offenbar gar nicht wusste, dass Herbert stundenlang im Foyer der Privatklinik Leopoldshof auf ihn, seinen neuen Psychotherapeuten, gewartet hatte, um dann, als klar war, Doktor Simonius würde heute nicht erscheinen, einfach wieder nach Hause zu gehen, stellte er jetzt fest, dass er ganz froh war, dass ihr Termin nie stattgefunden hatte. Er war damals doch ziemlich verärgert gewesen. Er hatte das Gefühl gehabt, mit jemandem über diverse traumatische Erlebnisse sprechen zu müssen, die er im Lauf seiner vergangenen Karrieren als Berufssoldat, aber auch als privater Personenschützer durchgemacht hatte. Er wollte sein jetziges, sein neues Leben frisch und frei beginnen und alles Gewesene hinter sich lassen. Er hatte sich auf das Gespräch vorbereitet und war bereit gewesen, auch die hässlichsten Dinge, die er tief in seinem Gedächtnis verborgen hatte, ans Licht zu holen und auf irgendeine Weise zu tilgen. Nachdem er Arthur Furtner, seinen absoluten Lieblingskunden, näher kennengelernt und erfahren hatte, dass dieser Psychologe war, hatte er ihn um Rat gefragt. An wen könne er sich wenden, er hätte einiges zu besprechen. Arthur hatte ihn freundlich, aber prüfend angesehen und bedauernd gemeint, dass er selbst nicht in Frage käme, er kannte Herbert nun schon zu gut, man wäre einander schon zu nahegekommen, wodurch die professionelle Distanz nicht mehr gegeben sei, aber er könne seinen Nachbarn Doktor Simonius empfehlen, er hatte früher einen ausgezeichneten Ruf. Am besten wäre es, wenn Herbert sich selbst ein Bild mache und einfach einmal zur Konsultation ginge. Herbert konnte sich daraufhin kaum entscheiden, ob er enttäuscht sein sollte, dass Arthur die Behandlung nicht übernehmen wollte – am liebsten hätte Herbert ein große Kanne Tee hingestellt und Arthur einfach alles erzählt, gleich jetzt und hier – oder ob die Freude darüber überwog, dass sie einander schon so nahe waren. Er entschied sich, den Freundschaftsbeweis gelten zu lassen und verabredete noch am selben Tag einen Termin in der Privatklinik. Nachdem aus der Sitzung nichts geworden war, hatte Herbert auf dem Heimweg mehrere Szenarien Revue passieren lassen: Von der einfachen Verabredung eines neuen Termins, es konnte ja immer etwas dazwischen kommen, vielleicht war dem armen Doktor etwas zugestoßen, bis hin zur rabiaten Meldung bei der Ärztekammer ging er die Möglichkeiten durch, um zuletzt, als er vor seinem Laden angekommen war, die Tür aufsperrte und das vertraute, lustige Bimmeln seiner Glocke hörte, zu dem Schluss zu kommen, dass er die Beratung nicht mehr brauchte. Er war frei, das hier war sein Geschäft, er hatte es gestaltet, wie er es sich gewünscht hatte. Er musste sich in Zukunft nur um diese eine Sache kümmern und er durfte sich, und das empfand er als echtes Privileg, für den Rest seines Lebens nur mehr mit schönen Dingen beschäftigen. Als er den Verkaufsraum betrat, fiel das Licht auf die von ihm so liebevoll gestalteten Szenen, die Sessel mit den gewachsten und polierten Tischchen, auf denen die alten Tassen zu neuem Glanz erwacht waren. Die gewaschenen und gestärkten Spitzendeckchen leuchteten und es umfing ihn ein herrlicher Duft nach altem Papier, Holz, Leder und Lavendel. »Ich glaube, ich brauche den Therapeuten nicht mehr!« Das Glücksgefühl, das ihn gerade durchlief, hatte alles Böse ausgelöscht. Herbert beschloss, die Sache einfach auf sich beruhen zu lassen, sollte sich Simonius bei ihm melden, würde er gar nicht auf sein Versäumnis eingehen, sondern die Sache für erledigt erklären. Als Arthur das nächste Mal in seinen Laden kam, fragte dieser nicht nach und Herbert erwähnte die Angelegenheit mit keinem Wort.

Jetzt sah er sich diesem Simonius gegenüber und war froh, ihm vorher nicht begegnet zu sein. »Ich glaube«, dachte er, als er Alexander ein Lachshäppchen auf einem kleinen Teller anrichtete, weil dieser mit seiner Gipshand gar nicht zurechtkam, »der braucht eher Hilfe als ich. So fertig, wie der ist, das sieht man selten.«

Arthur hatte Dolli gegenüber leise Bedenken geäußert, als diese Alex als letzten Gast auf die Gästeliste gesetzt hatte. Er habe Alex an Herbert weiterempfohlen, was daraus geworden sei, wisse er nicht, Herbert habe nie etwas erwähnt. Dolli hatte nur kurz nachgedacht und dann gemeint, dass die beiden damit wohl zurechtkommen müssten. Es gäbe genügend Themen, über die man sich unterhalten könnte, und wenn ihnen gar nichts einfiele, wäre da immer noch Goethe, über den man gemeinsam philosophieren könnte. Arthur gab ihr recht, Therapeuten trafen dauernd irgendjemanden, mit dem sie schon beruflich zu tun gehabt hatten, es gehörte einfach dazu, damit richtig umzugehen. Außerdem täte es Alex sicher gut, einen Abend mit netten Menschen zu verbringen, er hatte wohl gerade einen schlechten Lauf. Dass sich das als wahre Untertreibung herausstellen sollte, konnte Arthur zu diesem Zeitpunkt nicht wissen.

Goethe lässt grüßen

Frau Hilde erschien in der Tür zum Speisezimmer und machte Dolli diskret darauf aufmerksam, dass man jetzt zum eigentlichen Vorhaben des Abends schreiten müsse: das Essen sei angerichtet.

Dolli klatschte in die Hände: »Genug geplaudert, wir sind alle hungrig und Frau Hilde hat sich heute wieder selbst übertroffen!«

Die Gruppe erhob sich, wobei Herbert den schon wieder schwankenden Simonius unter den unverletzten Arm fasste und ihn zu seinem Platz am Esstisch führte. Champagner und Paracetamol zeigten ihre vernichtende Wirkung. Die Gänseleberpastete war angerichtet, das Tafelsilber glänzte mit den Gläsern um die Wette. Hilde hatte es sich nicht nehmen lassen, alles noch einmal zu »übergehen«, wie sie sagte, damit alles makellos wäre. Sonst könne sie keinerlei Verantwortung übernehmen, wie sie der gnädigen Frau versicherte, als diese sie darauf hinwies, dass das Silber erst vor einer Woche einer Komplettpolierung unterzogen worden war. Die Flammen der Kerzen flackerten leicht, die Lichter waren gedimmt und im Hintergrund tönten leise Beethovens Etüden durch den Raum. Als alle ihre Plätze eingenommen hatten, präsentierte Arthur stolz seine Flasche aus dem Tennisklub.

»Ich denke, die wird ausgezeichnet zu unserer Vorspeise passen, wenn wir auch Diskussionen hatten, ob die Gänseleber nach französischer Art Goethe gefallen hätte«, meinte er grinsend und sah fragend zu Günther Krawanek, ob er Wein verkosten wolle.

Günther nickte zustimmend, so nüchtern wie an diesem Abend war er schon lange nicht mehr gewesen und auch auf seine sonstige Angewohnheit, jedes öde Dinner durch Zigarettenpausen zu unterbrechen, hatte er verzichtet. Normalerweise begann er solche Abende, indem er ein bis zwei Aperitifs in sich hineinschüttete, meistens traf er schon illuminiert bei den Gastgebern ein, um dann den Zustand möglichst schnell zu intensivieren. Es folgten mehrere Rauchunterbrechungen, für die er sich gern vor die Tür begab, selbst wenn man ihm vermittelte, er könne ruhig bleiben und rauchen, man verfüge noch über genügend Aschenbecher aus den guten alten Zeiten. Er ließ es sich jedoch niemals nehmen, selbstverständlich aus reiner Rücksicht auf die Anwesenden, die Runde zu verlassen. Manchmal war er auch gar nicht wiedergekommen, aber nur wenn er das Gefühl hatte, es falle ohnehin nicht auf. Aber dieses Dinner war ganz und gar nicht öde.

Als er Elinor eingeladen hatte, ihn zu begleiten und ihr auch gleich die Marotte der Gastgeber beschrieben hatte, die Abende mit einem, meist literarischen, Motto zu versehen, hatte er befürchtet, sie würde befremdet sein und die Einladung ausschlagen. Das Gegenteil war der Fall gewesen: Sie hatte die Idee einfach großartig gefunden, ihre Eltern hätten das früher auch immer so gehalten, dem Abend musste man natürlich einen Rahmen geben, und die Gäste hätten zumindest ein unverfängliches Sujet, über das sie sich unterhalten könnten. Denn die wirklich interessanten Themen – wie Sex, Politik, Religion, und noch interessanter: Geld – waren bei gesellschaftlichen Anlässen tabu, soweit sie sich erinnerte. Also blieben das Wetter und das Motto des Abends. Sie freue sich sehr und komme jetzt besonders gerne mit.

Günther nahm einen Schluck des Château Liot 1997 und nickte anerkennend: »Ich bin wirklich ein bisschen stolz auf unsere alljährliche Weinaktion! Und natürlich auf unsere Mitglieder, die auch heuer wieder sehr großzügig eingekauft haben, der Weinkeller ist beinahe geleert und Bogdan hat dadurch genügend Geld, um neu einzukaufen. Seit er bei uns ist, hat sich das Niveau von Küche und Keller gehörig verbessert!«

»Und seine Frau ist eine wahre Künstlerin«, fügte Dolli hinzu. »Der Stil des Restaurants kann sich sehen lassen, so etwas findet man normalerweise nicht in einem Sportklub.«

»Naja«, meinte Günther augenzwinkernd, »wir sind ja kein gewöhnlicher Sportklub, wie Elinor demnächst sicher auch wissenschaftlich belegen wird. Der TC Leopoldshof ist eine Institution, eine Lebenseinstellung!«, endete er ein wenig emotional, aber mit Inbrunst.

»Ihr habt aber auch alles dafür getan, um diese Idee ins 21. Jahrhundert zu retten«, meinte Arthur nachdenklich. »Dabei geht es ja nicht nur um den Erhalt der Gebäude. So ein Klub lebt von seiner Reputation, der Stimmung und den Mitgliedern, die ihn gestalten. Das ist alles einzigartig! Es gibt wahrscheinlich keinen anderen Klub, der mit seinen Mitarbeitern so respektvoll umgeht. Denkt nur an Bogdan Ricic. Niemand wollte den Sternekoch nach seinem Absturz bei sich einstellen, er war Persona non grata in der gesamten kulinarischen Community, und ihr, also der Vorstand, habt ihm einfach das Restaurant überlassen.«

»Wir haben dabei vor allem auf Mila vertraut, sie

schien ihren Mann unter Kontrolle zu haben. Außerdem ist er ein kluger Kopf, es war ihm klar, dass das eine einmalige Chance sein würde. Und er hat sie genutzt.«

»Aber«, fügte Arthur hinzu, »ich denke auch an alle anderen dienstbaren Geister, den Platzwart oder die Leute von der Reinigung, sie haben sich alle sehr über die Wertschätzung gefreut, als ihnen bei der Abschlussfeier die Geschenke und der Dank übergeben wurden.«

»Ja«, lachte Dolli, »vor allem dieser unangenehme Trafikant ist vor Stolz fast geplatzt! Und ihr wart sehr großzügig mit diesem edlen Wein, hoffentlich weiß er ihn zu schätzen!«

Günther erstarrte. Das Bild von Hermann Hartl, wie er mit breitem Grinsen die teuerste Flasche von allen entgegengenommen hatte, verdrängte alles andere.

»Nun ja, es war wirklich die letzte Flasche«, erwiderte Günther mit versagender Stimme.

Plötzlich war das Gespräch verstummt.

»Alles in Ordnung, Günther?«, fragte Arthur besorgt.

»Ja, danke.« Günther fasste sich und versuchte die Vorstellung eines sich vor Schmerzen krümmenden Hermanns aus seinem Hirn zu verdrängen. »Mir ist nur sehr warm, gestatten die Damen, dass ich mein Jackett ausziehe?«

»Ich öffne das Fenster, während wir auf den nächsten Gang warten«, meinte Arthur. Wie aufs Stichwort erschien Frau Hilde leicht echauffiert, um die Artischocken in Citronensauce zu servieren.

»Um dem Geheimrat gerecht zu werden, muss ich in diesem Zusammenhang aus *Mignon* zitieren. Ihr habt es sicher befürchtet, aber das muss sein!«, rief Arthur pathetisch. »Danach könnt ihr euer Gemüse zerpflücken!«

Kennst du das Land, wo die Zitronen blühn war schnell rezitiert, die Artischocken dampften vor sich hin und ein zarter Duft nach Zitrone und Rosmarin erfüllte den

Raum. Das Gespräch war wieder verstummt, allerdings um sich der Herrlichkeit auf dem Teller zu widmen. Günther hatte sich gefasst, atmete tief durch und begann seiner großen, grün-violetten Artischocke die fleischigen Blätter auszuzupfen. Daran musste er sich wohl gewöhnen, dachte er. Er hatte es nun einmal getan, jetzt musste er durchhalten und damit leben. Das hatte er vorher nicht bedacht, das Ganze hatte sich vielmehr wie ein Spiel angefühlt. War es aber nicht. Hartl hätte ihn einfach nicht erpressen dürfen. Basta.

Während alle mehr oder weniger geschickt mit ihren Artischocken zugange waren, saß Alexander Simonius hilflos da. Für dieses Gericht brauchte man einfach zwei Hände. Herbert, der neben ihm saß, fühlte eine gewisse Verbundenheit, ja sogar Verantwortung für seinen Doch-Nicht-Therapeuten und bot an, ihm behilflich zu sein. Er würde ihm die Artischocke so zerlegen, dass er sie einhändig mit der Gabel verzehren konnte. Simonius nickte dankbar. Als die Vorspeise aufgetragen worden war, hatte er nur gedacht: »Schlimmer kann es nicht werden, jetzt sitze ich da wie ein Behinderter.« Er wollte aber die Aufmerksamkeit nicht noch einmal auf sich lenken und war höchst erleichtert, als sich Herbert seiner annahm.

Der nächste Gang, Kalbsbraten mit Erbsen, war einfach. Herbert konnte das Fleisch für seinen Sitznachbarn in kleine Bissen zerteilen, Frau Hilde hatte Simonius diskret einen Löffel zur Seite gelegt, damit er die Erbsen leichter essen konnte. Allerdings hatte dieser, bevor alle anderen noch ihr Glas mit dem nächsten Wein, einem leichten Mosel Riesling, erhoben hatten, seines in einem Zug geleert. Alexander Simonius hatte Schmerzen, die Tabletten schienen diesmal versagt zu haben. Oder hatte er sie doch zu niedrig dosiert? Das konnte nicht sein, er hatte die empfohlene Dosis bereits weit überschritten.

Sein Schädel pochte und er konnte sich kaum noch auf seinem Stuhl halten. Herbert hatte den Verfall auf dem Nebensessel bemerkt und machte Arthur quer über den Tisch auf sich aufmerksam. Dieser ließ sich gerade über die Weimarer Klassik aus und unterbrach sein kleines literarisches Extempore.

»Soll ich dich nach Hause begleiten, Alex? Du scheinst doch mehr abbekommen zu haben als auf den ersten Blick sichtbar, ich denke, du solltest dich ins Bett legen.«

Alexander seufzte und erwiderte ein wenig lallend: »Sorry, aber ich habe das wohl unterschätzt, ich wollte unbedingt eurer Einladung nachkommen …«

»Alex, beim nächsten Mal bist du wieder in alter Frische dabei! Aber jetzt musst du ins Bett«, entschied Dolli. »Frau Hilde packt dir ein Stück Strudel für morgen zum Frühstück ein. Arthur wird dich begleiten.« Nach einem prüfenden Blick fügte sie hinzu: »Und Herbert, wenn Sie so nett sein wollen?«

»Selbstverständlich«, antwortete dieser. Seine Zuständigkeit für seinen Doch-Nicht-Therapeuten hatte sich in der Zwischenzeit noch gesteigert. Er hatte das Gefühl, das Schicksal habe sie auf eine andere, unvorhergesehene Weise zusammengeführt.

»Sorry«, murmelte Alexander noch einmal beschämt, als ihn Arthur und Herbert jeweils auf einer Seite packten und von seinem Sessel hochzogen. Herbert war ganz in seinem Element, das hatte er gelernt: verletzte Personen aus der Schusslinie zu schleppen. Er umfing Alexanders Mitte, legte sich den unverletzten Arm über die Schulter und zog ihn, der kaum mehr einen Schritt vor den anderen setzen konnte, aus dem Esszimmer.

»Gelernt ist gelernt!«, meinte Arthur anerkennend, während Herbert den beinahe Bewusstlosen scheinbar mühelos die Treppen hinunterbeförderte. Er selbst folgte mit Alexanders Mantel und Schal. Und dem Päckchen mit dem Carlsbader Strudel. In der Manteltasche hatte er die Hausschlüssel gefunden. »Er wohnt gleich nebenan, Nummer 17, zweiter Stock.«

»Kein Problem, das schaffen wir«, meinte Herbert ruhig, er erschien überhaupt wie ein Fels in der Brandung, was wiederum Arthur enorm erleichterte. Er musste sich eingestehen, dass er den Verletzten keineswegs so locker zuerst die eigenen Stiegen hinunter und dann die anderen wieder hinauf hätte befördern können.

Arthur sperrte die schwere Holztüre des Hauses Kastanienallee 17 auf. Das Mondlicht fiel durch das große Fenster in die herrschaftliche Eingangshalle, direkt auf die zarte Empirebank mit einem schönen Polster, auf dem das Obere Belvedere in Wien zu sehen war.

»Eine wunderschöne Bank!«, rief Herbert bewundernd. »Und so ein schönes Kissen, sehr geschmackvoll! Aber auf geht's: Zweiter Stock, sagtest du?«

Das Stiegenhaus war breit und die Stufen flach, das erleichterte den Aufstieg. Alexander hatte kein Wort mehr gesagt, hin und wieder kam ein Wimmern über seine Lippen. Auf dem Treppenabsatz vor Rudi Stallers Wohnung legte Herbert eine Verschnaufpause ein. Er lehnte Alexander an das Geländer und meinte zu Arthur: »Halte ihn kurz, ich bin ein bisschen aus der Übung.«

In diesem Moment öffnete sich die Stallersche Tür ein wenig, Rudi blinzelte durch den Spalt heraus und betrachtete fragend die Szene im Stiegenhaus.

»Guten Abend, Herr Rudi. Wir bringen nur Ihren Nachbarn Doktor Simonius nach Hause«, erklärte Arthur.

Rudi öffnete die Tür. Er trug einen Schlafanzug mit Comicmotiven und riesige graue Filzpantoffeln. »Was hat er denn? Ist ihm etwas passiert?«, fragte er etwas verwirrt.

»Er hat sich die Hand gebrochen. Sehen Sie? Ein Gips. Aber das wird wieder«, fügte Arthur beruhigend hinzu. Das Letzte, das sie jetzt gebrauchen konnten, wäre ein beunruhigter Rudi Staller. »Ich komme morgen wieder vorbei und schaue nach ihm.«

»Ich kann auch helfen!«, meinte Rudi selbstbewusst.

»Das ist sehr nett von Ihnen, vielen Dank«, antwortete Arthur. »Ich melde mich bei Ihnen. Gute Nacht.«

Nachdem sie Simonius in den oberen Stock geschleppt hatten, er konnte sich endgültig nicht mehr auf den Beinen halten, hievten sie ihn über die Türschwelle und ließen ihn erst einmal in seinem Vorzimmer auf einen Sessel sinken. Die Wohnung roch säuerlich. Sie war wohl längere Zeit nicht gereinigt worden und gelüftet hatte Simonius auch schon wochenlang nicht. Schuhe lagen verstreut herum, diverse Mäntel und Jacken waren achtlos über einen Sessel geworfen.

»Oweh!« Arthur war ehrlich betroffen. Er hatte nicht gewusst, wie schlecht es um seinen Kollegen stand und wie weit sein Absturz bereits fortgeschritten war. »Herbert, es tut mir aufrichtig leid, dass du jetzt in diese traurige Geschichte hineingeraten bist. Hattest du eigentlich je einen Termin bei ihm?«

»Hatte ich, aber er ist nicht erschienen. Jetzt kann ich mir vorstellen, warum …«

»Ich habe wohl übersehen, wie es um ihn steht, wir wussten, dass er ein Grenzgänger ist, aber ich fürchte, er hat diese Grenze schon längst überschritten.« Arthur konnte sich eines gewissen Schuldgefühls nicht entziehen.

»Was können wir jetzt für ihn tun? Eigentlich müsste jemand hierbleiben und nach ihm sehen«, meinte Herbert nachdenklich. »Ich kann das übernehmen«, sagte er nach einer kurzen Pause schließlich und fügte grinsend hinzu: »Er ist immerhin mein Doch-Nicht-Therapeut. Und ich habe schon Schlimmeres gesehen, viel Schlimmeres.«

»Respekt, Herbert, Respekt, das ist wirklich eine große Hilfe«, entgegnete Arthur. »Ich gehe schnell hinüber und bringe dir Handtuch, Zahnbürste, Seife? Brauchst du einen Pyjama?«

Herbert lachte: »Bleib locker, Arthur, was glaubst du, wie ich meine Nächte in Afghanistan verbracht habe? Kein Problem, ich mache es mir schon gemütlich, aber zu einer Zahnbürste sag' ich nicht nein!«

Alexander Simonius war mittlerweile halb von seinem Sessel gerutscht und gab gequälte Schnauflaute von sich.

»Ich bringe ihn erst einmal in eine ordentliche Seitenlage, nicht, dass er uns noch erstickt!«

Herbert bemühte sich gar nicht erst, den beinahe Bewusstlosen auszuziehen, er warf seine Schuhe zu den übrigen und während er ihn in sein Schlafzimmer brachte, verschwand Arthur, um alles Benötigte zu holen. Alexander Simonius' Körperfunktionen waren auf ein Minimum reduziert, er verhielt sich vielmehr wie ein Mehlsack. Herbert hatte ihn auf seinem schmuddeligen Bett ausgestreckt und drehte ihn zu Seite, dann sah er sich im Zimmer um, um sich einen Platz für die Nacht auszusuchen. Ein recht bequemer, breiter Ohrensessel stand unter dem Fenster, das würde für heute reichen. In der Zwischenzeit war Arthur mit verschiedenen Kosmetikartikeln erschienen, Frau Hilde hatte es sich nicht nehmen lassen, »dem Helden des Abends«, wie sie Herbert nannte, außer dem beachtlichen Stück Carlsbader Strudel noch zwei Buttersemmeln und eine Thermoskanne mit heißem Tee einzupacken. Madeleines wären leider keine mehr übrig gewesen, ließe sie ausrichten. Das käme beinahe einer Liebeserklärung gleich, meinte Arthur anerkennend.

Herbert nahm alles dankend entgegen, drapierte seine Jause auf dem Beistelltischchen und meinte lakonisch: »Jetzt sehen wir einmal, wie er die Nacht übersteht, ich rufe dich morgen früh an, aber ich denke, er wird das gut schaffen. Scheint ja nicht das erste Mal zu sein!«

»Dann bis morgen, du Held!«

Arthur verabschiedete sich und schlich möglichst leise durch das Stiegenhaus hinunter. Offenbar nicht leise genug, denn kaum hatte er den ersten Stock erreicht, riss Rudi Staller seine Wohnungstür auf: »Ich hab' da oben etwas gehört! Tut dem Doktor die Hand weh? Soll ich ihm etwas auf den Gips zeichnen? Ich kann sehr gut zeichnen, vor allem Lokomotiven!«

»Ja, Rudi, das ist sicher eine tolle Idee, aber erst morgen. Heute muss der Doktor sich ausruhen und damit er nicht alleine ist, bleibt unser Freund Herbert Matzka bis morgen bei ihm. Sie haben ihn ja gesehen, ein starker Kerl! Ihm gehört das schöne Antiquitätengeschäft.«

»Das kenne ich! Da sind manchmal Autos in der Auslage.«

»Da sollten Sie einmal hingehen, aber jetzt müssen wir alle ins Bett. Es war ein aufregender Tag. Sind Sie allein?«, fragte Arthur vorsichtig, er wollte Rudi Staller nicht beunruhigt zurücklassen.

»Ja, jetzt immer. Der Hermann kommt nur tagsüber vorbei. Er ist mein Freund.«

»Das ist sehr schön für Sie, dann wünsche ich eine gute Nacht und bis morgen.«

»Gute Nacht, und wenn etwas ist, kann ich ja nach oben zum Herbert!«

Rudi schloss die Tür. Arthur stieg nachdenklich die herrschaftliche Treppe hinunter. Brauchte Rudi Staller mehr Unterstützung? War es in Ordnung, dass er die ganze Nacht allein war? Arthur hatte zu wenig Einblick in Rudis Krankengeschichte, die es offiziell ja gar nicht zu geben schien. Er würde einmal mit Günther Krawanek darüber sprechen, als Treuhänder des Stallerschen Vermögens sollte er Bescheid wissen. Dass Hermann Hartl allerdings schon wieder herumgeisterte, hielt Arthur keinesfalls für eine gute Idee.

Als Arthur endlich zu Hause war, traf er Elinor und Günther gerade noch an, die sich zum Aufbruch bereit machten. Er entschuldigte sich wortreich, aber: »Ihr habt es selbst gesehen, Alex musste einfach verfrachtet werden. Dass Herbert sich bereit erklärt hat, Nachtwache zu halten, ist einfach großartig und nimmt mir eine große Last ab.«

»Keine Sorge, Arthur«, meinte Dolli, »wir haben einander in der Zwischenzeit ein bisschen besser kennengelernt und wir können uns auf Elinors Buch nur freuen!«

Während Arthur und Herbert mit Simonius' Versorgung beschäftigt gewesen waren, hatte Dolli Elinor regelrecht ausgefragt, allerdings nicht, ohne es vorher anzukündigen. Sie sei jetzt hier Gast, demnach den schamlosen und neugierigen Fragen der Gastgeberin ausgeliefert, worauf Elinor erwiderte, diese Hausregel bedingungslos zu akzeptieren, sie stehe nur allzu gerne Rede und Antwort. Nachdem sie die Entstehung des Projekts geschildert hatte, kam sie auf die Methode zu sprechen, die sie anzuwenden gedachte, und verlieh ihrer Überzeugung Ausdruck, dass das Buch trotz wissenschaftlicher Fundiertheit auch ein dekoratives Coffee Table Book abgeben sollte, das jedes Klubmitglied gerne bei sich zu Hause sehen würde. Wie es allerdings Dollis Art war, fragte sie sogleich nach eventuell unangenehmen Entdeckungen und wie Elinor gedachte, damit umzugehen.

»Sie meinen den kleinen oder auch größeren Nazi, der hierzulande hinter jeder schönen Fassade schlummert? Ich bin Historikerin und den Tatsachen verpflichtet, sofern sie sich belegen lassen. Das gilt selbstverständlich auch für dieses Projekt.«

Günther nickte zustimmend, der Vorstand sei sich bewusst, dass auch unangenehme oder peinliche Geschehnisse auftauchen könnten, man wolle aber unbedingt die wahre Geschichte des Klubs erzählen, da seien sich alle Vorstände einig gewesen.

»Aber«, begann Elinor zögernd – sollte sie jetzt, wo sie praktisch neben dem Objekt ihres Interesses, der Villa Kastanienallee Nummer 17 saß, einfach fragen? Dolli Furtner wirkte nicht so, als würde sie Arisierungsgeschichten lieber unter den Tisch kehren, um ihrer schönen, sauberen Gegenwart keine unangenehme Delle zu verpassen –, »ich muss sagen, das Nachbarhaus, Nummer 17, interessiert mich, kennen Sie die dazugehörige Geschichte? Wie kamen die heutigen Eigentümer dazu?«

»Nun ja, sehr viel weiß ich auch nicht, obwohl ich schon ziemlich lange hier wohne. Das Haus hat, solange ich denken kann, der Familie Staller gehört. Der heutige Besitzer, ein Mann in den besten Jahren, allerdings mit einem, sagen wir, kindlichen Gemüt, hat die Villa von seinen Eltern geerbt und lebt dort als einziges Kind. Im oberen Stock wohnt Alexander Simonius, den Sie heute Abend kennenlernen konnten. Aber Details weiß Günther, du bist doch der Treuhänder!«

»Ja, aber ich weiß rein gar nichts über die Geschichte des Hauses«, wandte Günther ein. Schon wieder so ein Thema, das ihm den kalten Schweiß auf die Stirn trieb. »Ich habe zu viel Dreck am Stecken«, dachte er. Er konnte ja kaum mehr einem Gespräch folgen, ohne ein schlechtes Gewissen zu haben. Wie er das alles wieder ins Lot bringen sollte, bevor ihm jemand auf die Schliche kam, war ihm ein Rätsel.

»Es wäre Ihnen also nicht unangenehm, wenn ich hier ein wenig nachforsche?«, fragte Elinor an Dolli gewandt.

»Aber ganz im Gegenteil!«, rief Dolli. »Wenn es denn etwas Wissenswertes gibt, dann muss es ans Licht. Die Wahrheit sollte zumutbar sein, oder nicht?«

»Du hast ja keine Ahnung«, dachte Elinor, lächelte aber zustimmend.

Herbert

Als Herbert Matzka mit steifem Genick und einem unangenehmen Ziehen in seinem linken Bein in dem Ohrensessel erwachte, in dem er doch einige Stunden geschlafen hatte, war es draußen noch stockfinster. Fünf Uhr dreißig zeigten die Leuchtziffern seiner Uhr. Er beschloss, erst einmal einen Schluck Tee aus der Thermoskanne von Frau Hilde zu nehmen. Wie lange er hier wohl noch ausharren müsste? Er sehnte sich nach seinem Badezimmer.

»Bekomme ich auch einen Tee?«, tönte die verkaterte Stimme von Alexander Simonius aus der zerwühlten Bettdecke hervor. Er saß in seinen verknautschten Kleidern vom Vortag da, hielt die Gipshand gegen seinen Brustkorb gedrückt und glotzte Herbert aus glasigen Augen an. Dabei schien er fieberhaft zu überlegen, was passiert war und warum Herbert in seinem Schlafzimmer saß. Herbert lieferte die Erklärung unaufgefordert:

»Sie waren gestern Abend bei den Furtners ziemlich erledigt. Arthur und ich, wir haben Sie herübergebracht und es schien mir besser, Sie nicht allein zu lassen. Wie geht es Ihnen?«

»Hab' schon mehr gelacht, aber danke dafür. Es waren wohl zu viele Paracetamol, als Arzt sollte ich das eigentlich wissen«, meinte Simonius selbstkritisch. »Aber ich komme schon zurecht, ich werde nur etwas Zeit brauchen.«

»Soll ich Ihnen aufhelfen?« Herbert hatte sich aus dem Sessel gehievt und ging auf Simonius zu.

»Nein danke, genug der Demütigungen, ich schaff' das schon. Sehen Sie lieber zu, dass Sie nach Hause kommen, vielleicht können Sie ja noch ausschlafen.«

»Kein Problem. Arthurs Nummer haben Sie ja, falls noch etwas sein sollte. Soll ich Ihnen die Buttersemmeln dalassen? Den Strudel muss ich mitnehmen und verkosten, sonst bin ich bei Frau Hilde unten durch!«

»Die Semmeln nehm' ich sehr gerne.« Simonius hatte sich aus der Waagrechten begeben und sich aus dem Bett erhoben. Das Zimmer drehte sich zwar ein wenig, aber nicht allzu schnell. Das würde gehen. »Danke noch einmal«, fügte er kleinlaut hinzu.

Herbert nahm sein Jausenpaket, klemmte sich seinen Mantel unter den Arm und verließ die Wohnung. Er konnte sich vorstellen, dass Simonius jetzt keine Zeugen mehr für seinen immer noch jämmerlichen Zustand brauchen konnte. Er würde sich zurechtfinden, er schien ein eingefleischter Säufer zu sein, der sich nicht zum ersten Mal in so einer Lage befand. Genug, er musste nach Hause, in sein Sanktuarium, zu seinen Antiquitäten und Büchern, und die Welt in ihrer banalen Unappetitlichkeit für einige Momente aussperren.

Herbert ging die Treppen hinunter und als er an Rudi Stallers Tür vorbeikam, wurde diese schon wieder geöffnet. Herbert hatte es beinahe erwartet. »Steht dieser Typ immer hinter der Tür und lauert?«, dachte er, grüßte aber freundlich. Es war ihm nicht entgangen, dass Rudi speziell war. Jetzt stand er ungeduldig auf und ab wippend in seinem Vorzimmer. Den Comicpyjama hatte er gegen eine eigenwillige Altherrenkombination eingetauscht. Ein rot-blau kariertes Flanellhemd, darüber eine verfilzte graue Strickjacke zu einer ausgeleierten olivgrünen Cordhose, die sicher schon bessere Tage gesehen hatte. Straffe Hosenträger hielten das gute Stück weit über der Körpermitte an seinem Platz. Rudi mochte es nicht, wenn die Hosen rutschten.

»Sie sind der mit dem Geschäft, oder? Geht es dem Doktor schon wieder besser? Ich kann auch etwas helfen!«

Herbert unterbrach den Redefluss, ja, der Doktor sei auf dem Weg der Besserung, und ja, er sei der mit dem Altwarengeschäft und der Doktor freue sich sicher, wenn

Rudi bei ihm vorbeikäme. Letzteres meinte er wohl etwas ironisch, sollte der Doktor doch auch etwas davon haben und sich mit diesem Staller herumschlagen, schließlich waren sie Nachbarn und er, Herbert, hatte keinerlei Interesse, hier in etwas hineingezogen zu werden. Er sollte gehen. Aber Rudi blickte ihn mit einem vertrauensvollen Welpenblick an und die Worte sprudelte nur so hervor: »Ich habe eine ganz tolle Eisenbahn, die habe ich gerade neu aufgebaut, willst du sie sehen?«

Herbert seufzte, jetzt waren sie schon per Du, dachte er, er musste wirklich weg.

»Leider muss ich jetzt dringend nach Hause und das Geschäft aufsperren. Aber«, fügte er dann doch beschämt hinzu, »vielleicht am Nachmittag?«

»Da bin ich zu Hause, es gibt auch Kaffee«, meinte Rudi stolz, »also bis später!« Er knallte die Tür zu.

Herbert stand noch einen Moment vor der geschlossenen Tür und konnte sich des Gefühls nicht erwehren, in etwas hineingeraten zu sein, von dem er noch nicht wusste, ob er es mochte. Kopfschüttelnd machte er sich auf den Weg.

Zu Hause angekommen, nahm er erst einmal eine Dusche und wusch sich die Ereignisse der letzten Nacht vom Körper. Nachdem er sich auch noch eine Komplettrasur gegönnt hatte, so eine Glatze wollte auch gepflegt werden, fühlte er sich für den kommenden Tag gewappnet. Er würde Frau Hildes Strudel frühstücken und sich dann der Umgestaltung seiner beiden Fenster widmen. Der Nikolaustag stand vor der Tür und das musste in seinem Geschäft entsprechend dargestellt werden. Er suchte passende Bücher aus seinem Fundus, unter anderem war er stolzer Besitzer einer alten Ausgabe des *Struwwelpeter.* Ein grässliches Kinderbuch, wie er fand, aber es kam ein Nikolaus darin vor, außerdem besaß er noch eine Ausgabe auf Jiddisch. Gemeinsam betrachtet waren die beiden Bücher nicht ganz so erschreckend, meinte er, das Jiddische nahm dem Deutschen ein wenig die Schärfe. So konnte er sie guten Gewissens in eines der Fenster stellen, in dem er als Unterlage bereits einen alten Tartan in den klassischen Winterfarben Rot und Grün drapiert hatte. Einen rustikalen Tonkrug, den er so stellte, dass man den bedeutenden Riss nicht sehen konnte, füllte er mit Tannenreisig. Daraufhin verbreitete sich nicht nur ein wunderbarer Nadelduft, sondern auch die entsprechende Winterstimmung. Für das zweite Fenster hatte er Astrid Lindgrens *Tomte Tummetott* vorgesehen, dazu eine nicht allzu alte, aber umso passendere Ausgabe von Pettersons und Findus' Weihnachtsabenteuer. Zwei rote Blechrennwägen und ein alter Nussknacker vervollständigten das Bild. Im Geschäftsraum ordnete er noch seine Sitzgelegenheiten neu, schüttelte die Polster auf und verteilte Nüsse und Mandarinen auf diverse Schalen. Herbert war sehr zufrieden. Er musste nur noch einmal mit dem Staubwedel »drübergehen«, dann war der Laden für die anstehenden Festtage gerüstet. Vor Weihnachten würde er noch an Deko nachlegen, das war gut fürs Geschäft. Und danach kam der Silvesterspaß.

Herbert war nicht nur zufrieden, er war glücklich. Das hier war sein Reich und er wollte sich dieses zarte Glück nicht von den Problemen anderer Leute beeinträchtigen lassen, er hatte zu lange dafür gearbeitet und zu viel in Kauf genommen. Er würde am Nachmittag nicht zu Rudi Staller gehen und sich auch nicht mehr um den versoffenen Psychiater kümmern. Das ging ihn alles nichts an, dachte er und wusste im gleichen Augenblick, dass er am Nachmittag trotzdem wie versprochen zu Rudi gehen und bei der Gelegenheit nach Simonius sehen würde. Er seufzte.

Rudi

Als es an der Tür klingelte, sprang Rudi, der schon länger im Vorzimmer auf den angekündigten Besuch gewartet hatte, auf und öffnete sofort.

»Ich hab' gewusst, dass du kommst!«, rief er begeistert. »Oft versprechen die Leute etwas und halten es dann nicht, aber du bist nicht so einer«, fügte er zufrieden hinzu.

Herbert grüßte höflich und betrat die Stallersche Wohnung, in der die Zeit still gestanden zu sein schien. Es war tatsächlich eine eindrucksvolle, großzügige Wohnung, die trotz der Jahre immer noch Reichtum und Gediegenheit ausstrahlte. Es war aufgeräumt und alles stand an seinem Platz. Eine vergoldete Tischuhr im Biedermeierstil tickte leise vor sich hin.

»Eine sehr schöne Uhr haben Sie da«, bemerkte Herbert.

»Ja, die ziehe ich jeden Tag auf, das hat mein Papa schon so gemacht, der Schlüssel dazu ist in der Lade.« Rudi deutete auf die Kommode, ebenfalls Biedermeier, neben der Eingangstür. »Damit ich immer weiß, wie spät es ist. Ich kann die Uhr«, meinte Rudi noch zufrieden, und führte seinen Gast in den Blauen Salon, wo die ausgedehnte Eisenbahnlandschaft aufgebaut war.

Herbert wusste zwar nicht genau, was er erwartet hatte, das jedenfalls nicht. Vor ihm lag ein kompliziertes Schienensystem, das sich zwischen einer Miniaturlandschaft hindurchschlängelte. Mehrere Züge warteten auf ihren Einsatz. Die Möbel waren alle zur Seite geschoben worden, um der Bahn den benötigten Platz zu bieten. Rudi warf sich mit Begeisterung auf den Boden und setzte die diversen Züge in Betrieb.

»Man muss wirklich aufpassen, dass es keinen Zusammenstoß gibt«, meinte er ernsthaft und Herbert konnte nicht umhin, er war beeindruckt. Er setzte sich zu Rudi.

»Das haben Sie aber sehr schön aufgebaut, Herr Staller, und so durchdacht!«

»Ich bin Rudi, und das kann nicht jeder, oder? Früher hat mir Hermann geholfen, aber der kommt jetzt nicht mehr so oft.« Auf die Nachfrage, welcher Hermann denn gemeint sei, kam nur knapp: »Na der von der Trafik.«

»Warum wundert mich das jetzt nicht«, dachte Herbert kopfschüttelnd, und während Rudi sich ganz seiner Modellbahn widmete, sah er sich im Zimmer um. Hier gäbe es für einen Antiquitätenhändler so einiges zu holen. Einige der Möbel waren mit Leintüchern abgedeckt, aber man konnte ahnen, was sich darunter verbarg. Rudi Staller übers Ohr zu hauen wäre wahrscheinlich ein Kinderspiel. Die Familie Staller schien ein Faible für Biedermeiermöbel gehabt zu haben, jedenfalls hatte Herbert noch selten Stücke von so außerordentlicher Qualität gesehen, noch dazu in bestem Erhaltungszustand. Möglicherweise waren ein paar echte Stücke aus der Danhauser'schen Möbelfabrik darunter, die wären ein Vermögen wert. »Aber ich werde ganz sicher nicht derjenige sein, der den Staller über den Tisch zieht, wahrscheinlich sollte ich eher darauf schauen, dass ihn auch andere in Ruhe lassen«, sinnierte er vor sich hin, als sein Blick auf ein Stück fiel, das aus dem gesamten Ensemble herausstach: An einer Wand stand eine prachtvolle Anrichte, Louis XVI, wie Herbert vermutete.

»Und diese tolle Anrichte ist auch von deinen Eltern?«, unterbrach er den vor sich hin brummenden Rudi, der, um eine möglichst authentische Stimmung zu erzeugen, die Geräusche der verschiedenen Zuggarnituren imitierte.

»Was? Ja, da ist unser Geschirr drin. Aber nur das Gute, das für jeden Tag ist in der Küche.«

»Darf ich sehen?«, fragte Herbert. »Ich interessiere mich sehr für Geschirr, besonders für altes.«

»Das ist klar, du bist ja Antiquitätenhändler!«

Na so was, dachte Herbert, dieser Staller war doch nicht ganz so blöd. Er stand auf und öffnete gespannt die Türen der Anrichte. Als erstes sah er eine Ansammlung beige-grauer, derber Teller in unterschiedlicher Größe mit unregelmäßigem Rand. Dazu etliche Schalen, ebenfalls in undefinierbarer Farbe und verschiedenen Größen. Rudi war hinter ihn getreten und erklärte, dass dies sein neues Service sei, Hermann habe es ihm besorgt. Er sei ja ein moderner Mann und könne mit dem alten Drachen gar nichts mehr anfangen, Hermann habe gesagt, jeder Besuch würde sich über so ein altmodisches Geschirr nur wundern. Und wo das alte Geschirr denn geblieben sei, fragte Herbert, der bereits einen leisen Verdacht hegte. Die Erwähnung des »Alten Drachen« hatte bei ihm einen Gedankengang in Bewegung gesetzt. Das habe Hermann mitgenommen, er selbst hätte ja gar nicht gewusst, wo er die alten Sachen hätte hintun sollen.

Herbert bückte sich und betrachtete das neue Geschirr. »Ikea, super«, murmelte er vor sich hin. Und dann, als er die Türen gerade wieder schließen wollte, fiel sein Blick auf einen Gegenstand im hintersten oberen Fach. Was war das? Herbert griff tief in den Schrank hinein und beförderte eine zarte Menage aus feinstem Porzellan ans Licht.

»Ah, das ist noch vom Drachen übrig«, meinte Rudi. »Für Salz und Pfeffer.«

»Der Goldene Drache von Meissen«, sagte Herbert ehrfürchtig und stellte die Porzellanschale ebenso vorsichtig wie nachdenklich wieder zurück.

»Du willst ein paar von meinen Möbeln verkaufen, oder?«, unterbrach Rudi die gedankenvolle Stille.

»Genau das will ich nicht, Rudi. Ich finde, du solltest deine Möbel und auch alles andere so lange behalten, wie du es willst. Aber wenn du einmal Hilfe brauchst, kannst du mich gerne fragen. Und jetzt verabschiede ich mich, ich muss noch nach dem Doktor sehen.«

»Tschüss!« Rudi war schon wieder mit seiner Eisenbahn zugange und schien seinen Besuch bereits vergessen zu haben.

Während Herbert die Stiegen in den nächsten Stock zu Simonius hinaufging, fügte sich alles zusammen: So war das also, von wegen Familienerbstück! Ha! Dieser elende Hartl hatte dem Staller das Meissener abgeschwatzt und durch das Billigste ersetzt, das er finden konnte. Das war ja wohl ganz mies. Herbert wusste gar nicht, warum ihn das dermaßen aufregte, er hatte selten in seinem Leben mit feinen Leuten zu tun gehabt, aber das war einfach schamlos. Vielleicht gab es eine Möglichkeit, Rudi sein Service wieder zurückzubringen, denn es war im Moment gar nicht so einfach, derart teure Konvolute gut zu verkaufen. Er musste noch einmal mit Arthur darüber sprechen

Alexander Simonius hatte sich indessen offenbar wieder erholt, denn auch auf wiederholtes Klingeln und eindringliches Klopfen öffnete er nicht. »Hoffentlich ist er nur einkaufen gegangen, eine deftige Mahlzeit würde ihm bestimmt guttun«, dachte Herbert und verdrängte jeden weiteren Gedanken an eine irgendwo in der Wohnung liegende, zusammengebrochene Gestalt.

Während Herbert nachdenklich das Haus Kastanienallee 17 verließ, machte sich Rudi Staller auch seine Gedanken. Irgendetwas an diesem Herbert hatte ihn stutzig gemacht. Der schien gar nicht einverstanden gewesen zu sein, dass er das alte Geschirr Hermann gegeben hatte. Er hatte auch gar nicht gefunden, dass es unmodern war und nicht zu ihm passte. Er würde Hermann das nächste Mal danach fragen, er war ja schon länger nicht da gewesen, aber vielleicht kam er bald wieder. Sonst würde er in die Trafik gehen, er brauchte sowieso wieder Zigaretten.

Dolli und Arthur

Arthur hatte sich mehr oder weniger den ganzen Tag in sein Arbeitszimmer zurückgezogen. Der gestrige Abend machte ihm schwer zu schaffen. Er fühlte sich für den armen Alexander Simonius verantwortlich, auch wenn es keinerlei tatsächliche Verbindung zwischen ihnen gab, außer, dass sie die gleiche Wissenschaft betrieben. Und er ihr Nachbar war. Aber irgendetwas an dieser gescheiterten Existenz berührte ihn zutiefst. Ein Mann aus den besten Kreisen, mit den besten Voraussetzungen geriet irgendwann im Lauf seines Lebens auf den Weg an den Abgrund und trotz professionellen Wissens, finanzieller Möglichkeiten und ausgezeichneter Kontakte schien es unmöglich, diesen Pfad ins Verderben zu verlassen. Stand ein selbstzerstörerischer Plan dahinter? Ein Selbstmord auf Raten? Wie konnte man alles Erreichte in so kurzer Zeit restlos verspielen? Ehe weg, Kind weg, Beruf weg. Was blieb ihm noch? Und vor allem: Wovon lebte er jetzt?

Obendrein hatte Arthur noch ein schlechtes Gefühl wegen Herbert Matzka. Er hatte ihm Simonius als Therapeuten empfohlen! Aberwitzig, wenn man an seinen Zustand dachte. Herbert schien das Ganze sehr gelassen aufgenommen zu haben, aber eigentlich ging das gar nicht. Er hatte Hilfe gebraucht und war im Stich gelassen worden. Auch wenn er jetzt behauptete, alles im Griff zu haben und die Unterstützung nicht mehr zu benötigen. Hoffentlich stimmte das. Arthur sah gedankenverloren aus dem Fenster. Alexander Simonius verließ gerade das Haus. Schleppend setzte er einen Schritt vor den nächsten, tastend fast, als ob er befürchtete zu stürzen. »Hoffentlich besorgt er sich etwas Vernünftiges zu Essen«, dachte Arthur noch, als Dolli ihn rief.

»Arturo, wie wäre es mit einem ordentlichen Espresso?«

»Wunderbar! Der Meister ist unterwegs!« Sie hatte einfach ein Gefühl für Stimmungen und holte ihn immer wieder im richtigen Moment aus seinen düsteren Befindlichkeiten heraus.

Nikolaus

Rudi Staller musste sich sehr wundern. Sonst mochte er den Nikolaus, aber dieses Jahr war es anders.

»Jetzt mach schon!«, herrschte Hermann Rudi an. »Mach den Schreibtisch auf und gib mir das Sparbuch. Das war so ausgemacht, wirst sehen, das Haus für das Kinderdorf wird toll und die Kinder warten schon!«

Mit abgemildertem Ton versuchte er Rudi zu überreden, das lang ersehnte Sparbuch herauszurücken, die mehr als zweihunderttausend Euro sollten seine langen Bemühungen krönen. Das Geschirr zu verhökern hatte bis jetzt nicht geklappt, und der blöde Krawanek war auch wie vom Erdboden verschluckt. Wenigstens das gemeinsame Konto würde er noch abräumen und damit käme er schon ein gutes Stück weit. Bald war er hier weg, noch vor dem ganzen Weihnachtszirkus nach Rio de Janeiro. Das Ticket hatte er schon, es war unglaublich teuer gewesen. Es war immerhin Hauptsaison. Dafür aber ohne Rückflug. Und dann weiter, irgendwo untertauchen. Nie wieder zurück. Ohne die fade Heidi und das blöde Kind. Heidi hatte er allerdings schon länger im Verdacht, ihn durchschaut zu haben. Vielleicht hatte sie in seinen Unterlagen gewühlt? Ihn ausspioniert? Er konnte sich zwar nicht erinnern, seinen Schreibtisch jemals nicht abgeschlossen zu haben, aber möglich war es schon, dass sie ihm auf die Schliche gekommen war. Jetzt tat es ihm fast leid, sie nie beachtet zu haben, wer wusste schon, was sie alles mitbekommen hatte. Ursprünglich wollte er seinen Abgang viel besser planen, und sich noch ein, zwei Jahre Zeit nehmen, aber jetzt hatte er das Gefühl, er sollte sich lieber beeilen. Krawanek hätte er wahrscheinlich auch nicht so direkt kommen sollen, Erpressung war schon eine andere Liga. Ob der Kerl ihn überhaupt ernst genommen hatte? Bis heute hatte er nichts mehr von ihm gehört. Na, dem würde er noch auf die Zehen steigen, falls er ihn je wiedersehen würde. Diesen Furtners war er auch schon lange suspekt, das merkte er. Und der versnobte Freyenberg grüßte ihn nicht einmal. Es schien ihn wirklich niemand leiden zu können. Aufgeblasene Idioten! Egal, das neue Leben wartete auf ihn.

Für Rudi war der Nikolaustag immer ein besonderer Tag gewesen. Schon seine Eltern hatten auf Traditionen großen Wert gelegt, und um den Buben zu motivieren, hatten sie niemals einen furchterregenden Krampus, sondern immer einen großzügigen Nikolaus organisiert, der einen Sack voller Geschenke brachte und Rudi über alles lobte. Dass in dem Kostüm jedes Jahr der jeweils jüngste Konzipient der Kanzlei Staller steckte – sehr zur Belustigung der Kollegenschaft – ahnte Rudi nie. Er mochte den Nikolaus eigentlich noch lieber als das Christkind, denn das hatte er noch nie gesehen. Seltsam erschien es ihm schon, dass der Nikolaus einmal größer, dann wieder kleiner, dicker oder dünner war, aber er entschied dennoch immer positiv: Ja, es gab ihn, denn er war ja da. Jahre später hatte er Hermann anvertraut, dass er den Nikolaus vermisse, er komme nicht mehr zu ihm, dabei sei er doch immer sehr brav. Für Hermann war es die Gelegenheit, sich noch weiter in Rudis Privatleben zu drängen und so gab er seit einigen Jahren die gewünschte Vorstellung, während Heidi assistierte.

Heuer hatte Hermann keine Nerven, er hatte eine schwache Vorstellung gegeben, das neue Kostüm war zu eng, es kratzte, er schwitzte, außerdem hatte er nur ein bisschen Schokolade in seinem Sack mitgebracht und sich zum Schluss auch noch Mütze und Bart vom Kopf gerissen.

Rudi staunte nicht schlecht: »Du bist der Nikolaus?«

Heidi war in der Zwischenzeit in den Keller gegangen, um eine Flasche Wein zum Anprosten zu holen, und Rudi stand bewegungslos im Raum, als Hermann der Geduldsfaden riss. Es reichte ihm einfach, das jahrelange Herumdackeln um diesen Idioten. Bis auf ein Taschengeld und ein paar alte Steinplatten für den Schrebergarten, der nicht einmal ihm gehörte, hatte nichts herausgeschaut. Dabei wusste er auf den Cent genau, wieviel Rudi gehörte, und ebenso wusste er genau, wieviel Günther Krawanek abgezweigt hatte. Das machte ihn rasend, es konnte einfach nicht sein, dass er dabei leer ausging.

Rudi war ein gutmütiger und sensibler Mensch. Aber er war auch höchst emotional, und wie das bei einfach gestrickten Charakteren oft der Fall ist, konnte er mit seinen Emotionen nicht umgehen. Dass Hermann ihn jetzt so anherrschte und plötzlich ein Sparbuch von ihm wollte, wühlte ihn auf. Geld für irgendwelche Kinder auszugeben, die er gar nicht kannte, der Nikolaus, der gar nicht der echte war, die blöde Schokolade, davon auch viel zu wenig und dann noch angeschnauzt werden. Das war nicht richtig und musste sofort aufhören.

»Sei still«, sagte er leise in den Raum hinein.

»Was? Du wirst mir nicht sagen, wann ich rede, du undankbarer Idiot«, kam es zurück.

Das war zu viel. Rudi musste sofort für Ruhe sorgen und er näherte sich Hermann schweigend Schritt für Schritt. Hermann war stattlich und schwer, aber Rudi war noch stattlicher und seiner Entschlossenheit war nichts entgegenzusetzen. Hermann wurde das Ganze etwas ungemütlich.

»Komm Rudi, war nicht so gemeint, was machst du denn, ich geh' ja schon!«

Rudi drängte den verschwitzten Nikolaus zur Salontüre hinaus, durch das Entree zum Treppenabsatz und versetzte ihm einen so kräftigen Stoß, dass dieser das Gleichgewicht verlor. Hermann versuchte noch, sich an dem schmiedeeisernen Treppengeländer festzuhalten, doch die feuchte Hand rutschte ab, er verlor den Boden unter den Füßen und sein schwerer Körper polterte ungebremst die Treppe hinunter, bis er in der Eingangshalle liegen blieb. Alle Viere von sich gestreckt, lag da auf dem schwarz-weiß gemusterten Marmorboden ein riesiger Haufen roter Samt mit weißem Pelzbesatz und rührte sich nicht.

Rudi kam gemächlich die Treppe hinunter und betrachtete Hermann zu seinen Füßen. War das jetzt gut oder schlecht? Zumindest war es still. Dann aber rief er: »Heidi? Heidiii!« Darum musste sie sich kümmern, er kannte sich mit so etwas nicht aus.

Heidi hörte dem schrillen Klang von Rudis Stimme an, dass etwas Ernstes passiert sein musste. Seufzend machte sie sich auf den Weg nach oben, eine Flasche vom guten Rotwein in der Hand, die sie aber sofort wieder fallen ließ, als sie oben angekommen war. Da lag Hermann, Rudi über ihm. Ihr erster Gedanke galt aber weniger ihrem dahingestreckten Ehemann, sondern vielmehr der Frage, wer das wohl alles aufräumen würde. Sie kam näher, deutete Rudi, sich auf die zierliche Empirebank, die den Eingang verschönerte, zu setzen, und beobachtete Hermanns Gesicht scharf. Enttäuscht stellte sie fest, dass sein linkes Augenlid zuckte. »Schade«, dachte sie, und dann einer Eingebung folgend: »Aber was nicht ist, kann ja noch werden.« Sie wedelte mit der Hand in Richtung des ratlos dasitzenden Rudi und bedeutete ihm, ihr den auf der Bank liegenden Zierpolster herüberzureichen. Das Bild auf dem Polster hatte Mutter Staller eigenhändig und liebevoll in Petit-Point Manier ausgestickt – es zeigte die barocke Fassade des Oberen Belvedere in Wien – und dann zu diesem Prunkstück in senfgelbem Samt aufarbeiten lassen. Eine wahre Zierde.

Sie betrachtete die feine Stickerei und die zarten Farben, während sie ihrem Gatten das Polster aufs Gesicht drückte. Und angesichts des Oberen Belvederes beförderte Heidi Hartl ihren Ehemann in eine andere Welt.

»Was ist jetzt?«, fragte Rudi leise in ihren Rücken hinein. »Bin ich schuld?«

»Aber nein Rudi, da kannst du gar nichts dafür.« Sie schüttelte das Kissen auf und reichte es nach hinten. »Leg das schöne Polster wieder hin, das hat doch deine Mama gestickt.«

Rudi legte das gute Stück neben sich auf die Bank, sodass man das Bild gut sehen konnte, während Heidi ihr Telefon aus der Hosentasche nahm und Jessicas Nummer wählte.

Jessica

Als sie die Nummer ihrer Mutter auf dem Display sah, war sie zunächst versucht, das Gespräch einfach wegzudrücken. So tat sie es meistens. Heidi ging ihr sowas von auf die Nerven. Wahrscheinlich musste sie sich jetzt wieder anhören, dass sie dieses und jenes nicht erledigt hätte, und in ihrer momentanen Situation könnte sie sich doch mehr im Haushalt und im Geschäft einbringen, und so weiter und so fort …

Aber etwas war anders. Ein Gefühl von Ernsthaftigkeit und Dringlichkeit schien hinter dem kleinen Bildschirm zu lauern. Im letzten Moment, bevor ihre Mailbox ansprang, drückte Jessica den Finger auf das grüne Symbol.

»Jaaa?«, fragte sie gedehnt.

»Komm sofort her in die Kastanienallee zu Rudi Staller.«

Und anstatt wie üblich empört zu kontern »Du spinnst wohl?«, meinte Jessica nur leise: »Jetzt gleich?«

»Ja, gleich«, sagte ihre Mutter ruhig, aber bestimmt, »und nimm das alte Nikolauskostüm mit, vergiss den Bart und die Mütze nicht. Es hängt bei mir im Schrank.«

»Aber ich brauche sicher eine halbe Stunde …«

»Nimm dir ein Taxi, aber fahr nur bis zum unteren Ende der Allee, den Rest kommst du zu Fuß herauf.«

Das hatte es noch nie gegeben. Ein Taxi für die kurze Strecke. Ihr war sehr unbehaglich zumute, aber sie folgte ihrer Mutter seit über zwanzig Jahren zum ersten Mal wieder. Eine unangenehme Vorahnung hatte sich in ihrer Magengrube ausgebreitet. Das Taxi wartete schon vor dem Haus, und während sie noch in den Mantel schlüpfte und den Sack mit dem Kostüm unter den Arm klemmte, sprang sie in den Wagen.

»Kastanienallee 1, bitte schnell!«

Als sie vor der Stallerschen Villa angekommen war, war sie außer Atem und verschwitzt. Die Tür ging auf, Heidi hatte sie schon erwartet.

»Alles dabei?«, fragte sie mit einem Blick auf den Sack. Ihre Stimme klang verändert.

»Ja, hab' alles gefunden«, murmelte Jessica.

Dann trat Heidi zur Seite.

»Das ist doch … Was ist passiert?«

»Ein schrecklicher Unfall.«

»Aber müssen wir nicht die Rettung, oder die Polizei …?«, flüsterte Jessica. Sie konnte ihren Vater wirklich nicht leiden, er war wahrscheinlich die von ihr meistgehasste Person, aber ihn da so ausgestreckt liegen zu sehen, ging ihr doch sehr nahe. Sie spürte, wie ihr die Tränen in die Augen stiegen.

»Besser nicht, wir regeln das.«

So kannte Jessica ihre Mutter gar nicht. Der entschlossene Tonfall, die klaren Anweisungen, da war nichts mehr von der nörgelnden, leidenden Stimme, die sie immer zur Weißglut gebracht hatte.

»Setz Rudi vor den Fernseher und komm dann wieder zu mir herunter.«

»Komm, Rudi«, wandte sich Jessica zu der immer noch ratlos auf der Bank sitzenden Gestalt. Er stand ohne Widerrede auf und ließ sich nach oben begleiten.

Als sie wieder herunterkam, hatte ihre Mutter das alte Nikolauskostüm übergezogen. Sie stülpte sich die Mütze auf den Kopf und hängte sich den Bart um.

»Jetzt brauchen wir die alte Schubkarre aus dem Gartenhaus.«

Fügsam wie noch selten in ihrem Leben schlich Jessica zur Tür hinaus und verschwand in der dunklen Tiefe des Gartens, um die Schubkarre zu holen. »Ein Glück«, dachte sie, wohl ahnend, was sie jetzt tun müssten, »dass die Eltern die alte Schubkarre nicht auch noch mitgenommen haben. Als ob es Mama gewusst hätte …« Auf dem Weg zurück ins Haus quietschten die alten Räder rhythmisch und leise auf dem Kiesweg.

Die im wahrsten Sinn des Wortes schwerste Aufgabe lag jetzt vor ihnen. Jessica trat zu ihrem Vater, der in unveränderter Position auf dem Boden lag. Absurderweise überraschte sie das, sie hatte irgendwie doch gehofft, dass alles wäre gar nicht wahr, ein blöder Scherz oder ein schlimmer Traum. Sie seufzte. Dann packte sie beherzt Hermanns Beine, während Heidi ihn unter den Armen anhob, und mit der Kraft der Verzweiflung gelang es ihnen, den massigen Körper in die Schubkarre zu hieven. Mütze und Bart packten sie auch mit hinein.

Sie machten sich auf den Weg zu ihrem Wagen, der oberhalb des Hauses auf der Straße stand. Während sie aber vorsichtig zum Gartentor rollten und versuchten, möglichst wenige Geräusche zu erzeugen, blieb Heidi ruckartig stehen. Sie schwitzte unter dem Kostüm, der Stoff kratzte überall da, wo er die Haut berührte, die Mütze rutschte und drückte ihr die Haare in die Stirn. Sie hatte das Gefühl, sich in ihre Bestandteile aufzulösen. »Jetzt nicht schlappmachen«, sagte sie zu sich selbst, und als sie auf den gebeugten Rücken ihrer sonst so unwilligen Tochter sah, kamen ihr vor Rührung die Tränen. Sie atmete tief durch und richtete sich auf. Dann wandte sie sich um und sah genau zum Fenster der nachbarlichen Villa hinauf.

Eine Gestalt stand da und schien das Spektakel schon länger beobachtet zu haben. Verdammt, die Furtner. Dolli hatte die Vorhänge zurückgeschoben und stand am Fenster ihres unbeleuchteten Arbeitszimmers, ihre Silhouette hob sich deutlich vor der diffusen Dunkelheit des Raumes ab. Regungslos blickte sie auf die bizarre Szene hinunter. Heidi hob den Kopf und sah Dolli direkt in die Augen. Dolli erwiderte den Blick, ohne mit den Wimpern zu zucken, und bestätigte mit einem kaum erkennbaren Nicken das eben Gesehene. Dann trat sie ins Dunkel zurück und zog mit beiden Händen entschlossen die Vorhänge zu.

»Weiter geht's«, meinte Heidi knapp und schob ihre Last durch das Gartentor. Aber der nächste Schrecken lauerte schon auf der Straße. Während die beiden mit der knarzenden Schubkarre ihr Ziel ansteuerten, wankte eine Gestalt über den Gehsteig. »Verdammt, der Simonius … Jessica, hinters Auto, duck dich!« Sie selbst war dank ihres seltsamen Aufzugs, der herrschenden Dunkelheit und der aufziehenden Nebelschwaden wahrscheinlich kaum zu erkennen.

»Was ist denn mit dem los?«, nuschelte Simonius. Er hatte den Abend mangels Aussicht auf ein Abendessen oder gar eine Nikolausparty in einem nahegelegenen Weinlokal verbracht. Dort war er von einem Tisch zum anderen gewandert, hatte die Geschichte seiner gebrochenen Hand immer weiter ausgeschmückt, sich auch auf das eine oder andere Glas einladen lassen und seine ganze Misere für einige Stunden vergessen. Es waren nur wieder einmal sehr viel mehr Gläser und Stunden geworden. Jetzt musste er schnell ins Bett und wollte sich diesem fertigen Typen im Nikolauskostüm auch gar nicht weiter aufdrängen, der schien ja noch betrunkener zu sein als er selbst.

»Einfach hackedicht«, murmelte Heidi in ihren mittlerweile durchnässten Bart hinein. »Ich bring ihn heim.«

Simonius wandte sich erleichtert ab, seine Hilfe wurde zum Glück nicht benötigt und er gestand sich ein, dass er im Moment sowieso nicht in der Lage gewesen wäre, irgendjemandem zu helfen.

Heidi wartete noch, bis er die Eingangstür aufgesperrt hatte. Als er endgültig im Haus verschwunden war, zischte sie: »Jessica, Auto auf.« Der Kofferraum öffnete sich mit einem satten Schmatzen und Heidi war erleichtert, die Ladefläche leer vorzufinden. Gemeinsam hievten sie ihre Last in den Laderaum. »Jetzt muss die Schubkarre zurück.« Wortlos beeilte sich Jessica, die Karre in das Gartenhaus zurückzubringen, und als sie wenige Minuten später wieder auftauchte, hatte Heidi ihren verblichenen Gatten in eine ansehnliche Position gebracht und sein Gesicht mit der Nikolausmütze zugedeckt.

»Was jetzt?« Jessica war von den Ereignissen völlig überfahren. Sie fühlte, wie sich Panik in ihr breit machte, gleichzeitig wusste sie: Durchhalten war der einzige Weg.

»Rauf aufs Bellevue«, antwortete Heidi mit der Entschlossenheit eines Drogenbarons.

Jessica konnte nicht umhin, ihre Mutter zu bewundern, sie bewies soeben eine nie gekannte Scharfsinnigkeit und Nervenstärke. Den Gedanken, dass das alles nicht in Ordnung sei, dass man die Behörden informieren müsste, dass man den Vater hätte retten können, diesen Gedanken ließ sie gar nicht erst aufkommen.

Heidi fuhr los und nach kurzer Fahrt durch den leicht verschneiten Wald erreichte der Kombi mit seiner makabren Fracht die Anhöhe Bellevue. Sie waren niemandem begegnet.

Bellevue

Die Anhöhe am Waldesrand bot einen großartigen Ausblick auf die Stadt. Noch zu Zeiten der Monarchie hatte sich ein Günstling der kaiserlichen Familie hier ein prachtvolles Jagdschloss gebaut, das er aber, wie es so oft der Fall war, kaum bewohnte. Das Gebäude selbst hatte sämtliche politische Umbrüche und Kriege überstanden, um schlussendlich von der Gemeinde einem guten Zweck zugeführt zu werden: Es war zu einer Seniorenresidenz ausgebaut worden. Die alten Leute würden hier in frischer Luft und ruhiger Umgebung ihren Lebensabend genießen können. Genau darin lag allerdings der Denkfehler. Die Seniorenresidenz Bellevue lag zu weit abseits, war öffentlich nur schwer zu erreichen und die große Ruhe lockte die Senioren auch nicht besonders. Die hätte man nachher in alle Ewigkeit, lautete nur einer der kritischen Kommentare. Nach wenigen Jahren musste die Institution, die zuvor als große soziale Errungenschaft gefeiert worden war, ihre Pforten mangels Erfolgs schließen.

Heidi kannte das Bellevue von ihren Besuchen, sie hatte einige Bewohner betreut, ganz im Sinne ihres alten Geschäftsmodells, und hatte den einen oder anderen auch bei der Übersiedelung hierher unterstützt. Sie wusste daher, dass es hinter dem Haupthaus ein Carport gab, wo altes Mobiliar abgestellt worden war, aber vor allem auch die ausgedienten Rollstühle.

»Hoffentlich finden wir einen, der noch fährt.«

Sie schickte ein Stoßgebet Richtung Himmel und machte sich mit ihrer Handytaschenlampe auf die Suche. Jessica folgte ihr vorsichtig in die Dunkelheit, sie wollte keinesfalls allein im Auto bleiben. Sie mussten ein bisschen genauer suchen, bis sie fündig wurden. Einer der Rollstühle sah noch recht funktionstüchtig aus.

»Setz dich rein«, ordnete Heidi an.

»Aber …«

»Los, kein Zirkus jetzt, ich muss schauen, ob er fährt.« Sie schob ihre Tochter vor und zurück und tatsächlich – der alte Rollstuhl setzte sich in Bewegung und rollte langsam los. »Und den Spaten dort im Eck nehmen wir auch noch mit!«

Wenig später saß ein toter Nikolaus mit Bart und Mütze in einem Rollstuhl und wurde von einem anderen Nikolaus sowie einer pummeligen Gestalt Richtung Wald gefahren.

»Verdammt, ich hab' ganz vergessen, dass ich noch dieses Kostüm anhabe«, meinte Heidi schnaufend.

Jetzt musste Jessica einfach lachen. »So oft wie heute hast du noch nie ›verdammt‹ gesagt!«

Die ganze Situation war an Absurdität nicht zu übertreffen, Heidi spürte, wie die Anspannung von ihr abfiel und eine angenehme Gleichgültigkeit sich in ihr breitmachte. Sie konnte es nicht fassen, dass bis jetzt alles geklappt hatte. Sie hätte jede Sekunde erwischt werden können, aber da war niemand.

»Wohin jetzt?«, fragte Jessica, die langsam Gefallen an der lakonischen Sprache fand.

»Zum alten Weinkeller«, erwiderte ihre Mutter knapp.

Sie schoben den Rollstuhl über den frostigen Forstweg in die Tiefe des Waldes hinein. Bald waren sie am alten Keller angekommen. Es sah wohl aus wie ein Weinkeller, war aber vielmehr eine gemauerte Höhle, die tief in den Hügel hineinführte. Ob hier jemals Weinfässer gelagert worden waren, wusste niemand mehr, es ging das Gerücht um, dass das Erdloch im Krieg als Bunker und Versteck gedient hätte. Jedenfalls war es einsturzgefährdet, der Eingang war mit einer dünnen, rostigen Kette und einer entsprechenden Hinweistafel gekennzeichnet: *Betreten verboten! Einsturzgefahr!*

»Na komm, pack mit an!«

Mit vereinten Kräften wuchteten sie den schweren Körper aus dem Rollstuhl und schleppten ihn in den Erdkeller. Sie mussten sich ducken, der Boden war mit jahrzehntealtem Müll bedeckt, aber auch Getränkedosen und Imbissverpackungen jüngeren Datums lagen herum.

»Wird wohl doch betreten«, meinte Heidi. »Wir müssen ganz nach hinten.«

Nicht weit hinter dem Eingang öffnete sich ein verzweigtes Höhlensystem. Der Dreck wurde immer weniger, bis hierher hatte sich wahrscheinlich noch kaum jemand gewagt. Zuletzt fanden sie eine kleine Nische. Die Erde war hier weich und feucht, sodass es ein Leichtes war, eine Grube auszuheben. Und so fand Hermann Hartl seine letzte Ruhestätte in bester Grünlage. Sie bedeckten den Erdhaufen noch mit Laub und Hölzern, die sich in den Ecken angesammelt hatten, und machten sich auf den Weg nach draußen. Heidi brachte Hinweistafel und Kette wieder an, und begann, die eigenen Spuren in der dünnen Schneedecke zu beseitigen, den Rollstuhl fuhr sie auf demselben Weg zurück, hinter ihr ging Jessica, die sich einen Fichtenast abgebrochen hatte, mit dem sie die letzten Anzeichen ihrer Anwesenheit endgültig verschwinden ließ. Sie brachten Rollstuhl und Schaufel an ihren Platz zurück. Wieder auf dem Parkplatz angelangt, zog Heidi endlich das Kostüm aus. Und als sie dann langsam Richtung Stadt rollten, setzte dichter Schneefall ein.

»Besser kann es gar nicht kommen«, meinte Heidi trocken. Sie musste duschen und ins Bett. Jessica sagte gar nichts mehr, ihr fehlten einfach die Worte.

Der Koffer

Zuhause angekommen war Jessica immer noch verstummt. Sie ging direkt in ihr Zimmer und zog leise die Tür hinter sich zu. Sie wollte nur noch ins Bett und das tat sie auch, ihre Kleider warf sie auf den Boden, legte sich in Unterwäsche hin und zog die Decke über ihren Kopf. Sie wollte nichts mehr hören oder sehen. Und denken schon gar nicht.

Heidi ging ebenfalls wortlos direkt ins Herrenzimmer. Sie setzte sich an Hermanns Schreibtisch und ließ die Ereignisse der letzten Stunden Revue passieren. Sie wunderte sich, dass sie rein gar nichts empfand. Keine Angst, kein Bedauern, schon gar keine Reue. Sie überlegte, ob sie hätte abwarten sollen, ob ihr Mann nicht einfach von selbst gestorben wäre. Er schien sich bei dem Sturz ernsthafte Verletzungen zugezogen zu haben. Hätte sie ihn liegenlassen sollen? Nein, womöglich hätte er sich erholt und ihr später unterlassene Hilfe vorgeworfen. Oder er hätte sich nicht ganz erholt und sie hätte auch noch einen Pflegefall zu Hause gehabt. Sie hatte getan, was getan werden musste.

Sie hatte keine Vorstellung, was weiter geschehen würde, aber ihr war klar, dass ein Szenario hermusste, und zwar ein glaubwürdiges. Hermanns Taschen hatte sie geleert, als sie ihn in den Rollstuhl verfrachtet hatten, Geldbörse, Schlüssel, Telefon. Diese lagen nun vor ihr auf dem Schreibtisch. Sie entnahm dem Handy den Akku und die Sim-Karte, die sie zerbrach. Beides wickelte sie in ein Papiertaschentuch, das sie später in irgendeinem Mülleimer, zusammen mit anderen Abfällen, verschwinden lassen würde. Sie wusste aus Krimiserien, dass sich Handys in Sendemasten einwählten, dann würde man eventuell feststellen können, dass Hermann am Bellevue gewesen, sehr wohl aber zu seiner Heimatadresse zurückgekehrt war. »Der Koffer«, murmelte sie vor sich hin. Sie holte Hermanns Koffer vom Schrank herunter, öffnete ihn und begann ihn mit allem zu packen, was ihr Mann für seine Brasilienreise mitgenommen hätte. Sommerhosen, leichte Hemden, T-Shirts, Unterwäsche, Badehosen, Schirmkappe. Sie ging systematisch vor, holte alles aus dem Badezimmer, was ihr plausibel erschien. Seinen Pass, Bank- und Kreditkarte packte sie noch obendrauf. »Den Rest kannst du dir ja in Rio kaufen«, meinte sie ätzend und zog den Reißverschluss zu. Den fertigen Koffer stellte sie unter den Schreibtisch, damit man ihn nicht sehen konnte, wenn man das Zimmer betrat. Man konnte nie wissen, außerdem wollte sie Jessica weitere unschöne Details ersparen. Das musste das Kind alles nicht mitbekommen, es hatte genug durchgemacht und war Heidi doch sehr tapfer zur Seite gestanden. »Vielleicht ist ja noch nicht alles verloren«, dachte sie. »Jetzt haben wir zumindest etwas, das uns für immer verbindet.« Den Koffer würde sie am nächsten Tag in die Schrebergartenhütte bringen, das war jetzt günstig, denn die Gärten waren zu dieser Jahreszeit verwaist, die Häuschen zum großen Teil eingewintert. Sie nahm sich vor, dennoch darauf zu achten, nicht gesehen zu werden. Der frühe Morgen schien ihr ein guter Zeitpunkt, vor Sonnenaufgang. Würde tatsächlich jemand in einer der wenigen winterfesten Hütten übernachten, hätte sie dennoch gute Chancen, ungesehen ins Haus zu schleichen.

Langsam machten sich auch bei ihr die überstandenen Strapazen bemerkbar. Sie stand auf und ging zu Hermanns Hausbar. Auf einem Tischchen zwischen den Fenstern waren verschiedene, von Hermann als »Spirituosen für den Herren« bezeichnete Getränkeflaschen aufgereiht: Whisky, Cognac, ein alter Armagnac und eine neue Flasche, die sie noch nicht kannte, Château Pétrus Scundso. »Hat er wahrscheinlich irgendwo mitgehen lassen«, dachte sie, »den muss man sicher stundenlang belüften, bevor man ihn trinken kann. Nein, ich brauch' jetzt etwas Handfestes!« Sie goss sich einen doppelten Whisky aus einer Flasche, die besonders teuer aussah, in eines der bereitstehenden Kristallgläser ein. Was hatte er immer für ein Theater um seine Hausbar gemacht! Peinlich. Von wegen Herrenzimmer. Mit zwei Schlucken hatte sie das scharfe Gebräu, dessen intensive, rauchige Note ihr kurz die Luft nahm, ausgetrunken und schenkte sich noch einmal nach. Eine wohlige Wärme machte sich vom Magen aus in ihrem ganzen Körper breit und alles schien auf einmal sehr weit weg zu sein. »Prost, Hermann!«, flüsterte sie, noch immer ohne eine Spur des Bedauerns. Dann drehte sie sich um und verließ das ehemalige Herrenzimmer, um endlich das heiß ersehnte Bad zu nehmen und gleich darauf in ihr Bett zu fallen. Sie hatte sich nicht einmal richtig abgetrocknet. Bevor ihr die Augen zufielen, dachte sie noch kurz an Jessica nebenan, von der sie überhaupt nichts mehr gehört hatte. Sollte sie noch einmal hinübergehen und nach dem Mädel schauen? Aber da hatte der Schlaf sie schon übermannt.

Als sie wenige Stunden später ausgeschlafen und erfrischt aufwachte, setzte sie ihr Vorhaben sofort in die Tat um. Draußen war es noch dunkel, auf der Straße war alles ruhig, kein Wunder um fünf Uhr morgens. Sie zog sich sicherheitshalber schwarz an, um noch weniger sichtbar zu sein. Leise holte sie den Koffer, nahm Jacke und Handtasche aus der Garderobe und verließ auf Zehenspitzen die Wohnung. Sie hatte noch an Jessicas Tür gelauscht, aber nur tiefe Schnaufgeräusche vernommen. Gut so. Der Koffer war leichter als gedacht und so war sie auch gleich bei ihrem Wagen und machte sich auf den Weg zu ihrem Schrebergarten.

Den hatte sie schnell erreicht, der allgemeine Verkehr beschränkte sich auf ein paar versprengte Frühaufsteher und wenige Busse, in denen verschlafene, blasse Gestalten in sich selbst versunken saßen. Sie machte sich keine Sorgen, dass sie auffallen würde. Sie parkte den Wagen nicht auf dem zu den Schrebergärten gehörenden Parkplatz, sondern etwas weiter davor. Da der Koffer leicht war, trug sie ihn, um die Rollgeräusche zu vermeiden. Es war kalt, vor ihrem Mund bildeten sich kleine Atemwölkchen. Hochkonzentriert achtete sie darauf, nicht auf einer der vielen zugefrorenen Pfützen auszurutschen. Ihr Schrebergarten lag im Dunkeln. Leise sperrte sie das Häuschen auf. Alles war so, wie sie es vor ein paar Wochen verlassen hatte. Den Koffer legte sie in der Schlafkoje unter die Bettbank, sie schob ihn weit nach hinten, sodass nichts von ihm zu sehen war. Dann setzte sie sich und überlegte, was sie nun alles renovieren würde, denn jetzt würde ihr keiner mehr vorschreiben, was sie zu tun hätte. Niemand würde sie mehr nerven, endlich diesen Schrebergarten zu verkaufen und das Geld dem gemeinsamen Konto zukommen zu lassen. »Hättest du wohl gerne gehabt! Aber erstens kommt es anders und zweitens als man denkt!« Die Situation begann langsam,

Freude zu machen. Aber genug jetzt, sie musste sehen, dass sie nach Hause kam, und das möglichst unbeobachtet. Auf dem Rückweg wollte sie bei einem Bäcker frisches Gebäck fürs Frühstück besorgen. Ein Luxus, den Hermann kategorisch abgelehnt hatte, das graue Mischbrot, das er stattdessen in riesigen Laiben angeschleppt hatte, musste bis zum letzten Krümel aufgegessen werden, auch wenn die Zähne knackten. Auch das würde jetzt anders werden. So unbemerkt, wie sie gekommen war, verließ sie die Anlage wieder. Es wurde langsam hell, der neue Tag war angebrochen.

Vermisst

Als Heidi eine Woche später das Wachzimmer betrat, hatte sie sich alles genau zurechtgelegt. Hinter einer hohen Theke blieb sie stehen und machte durch betont freundliches Grüßen auf sich aufmerksam. Ein junger Beamter, der großen Wert auf sein Äußeres zu legen schien – er trug sein Haar hoch hinauf rasiert und hatte den Rest mit viel Gel in Form gehalten –, saß weiter hinten an einem Schreibtisch und nahm zunächst keine Notiz von ihr. Sie öffnete ihren Mantel, nahm den Schal ab, das Wachzimmer war eindeutig überheizt, und unternahm einen abermaligen Versuch: Ob sie hier richtig sei, sie wolle eine Person als vermisst melden. Jetzt hatte sie die zögerliche Aufmerksamkeit des Beamten. Aber immerhin. Er erhob sich, ging auf sie zu.

»Um wen handelt es sich? Ein Kind?«, fragte er.

»Nein, es geht um meinen Mann.«

»Aha. Seit wann ist der Herr Gemahl abgängig?«

»Seit einer Woche.«

»Aha. Na, dann kommen Sie einmal zu mir, damit ich

Ihre Aussage aufnehmen kann.« Er öffnete eine Klappe in der Theke, bedeutete ihr, ihm zu folgen und ihm gegenüber an seinem Schreibtisch Platz zu nehmen. Er hatte nicht nur seiner Frisur viel Aufmerksamkeit gewidmet, er war auch seinen Augenbrauen zu Leibe gerückt, und hatte diese in eine dramatische Form gebracht. »Ausweis bitte!«

Heidi folgte seiner Anweisung und legte dann ein älteres Foto ihres Mannes auf den Tisch. Bei der Suche danach war ihr aufgefallen, dass es schon sehr lange keine Familienfotos mehr gegeben hatte. Der Polizist fuhr anscheinend das entsprechende Programm hoch – wahrscheinlich hatte er vorher Candy Crush gespielt, dachte sie – und warf, während er wartete, einen Blick auf das Bild.

»Da war er aber noch jünger, der Herr Gemahl, oder?«

Sie hob bedauernd die Schultern. Dann hatte er offensichtlich die richtige Seite aufgerufen und legte los: Name, Geburtsdatum, Adresse. Der Herr Hartl sei also seit einer Woche abgängig? Wie habe sie sein vermeintliches Verschwinden wahrgenommen? Indem er nicht mehr nach Hause gekommen sei, erklärte sie geduldig. Ob sie bei Freunden oder Verwandten schon nachgefragt habe? Weder das eine noch das andere. In der Arbeit? Sie seien selbständig und arbeiteten gemeinsam im selben Geschäft, die Trafik ganz in der Nähe. Ah ja, die kenne er. Nachdem er alles ausgefüllt hatte, lehnte er sich in seinem ergonomischen Schreibtischsessel zurück, wippte ein wenig und sah Heidi nachdenklich an. Ob sie sonst noch irgendeine Beobachtung oder Überlegung dazu habe? Heidi senkte ein wenig beschämt den Blick.

»Unsere Ehe war in letzter Zeit nicht mehr so gut. Wir hatten ein paar Krisen und er wollte ein bisschen Abstand, ich glaube, er wollte eine Auszeit nehmen, irgendwohin fahren und in Ruhe über alles nachdenken«, sagte sie, immer leiser werdend.

»Na dann wissen wir ja schon, wo der Herr sein wird …«

»Aber, dass er sich gar nicht meldet, ist doch auffällig, allein schon wegen unserer Tochter«, hielt sie vorwurfsvoll entgegen.

Der Polizist sah sie mit einem leeren Blick an und schwieg. Wenn er so eine Alte zuhause hätte, wäre er schon viel früher abgegangen, und wenn die Tochter nach der Mutter kam, na vielen Dank … Er musterte sie unverschämt, wie sie dasaß, zerknirscht und unglücklich, nachlässig gekleidet, ihr Bauch zeichnete sich unter dem geöffneten Mantel ab, die mächtigen Schenkel spannten in der billigen Hose und breiteten sich auf dem Sessel aus. Nervös kneteten ihre kurzen, ungepflegten Finger ihren Schal. Seine Augen wanderten über ihre Figur hinauf zu ihrem Gesicht. Als er bei ihren Augen angekommen war und ihren intelligenten, kühlen Blick sah, der so gar nicht zum Rest ihrer Erscheinung zu passen schien, riss er sich zusammen und räusperte sich.

Heidi hatte ihn die ganze Zeit dabei beobachtet, wie er sie gemustert und abfällig den Mund verzogen hatte. »Ich weiß genau, was du jetzt denkst! Ich bin wohl nicht schön genug! Selbst eine lächerliche Gestalt mit Trottelfrisur, aber andere mustern, typisch, du Würstchen!« Heidi schwieg, aber so, wie sie seine Gedanken hatte lesen können, schien auch er verstanden zu haben.

Er nahm Haltung an und wesentlich höflicher fuhr er fort: »Frau Hartl, es tut mir leid, dass Sie jetzt eine schwere Zeit durchmachen. Wir leiten das sofort weiter und beginnen mit den Ermittlungen. Wenn der Gemahl sich in den nächsten vierzehn Tagen nicht meldet, wird Sie jemand aus der Spezialabteilung kontaktieren. Sollte er in der Zwischenzeit auftauchen, geben Sie uns Bescheid. Mehr können wir im Moment nicht tun. Der Herr Gemahl ist ein erwachsener Mann.«

Genau das hatte Heidi hören wollen. Sie erhob sich schwerfällig, hatte wieder ihre leidende Miene aufgesetzt und verabschiedete sich leise. Als sie auf der Straße stand, atmete sie erst ein paarmal kräftig durch und ließ die frische, kalte Luft in ihre Lungen strömen. War das muffig gewesen! Kein Wunder, dass die Beamten in diesem Mief geistig verkümmerten. Sie musste los und die Trafik aufsperren.

Pesto

Jessica hatte ihr früheres Leben wirklich nicht gemocht. Vielmehr hatte sie es gehasst. Sie hatte an den wenigsten Dingen Freude gefunden und wenn, dann war es Schadenfreude gewesen. Sie hatte immer zu wenig Elan gehabt, sich für etwas zu engagieren, und wenn etwas nicht sofort geklappt hatte, wurde es als langweilig oder blöd bewertet und ad acta gelegt. Schon als kleines Mädchen war das so gewesen: Wenn sie nicht gewinnen konnte, interessierte sie das Spiel oder der Sport nicht mehr. Sich um etwas zu bemühen, sich anzustrengen, um etwas zu erreichen, war für sie nie in Frage gekommen, scheute sie doch in Wahrheit die Blamage des Versagens. Der Gedanke, zu scheitern und womöglich ausgelacht zu werden, war ihr unerträglich. Irgendwann mochte sie die ganze Welt nicht mehr und noch weniger mochte sie sich selbst. Dennoch hatte sie sich in diesem Dasein zurechtgefunden, die Rolle der stänkernden Misanthropin war ihr in Leib und Seele übergegangen. Sie wusste immer, wie sie reagieren sollte, um sich selbst gerecht zu werden, sie verachtete alles, und vermied es so geschickt, sich beweisen zu müssen. Obwohl sie so manches doch interessiert hätte, sie hätte zum Beispiel sehr gerne Tennis gespielt, aber der Gedanke, ungeschickt über den Platz zu purzeln, zur Belustigung der anderen und das womöglich noch im TC Leopoldshof, ließ sie erschauern.

Seit einer Woche allerdings war alles anders. Der verhasste Vater war nicht mehr, wie es dazu gekommen war, hatte Heidi nicht erzählt und gleichzeitig die Gewissheit vermittelt, dass sie das auch nie tun würde. Sie wusste nicht, ob der Vater sich bei dem Treppensturz das Genick gebrochen hatte – dann hätte man ja einfach die Rettung rufen können – oder, und das schien ihr viel wahrscheinlicher, ob etwas anderes vorgefallen war. Etwas, von dem Heidi nicht wollte, dass es ans Licht kam. Weiter wollte Jessica gar nicht denken, ihr war nur klar, dass sie sich massiv an einer Straftat beteiligt hatte, zumindest an der Vertuschung. Und sie war sich der Tatsache bewusst, dass sie kein Kind mehr war und voll strafmündig. Es wunderte sie selbst, aber sie fühlte rein gar nichts. Nicht einmal Angst. Das Einzige, das sie irritiert wahrnahm war, dass sie niemanden mehr hatte, dem sie Widerstand entgegenbringen konnte. Ihr gesamtes aufmüpfiges, unfreundliches und rebellisches Sein hatte dem Vater gegolten. Die Mutter war immer nur ein Kollateralschaden gewesen. Jetzt war niemand mehr da, dem sie entgegentreten musste, den sie mit ihrer betont trägen und verächtlichen Art zur Weißglut bringen konnte und der mit seiner ebenso unangenehmen Art ihr Benehmen immer wieder legitimiert hatte. Es war eine seltsame Leere und Orientierungslosigkeit um sie herum. Sie war nicht mehr sie selbst, aber auch nicht jemand anderes. Sie hatte das Gefühl, völlig in der Luft zu hängen. Auch die Mutter hatte in diesen wenigen Tagen seit dem Verschwinden ihres Ehemannes eine bemerkenswerte Wandlung durchgemacht. Aus der stets verzweifelt um Harmonie ringenden, schwachen Person, die immer mit Selbstverständlichkeit die Interessen der anderen über ihre eigenen gestellt hatte, war eine selbstbestimmte, zielbewusste Frau geworden, der es offenbar völlig egal war, ob das ihrer Tochter passte oder nicht.

Als Jessica an diesem Tag aufwachte, war Heidi nicht zu Hause. Sie, die seit gut einer Woche auch keinen besonderen Appetit mehr hatte, ging in die Küche, die neuerdings ebenfalls verwaist war. Heidi hatte im Gegensatz zu ihrer früheren Angewohnheit, mehrere Speisen zur Auswahl zuzubereiten, um dann auch für jede die entsprechende Kritik einzustecken, gar nichts mehr gekocht. Kein einziger Topf stand auf dem Herd, die Brotlade war leer, sonst war alles sauber und blank geputzt. Nur ein lauwarmer Rest Kaffee in der Kanne der Filtermaschine wies darauf hin, dass ihre Mutter heute schon gefrühstückt hatte. Jessica wollte sich diesen Rest gerade in ihre Tasse leeren, als sie ein Gedanke siedend heiß überfiel: Das Pesto! Scheiße!

Sie stürmte barfuß aus der Küche direkt in die kleine Vorratskammer. Dort im Regal standen neben Tomatensaucen und eingelegten sauren Gurken die Gläser mit Pesto. Heidi hatte irgendwann eine italienische Phase gehabt und verschiedenste grüne Nudelsaucen aus Kräutern und Nüssen hergestellt, sie waren alle deutlich beschriftet und nach Produktionsdatum ordentlich aufgereiht. Die Vorratskammer war schlecht beleuchtet, deshalb fand sie nicht gleich, wonach sie suchte. Systematisch ging sie alle Gläser durch, aber es war nicht da. Sie bräuchte eine bessere Beleuchtung, so konnte man ja gar nichts erkennen, und es musste da sein! Sie hatte es doch selbst dazugestellt! Wann war das gewesen? Im Herbst, nach diesem schrecklichen Tag im Garten bei Rudi Staller, der natürlich in einem Fiasko geendet hatte. Sie holte ihr Handy und ließ den Lichtstrahl über die Regale wandern, die sie gerade eben durchgesehen hatte. Das durfte nicht wahr sein. Sie atmete lange aus und lehnte sich an die kalte

Wand. Sie war damals, als die Eltern, vor allem Hermann, sie genötigt hatten, bei Staller im Garten zu arbeiten, so sauer gewesen, dass sie kurzerhand giftige Gartenpflanzen gegoogelt hatte. Und sie war schnell fündig geworden. Aus dem Garten der Furtners wuchsen mächtige Stauden des blau blühenden Eisenhuts durch den Zaun, wunderschöne, kräftig leuchtende Pflanzen, die eine majestätische Würde ausstrahlten, als wären sie sich ihrer Wirkung bewusst. Eine wahrlich garstige Wirkung, wenn man dem Internet Glauben schenken konnte. Sie hatte einige Blätter und Blüten eingesammelt, diese in eine Papierserviette gewickelt und eine hässliche Idee entwickelt. Nachdem ihr Vater sie am Nachmittag wieder abgeholt und seiner Enttäuschung über die unzulängliche Leistung entsprechend Luft gemacht hatte, war sie zunächst in ihr Zimmer verschwunden. Als die Luft wieder rein gewesen war, war sie in die Küche gegangen, hatte sich den Pürierstab, Olivenöl, Mandeln und etwas vorhandene Petersilie geschnappt und den Eisenhut zusammen mit den anderen Zutaten zu einer sämigen grünen Sauce verarbeitet. Es waren genau zwei Gläser. Sie hatte den Deckel zugeschraubt und ihr Werk mit zwei Aufklebern *Gartenpesto* versehen. »Schöne Grüße!«, hatte sie befriedigt gedacht und die Gläser zu den übrigen in das Regal im Abstellraum gestellt. In den nächsten Tagen hatte sie gespannt gewartet, ob etwas passieren würde, aber alles war wie sonst gewesen und schon bald hatte sie die Episode vergessen.

Aber jetzt war das alles nicht witzig! Wo waren die beiden Gläser? Hatte die Mutter sie vielleicht weitergeschenkt? Oder war das Pesto gegessen worden und es war gar nichts passiert? Sie beschloss, alles noch einmal genau zu durchsuchen, vielleicht waren sie ganz nach hinten gerutscht… Hektisch begann sie, die Gläser hin und her zu schieben, dabei fiel ihr gar nicht auf, dass

Heidi nach Hause gekommen war und sie in der Kammer bemerkt hatte.

»Was suchst du?«

Jessica fuhr herum, beinahe wäre ihr das Glas Tomatensugo, das sie in der Hand hielt, heruntergefallen. »Äh, ich wollte nur ein bisschen aufräumen, die abgelaufenen Sachen aussortieren, damit man mehr Übersicht hat, ja, also …«

»Das ist eine wirklich gute Idee«, erwiderte Heidi. »Es sammelt sich immer so viel an. Ich gebe dir eine Kiste, da kannst du die unbrauchbaren Gläser hineintun, und sei ruhig großzügig, was wir nicht essen werden, kannst du entsorgen, auch wenn es noch nicht abgelaufen ist.«

Warum hatte sie immer das Gefühl, dass ihre Mutter sie durchschaut hatte und alles wusste? Wenn es so war, dachte Jessica weiter, als sie alle Gläser noch einmal einer genauen Prüfung unterzog, dann hatte sie das Giftpesto vielleicht schon längst weggeworfen, das wäre sowieso das Beste. Es fehlte ihr allerdings der Mut, sich ihrer Mutter anzuvertrauen und danach zu fragen.

Karl Berger

Etwa zwei Wochen später, die Weihnachtstage waren überstanden, meldete sich ein gewisser Inspektor Karl Berger telefonisch bei Heidi in der Trafik. Er sei vom Dezernat für Vermisste, nachdem Herr Hartl noch immer nicht aufgetaucht sei, gelte er jetzt offiziell als vermisst. Er vereinbarte einen Termin, er müsse vorbeikommen und sich vor Ort ein Bild machen.

»Jetzt wird es interessant«, dachte Heidi und überlegte kurz, ob sie noch irgendetwas vergessen hatte. Aber nein, es war alles vorbereitet. Der Koffer mit Kleidung und Dokumenten war im Schrebergarten. Den sollte sie allerdings demnächst verschwinden lassen, das würde sie nach Silvester tun. Akku und Sim-Karte waren in einem Müllbeutel verschwunden. Das Herrenzimmer würde sie erst umgestalten, wenn Gras über die Sache gewachsen wäre. Die Buchungsbestätigung für den Luxusflug nach Rio hatte sie herausgelegt, ein Hinweis, dass Hermann wahrscheinlich doch nach Brasilien abgegangen war, die Polizei würde allerdings sicher bald herausfinden, dass er keineswegs am Tag vor Weihnachten das Flugzeug bestiegen hatte. Das wohlgefüllte gemeinsame Konto hatte sie bis auf alltägliche kleine Ausgaben nicht angerührt. Heidi war vorbereitet, der Inspektor konnte kommen.

Karl Berger, der absurderweise den Spitznamen »Schurli« trug, war ein eingefleischter Kriminaler. Schon früh war er zu den »Vermissten« gekommen, es war ihm als junger Mann ein echtes Anliegen gewesen, die Verzweiflung der Familien von verschwundenen Personen zu lindern. Nach all den Jahren im Dienst und kurz vor seiner Pensionierung war er allerdings abgeklärt. Zwar war die Aufklärungsstatistik gut, aber viele der Vermissten wollten gar nicht gefunden werden und einige waren sicher irgendwo auf Nimmerwiedersehen verscharrt. Damit musste man leben.

Der Fall Hartl interessierte ihn deshalb besonders, weil er die Trafik gut kannte. Als ehemaliger passionierter Raucher hatte er jahrelang seine Zigaretten dort gekauft und der Besitzer und jetzt abgängige Hermann Hartl war ihm nie sonderlich sympathisch gewesen. Ein schleimiger Typ, der bei allem einen Hintergedanken zu haben schien. Die Frau dagegen war immer sehr nett gewesen, unattraktiv aber freundlich, offensichtlich unter seiner Fuchtel, ein echtes Arbeitstier. Er war direkt neugierig, was wohl vorgefallen sein mochte. Wahrscheinlich hatte dieser Hartl das gemeinsame Konto geleert und war ab durch die Mitte, das würde zu dem passen, dachte er, während er die Trafik betrat. Heidi sah auf, als die kleine Glocke ihn ankündigte.

»Guten Tag, Berger, Kriminalpolizei, Vermisste.«

»Ach, Sie sind der Herr Berger, wir kennen einander, Sie waren früher öfter bei uns!«

»Das stimmt! Leider habe ich das Rauchen aufgegeben, ich sage Ihnen, ich bereue es jeden Tag.«

Das gar nicht vorhandene Eis war gebrochen.

»Ja«, meinte Heidi, »wir merken das schon sehr an den Umsätzen, und diese E-Zigaretten, die sind doch nichts für einen echten Raucher.«

»Da haben Sie recht, Frau Hartl, das ist mir nie in den Sinn gekommen. Lieber leide ich jeden Tag und träume von besseren Zeiten!«

Heidi lachte. Es war ein herzliches und offenes Lachen.

Karl Berger räusperte sich. Er hatte sie gar nicht so nett in Erinnerung, und so hässlich war sie auch nicht. »Leider bin ich nicht zum Vergnügen hier, es geht um Ihren Mann.«

Heidis Gesicht wurde sofort ernst. »Halten Sie mich nicht für pietätlos, aber es tut so gut, ein bisschen zu lachen. Wir wissen ja schon gar nicht mehr, was wir glauben sollen, unsere Tochter und ich. Es ist kaum auszuhalten.«

»Ja, das geht leider allen Angehörigen so. Aber haben Sie neue Erkenntnisse oder Hinweise für uns?«

Heidi bejahte, sie habe jetzt bei der Durchsicht der Unterlagen eine Buchungsbestätigung für einen Flug nach Rio gefunden. Nur eine Richtung, fügte sie leise hinzu, er habe gar nicht zurückkommen wollen. Na bitte, hatte er sich doch gleich gedacht, die arme Frau! Sie öffnete eine Lade und nahm den Ausdruck heraus.

»Ausgezeichnet«, meinte Inspektor Berger, »dann werden wir gleich feststellen, ob der Herr Hartl geflogen ist und uns dann mit den Kollegen in Brasilien in Verbindung setzen. Aber Frau Hartl«, sagte er mit gedämpfter Stimme, »Sie wissen schon, wenn er nicht zurückkommen will, dann kann er das machen.«

»Ja«, meinte Heidi und Tränen stiegen ihr in die Augen. »Aber dann soll er sich wenigstens verabschieden!«

Wieder musste er ihr recht geben. Karl Berger verabschiedete sich mit der Zusage, sich bald wieder zu melden und wünschte trotz allem einen guten Rutsch. »Eine nette Frau!«, dachte er, während er die Trafik verließ.

Fünf Monate später

Es war Frühling geworden. Die Gärten in der Kastanienallee blühten mit den prächtigen Bäumen vor den Villen um die Wette, die Luft war mild, und Blumendüfte zogen über die Terrassen, auf denen die Gartenmöbel wieder ausgepackt und die Markisen ausgefahren worden waren.

Heidi Hartl stand jeden Tag in der Trafik, Jessica hatte sich entschieden, eine Lehre als Einzelhandelskauffrau bei ihrer Mutter zu machen. Die beiden waren überhaupt kaum wiederzuerkennen. Sie hatten die Episode in der Vorratskammer zum Anlass genommen, die gesamte Wohnung einer gründlichen Reinigung zu unterziehen. Bei der Gelegenheit hatten sie nicht nur die Speisekammer von allem Überflüssigen befreit, sondern auch sämtliche Naschereien und Knabbereien entsorgt, dicht gefolgt von allen süßen Limonaden, Fruchtsäften und Energydrinks. Dann waren alle alkoholischen Getränke sortiert worden, das meiste als untrinkbar und längst ausgeraucht eingestuft und im Abfluss in der Küche beseitigt worden. Alle Vorhänge waren abgenommen und gewaschen worden, den Polstermöbeln waren sie mit einem speziellen

Dampfgerät, das Jessica extra ausgeliehen hatte, zu Leibe gerückt. Danach hatten sie Möbel umgestellt und alles etwas netter arrangiert. Nur das Herrenzimmer wollte Heidi noch unangetastet lassen, das würden sie später angehen, meinte sie nur, und Jessica nickte.

Sie verbrachten jetzt viel Zeit miteinander und es war eine gute Zeit. Anlässlich der Küchenreinigung war Jessica mit einer Zeitschrift aufgetaucht, die in höchsten Tönen eine Fitness-Challenge empfahl: tägliche Trainingseinheiten, kombiniert mit einer kohlenhydratreduzierten Diät garantiere den Erfolg. Heidi besorgte zwei Paar Nordic-Walking-Stöcke und so machten sich die beiden beinahe täglich noch vor den Geschäftszeiten auf den Weg. Ihre Spaziergänge führten sie in sämtliche Straßen und Gässchen der Umgebung und Jessica wurde erst jetzt bewusst, in welch prächtiger Gegend sie jahrelang gelebt hatte, ohne auch nur das Geringste davon wahrzunehmen. Sie war insgesamt zugänglicher geworden, hatte plötzlich Freude an kleinen Dingen und gab nicht mehr so schnell auf. Sie hatten auch beschlossen, sich eine Personenwaage zuzulegen, jede würde sich abwiegen, wann immer sie wollte, und sollte das Ergebnis so lange für sich behalten, bis sich ein nennenswerter Erfolg eingestellt hatte. Nach den ersten vierzehn Tagen war es so weit: vier Kilo für Jessica und dreieinhalb für Heidi. Sie teilten ihre Begeisterung und beschlossen, nach den ersten gemeinsamen zwanzig Kilo so richtig shoppen zu gehen. Jessica konnte sich nicht erinnern, jemals so unbeschwert und glücklich gewesen zu sein.

Die Polizei hatte erwartungsgemäß schnell herausgefunden, dass Hermann Hartl den Flieger nach Rio de Janeiro nie bestiegen hatte. Inspektor Karl Berger musste daher ein Gewaltverbrechen in Betracht ziehen, wie er Heidi anlässlich einer seiner zahlreichen und nicht immer dienstlichen Besuche in der Trafik berichten musste. Da es aber keinerlei Hinweise auf einen Überfall oder eine andere Straftat gab, blieb das Ganze ein Rätsel

Günther und Hans

Im TC Leopoldshof war die neue Saison eröffnet worden. Die Plätze waren, wie jedes Jahr, instandgesetzt worden und leuchteten in sattem Terracotta vor dem frischen Grün. Der Garten erblühte in seiner ganzen Pracht, auf der Terrasse drängten sich die frisch gereinigten Teakholzsessel und warteten auf diejenigen, die ihre wintermüden Beine nach den ersten Matches unter den Tischen ausstrecken wollten. Bogdan und Mila Ricic hatten den Restaurantbetrieb wieder aufgenommen, die Vorratskammer und den Weinkeller aufgefüllt und finalisierten noch ihre Spargelkarte. Elinor Pächter, die ihre weiße Garderobe wieder um einige Stücke erweitert hatte, war oft zu Gast, sie arbeitete, wie sie versicherte, intensiv an dem Buch und durchforstete das Archiv. Und meistens war auch Günther Krawanek in ihrer Nähe zu finden. Nur für den Fall, dass sie sich nicht auskannte, zur Unterstützung.

Bald war es Zeit für die erste Vorstandssitzung des Jahres, Günther Krawanek und Hans Freyenberg hatten sich zu einer privaten Vorbesprechung auf ihrer abgelegenen Bank eingefunden. Den ganzen Winter über waren die beiden einander aus dem Weg gegangen. Das war insofern einfach und unauffällig gewesen, da der Tennisklub geschlossen war und die Familie Freyenberg jede freie Minute nutzte, um Zeit auf ihrem Landsitz zu verbringen, wo die Kinder sich mit großer Begeisterung ihren Snowboards widmeten. Hans hatte sich dieses Jahr gerne seiner Familie angeschlossen, er war ganz froh gewesen, der unerfreulichen Situation, in die er sich mit Günther

Krawanek vor Weihnachten hineinmanövriert hatte, zu entkommen. Julie nahm es, wie stets, kommentarlos zur Kenntnis, freute sich über die ungeteilte Aufmerksamkeit ihres Mannes und beschloss den Verdacht, dass er wohl wegen einer seiner üblichen Geschichten ein schlechtes Gewissen hatte, gedanklich nicht weiter zu verfolgen. Seit sie ihm vor ein paar Monaten wieder einmal finanziell aus seiner Misere geholfen hatte, war er handzahm. Und das war nicht unangenehm. Bis auf wenige Telefonate, in denen er Krani immer nur kurz fragte, ob es etwas Neues gäbe, hatte es keinen Kontakt gegeben. Jetzt allerdings mussten die beiden dringend besprechen, wie es weitergehen sollte.

»Du sagst, er hat sich gar nicht mehr bei dir gemeldet?«, fragte Hans verwundert.

»Wenn ich es dir doch sage, ich habe ihn das letzte Mal bei unserer Abschlussfeier gesehen, bin ihm aber bewusst aus dem Weg gegangen. Ich habe ihm ja nicht einmal den Preis übergeben, nur damit er mich nicht wieder anquatschen kann, aber seitdem – nichts mehr!« Günther war ratlos, zuerst erpresste ihn dieser Kerl schamlos und dann war nichts mehr von ihm zu hören, beinahe, als ob diese Geschichte nie stattgefunden hätte. »Und wenn du mich jetzt fragst, ob diese Erpressung wirklich passiert ist, ja, ich habe das nicht geträumt!«

»Na, das will ich doch hoffen, sonst hätten wir diesen ganzen Zinnober völlig umsonst inszeniert!« Hans war ebenso ratlos.

»Vielleicht«, Günther zögerte, er wollte es gar nicht in Betracht ziehen, »hat er ja den Wein getrunken und …«

»Aber das hätte man doch irgendwie gehört, wenn der Trafikant gestorben wäre.« Hans war skeptisch. »Wenn er aber nur ins Krankenhaus gekommen ist, weiß ich nicht, ob wir das mitbekommen hätten. Warst du in der Zwischenzeit schon einmal in der Trafik?«

»Nein«, meinte Günther kleinlaut, »die Nerven habe ich echt nicht gehabt! Mich würde wirklich interessieren, was aus dieser Flasche geworden ist.«

»Da gibt es leider einige Möglichkeiten.« Hans begann aufzuzählen: »Entweder hat er den Wein getrunken und ist tot oder krank. Oder er hat die Flasche hergeschenkt, oder jemand aus seiner Familie hat den Wein getrunken, oder die Flasche ist heruntergefallen und keiner hat etwas getrunken, wir wissen es einfach nicht.«

»Hör schon auf! Du hast ja recht, jetzt müssen wir einfach die Nerven behalten und abwarten.«

»Und wenn er sich wieder meldet und sein Geld haben will?«

»Dann muss ich mir wieder etwas einfallen lassen, du wirst mir ja nicht aushelfen können, oder?«

»Ha! Du machst Witze! Ich bin froh, dass Julie mir wieder einmal den Hals gerettet hat! Du, die hat nicht einmal eine Szene gemacht, obwohl ich ihr das nicht hätte verdenken können. Sie ist schon eine nette Frau.«

»Ja, ein echtes Goldstück!« Günther grinste.

Hans rammte ihm seinen Ellbogen in die Seite und erwiderte: »Schleich dich! Komm, wir gehen zurück, ich brauch' ein Bier!«

Als sie das Klubhaus über die Terrasse betraten, sahen sie Heidi Hartl, die gerade das Regal mit den internationalen Zeitschriften neu bestückte.

»Ah, Frau Hartl! Schön, dass Sie sich auch in dieser Saison wieder um unseren Zeitungsständer kümmern!« Günther ging mit jovial ausgebreiteten Armen auf sie zu, stutze aber kurz. War sie es wirklich? Sie sah ganz anders aus, irgendwie jünger, frischer, dünner und insgesamt viel netter. Er schüttelte ihre Hand. »Haben Sie uns jetzt von ihrem Mann übernommen?«, fragte er listig und gratulierte sich zu dem Glücksfall, die Trafikantin hier anzutreffen. So konnte er sich völlig unverfänglich erkundigen. Ihre eben noch freundlich lächelnde Miene nahm einen ernsten Ausdruck an.

»Wissen Sie es noch nicht? Mein Mann ist vermisst. Schon seit einem halben Jahr! Genau seit dem Nikolaustag, voriges Jahr. Es ist furchtbar!«

»Um Gottes Willen, Frau Hartl! Was ist denn passiert?« Günther war das personifizierte Mitgefühl und auch Hans war mit großen Augen nähergetreten.

»Er wollte eigentlich nach Brasilien, Sie wissen schon, Tapetenwechsel, aber er ist gar nicht in dem Flieger gewesen. Seinen Koffer hat er aber genommen und sein Pass ist auch weg. Und er hat sich nie wieder gemeldet. Die Polizei denkt, dass ihm etwas zugestoßen ist!« Ihre Augen glänzten feucht.

»Von wegen Tapetenwechsel«, dachte Günther. »Abhauen wollte er. Und deswegen hat er mich erpresst! Vielleicht auch noch andere gequält? Anscheinend wollte ihn noch jemand verschwinden lassen, nicht schlecht.« Mit mitfühlend gesenkter Stimme fragte er: »Wie geht es denn jetzt weiter? Ich meine, mit Ihnen?«

Heidi hatte sich wieder gefasst. »Das ist nett, dass Sie fragen. Ich führe unser Geschäft weiter, unsere Tochter hilft mir dabei und uns bleibt nichts, als abzuwarten. Aber es ist ein Rätsel, er ist spurlos verschwunden und es gibt keine Anzeichen für einen Überfall oder Raub. Wir wissen einfach nicht, was passiert ist.«

»Frau Hartl«, versicherte Günther, während er ihre Hand tätschelte, »Sie haben nicht nur unser tiefempfundenes Mitgefühl, sondern auch unsere volle Unterstützung. Der TC Leopoldshof bleibt selbstverständlich Ihr Kunde!«

Heidi bedankte sich für die Solidarität und wandte sich wieder ihren Zeitschriften zu. Günther winkte Hans zu sich und bedeutete ihm mit einem leichten Kopfnicken, nach draußen vor den Eingang zu gehen.

»Wenn ich nicht aufgehört hätte, würde ich jetzt eine rauchen!« Er atmete tief durch.

Hans blickte nachdenklich auf die gepflegten Beete, die die gekieste Einfahrt begrenzten: »Da ist wohl ein Kelch an uns vorüber gegangen, unser Problem hat sich anscheinend von selbst gelöst.«

»Hoffentlich«, antwortete Günther seufzend. Das Ganze war völlig verrückt, Hartl war weg, einfach verschwunden, und keiner wusste, was passiert war. Zumindest hatte sich ein Teil seiner Probleme erledigt. Fürs Erste.

Resümee im Grünen

Heidi saß mit einer großen Tasse Milchkaffee vor ihrem Häuschen und genoss die warme Nachmittagssonne. Der kleine Schrebergarten war in voller Pracht erblüht, zwischen den ersten Pfingstrosen standen die leuchtenden lila Kugeln des Alliums gerade in die Höhe wie Zinnsoldaten, und die ersten Rosenknospen waren aufgegangen. Zwischen den Büschen waren die zarten Blüten der Walderdbeeren zu sehen, hie und da gab es schon die ersten Früchte. Ein wahres Paradies, dachte sie selig. Es brauchte so wenig, um glücklich zu sein. Und er wollte den Garten immer verkaufen, wahrscheinlich gar nicht des Geldes wegen, sondern weil er es nicht aushalten konnte, dass sie hier so glücklich war. Wie wäre es eigentlich gewesen, wenn sie ihn nicht geheiratet hätte? Immer wieder kam sie auf diese Frage zurück. Die letzten Monate waren die besten ihres Lebens gewesen. Bis auf die Tatsache, dass sie vor anderen immer wieder die Verzweifelte geben und hie und da eine traurige Miene aufsetzen musste, war sie mit sich vollkommen im Reinen. Sie führte das Geschäft mit der üblichen Disziplin, nahm die Mitleidsbekundungen ihrer Kunden gefasst und dankbar entgegen. Ihre Tochter hatte sich nur zum Besten entwickelt, sie war willig, fleißig und zuverlässig. Bis dahin völlig unbekannte Eigenschaften bei dem Kind. Wie wäre es also gewesen – nur ein kleines Gedankenspiel, mit dem sie sich immer wieder beschäftigte –, wenn sie die Schwangerschaft einfach für sich behalten hätte? Hermann wäre doch nie auf den Gedanken gekommen, dass er in dieser durchzechten Nacht ein Kind gezeugt haben könnte. Sie hätte den Kontakt, der ohnehin sehr dürftig gewesen war, einfach abbrechen können. Er hätte es wahrscheinlich gar nicht bemerkt. Die Großmutter hätte sich mit Sicherheit fürchterlich aufgeregt, ebenso ihre Mutter. Die hätte verzweifelt geseufzt und die Augen Richtung Himmel gerollt. Aber irgendwann hätten sich die beiden wieder beruhigt, wahrscheinlich schneller als erwartet, denn sie waren beide praktische Frauen und nichts Menschliches war ihnen fremd. Sie hätten sich bestimmt bald mit der Tatsache eines unehelichen Kindes abgefunden, zumal sie weder prominent waren noch zur guten Gesellschaft zählten. Die Freude über das Baby hätte sicher überwogen und sie hätten herrlich zusammenleben können. Je länger Heidi darüber nachdachte, umso überzeugter war sie, dass sie es leicht ohne einen ekelhaften Ehemann geschafft hätte. Sie lebte doch nicht im Mittelalter! Aber über vergossene Milch brauchte man nicht zu weinen, sie dachte einmal mehr an ihre patente Großmutter und damit war sie gedanklich wieder beim Praktischen angelangt. Sie musste endlich diesen Koffer loswerden. Warum nicht jetzt gleich, dachte sie, gab sich einen Ruck, trank den letzten Schluck Kaffee und ging ins Haus.

Der Koffer lag, seit sie ihn im Winter hierhergebracht hatte, weit hinten unter der Bettbank. Sie legte sich auf den Bauch und musste sich strecken, um den Griff zu erreichen. Mit einem entschlossenen Ruck zog sie ihn hervor. Sie setzte sich in den Schneidersitz und sah den dunkelblauen, verstaubten Trolley nachdenklich an. Das Ding musste endgültig verschwinden. Bis jetzt war alles gut gegangen, aber man wusste ja nie. Dieser Inspektor von den Vermissten tauchte regelmäßig bei ihr auf, allerdings war ihr klar, dass seine Besuche in letzter Zeit rein privater Natur gewesen waren. Sie fand ihn ja auch ganz nett. Außerdem konnte es nur von Vorteil sein, wenn sie über seine Ermittlungsfortschritte Bescheid wüsste. Bis jetzt hatte es zum Glück keinerlei Fortschritte gegeben. Aber vielleicht würde er sie ja einmal in ihrem Schrebergarten besuchen wollen und dann wäre es gar nicht gut, wenn der Koffer noch da wäre. Sie konnte sich zwar nicht vorstellen, dass Karl Berger sich auf den Boden werfen würde, um unter die Bank zu sehen, und sogar dann müsste er erst herausfinden, dass es Hermanns Koffer war. Wie auch immer, sie musste das Ding loswerden.

Als sie ihn öffnete, strömte ihr ein Hauch von Hermanns Aftershave entgegen. Sie schüttelte sich, nahm zuerst den oben aufliegenden Pass, den würde sie gleich in ihrem Griller verheizen. Das würde niemandem auffallen, denn die allgemeine Grillsaison war in vollem Gange und der Geruch von verglühender Holzkohle zog sich über die gesamte Gartenanlage. Sie zerschnitt Kredit- und Bankkarte und warf sie in den Müllbeutel, den sie gleich danach in den großen Container werfen würde. Die Kleidungsstücke verteilte sie auf drei Müllsäcke, die würden in verschiedenen Altkleidersammlungen landen, der Inhalt des Kulturbeutels kam in einen weiteren Abfallbeutel für den Restmüll und die Kulturtasche selbst zu den Altkleidern. Nachdem sie den Pass verheizt hatte, machte sie sich mit mehreren Säcken unter dem Arm und dem Trolley im Schlepptau auf den Weg zu ihrem Wagen, wobei sie sich schon die Route für ihr Vorhaben zurechtlegte. Sie würde verschiedene Altkleidercontainer anfahren und danach die große Abfallsammelstelle der Gemeinde. Hier würde sie den Koffer loswerden.

Sie warf also einen Sack nach dem anderen in die verschiedenen Boxen, um zuletzt bei der Sammelstelle vorzufahren. Dort schnappte sie den Koffer und sah sich nach dem entsprechenden Container um. Metall? Oder Kunststoff? Sie wandte sich mit ihrer Frage an einen der orangegekleideten Männer, worauf dieser empfahl, den Koffer doch zum Trödler zu stellen. Weiter hinten in einer Ecke könne man Dinge abliefern, die noch funktionstüchtig seien, die man aber selbst nicht mehr benötige. Andere hätten ihre Freude daran. Völlig kostenlos, eine Supersache, das Ganze. Und der Koffer sehe ja noch tadellos aus. Heidi bedankte sich, ging zur angepriesenen Trödlerecke, die in einem Baucontainer eingerichtet war, und hievte den Koffer in ein Regal, in dem bereits verschiedenste Küchengeräte und Kinderspielsachen auf neue Besitzer warteten. Mit dem beschwingten Gefühl, wieder ein Stück erledigt zu haben, ging sie zu ihrem Wagen, um gut gelaunt in Richtung Wohnung zu fahren.

Kurz bevor sie angekommen war, musste sie an einer roten Ampel halten. Und da fiel ihr etwas ein. Das Namensschild. Verdammt! Hermann hatte doch immer alles mit seinem Namen versehen! Sie konnte sich sogar erinnern, dass er, als er den Koffer neu erstanden hatte, ganz begeistert gewesen war, dass man jetzt keine baumelnden Etiketten mehr am Reisegepäck hätte, sondern diese schicken Einschübe auf der Seite, in die das Etikett praktisch unsichtbar hineingeschoben werden konnte. So würde kein Namensschild mehr verloren gehen. Sie musste sofort zurück. Heidi wendete den Wagen und fuhr auf kürzestem Weg zur Sammelstelle. Dort angekommen bremste sie scharf, stieß die Tür auf, sprang hinaus und lief quer durch die Anlage nach hinten zum Trödler. Sie würde einfach das Namensschild herausreißen. Atemlos stand sie vor den Fächern. Die Haushaltsgeräte und Kinderspielsachen waren noch alle da. Aber der Koffer war weg.

Dolli, Arthur, der Toaster und der Tod

Dolli saß am Frühstückstisch im Erker ihrer Küche und hatte schlechte Laune. Es war schon wieder dieser Toaster. Ein hochgezüchtetes Gerät, das Arthur voller Begeisterung erworben hatte, kurz nachdem es anscheinend den Toaster-Markt revolutioniert hatte. Der Toaster war nicht nur ein Meisterwerk des modernen Designs, stromlinienförmig, metallisch rot glänzend und aus bester Familie, er versprach auch optimale Ergebnisse dank seiner einmaligen technischen Ausstattung. Zahlreiche Knöpfe und Hebel ermöglichten eine ausgeklügelte Bedienung und versprachen höchste kulinarische Genüsse.

»Es ist nur ein Toaster!« Dolli war skeptisch gewesen, als Arthur den riesigen Karton in der Küche ausgepackt hatte. »Brot rösten stellt keine intellektuelle Herausforderung dar, bei der ich mich einer KI bedienen muss«, hatte sie weiter genörgelt, aber ihr Mann hatte sich die Freude nicht vermiesen lassen und das Gerät in Betrieb genommen. Dolli hatte sich gefügt und das Ding als weiteres Küchengerät akzeptiert. Grundsätzlich funktionierte es auch einwandfrei, an manchen Tagen allerdings gab es Probleme. War das Brot, das man rösten wollte, zu dünn aufgeschnitten, konnte es passieren, dass es zwischen die Stäbe der Grillzange rutschte und auf dem Heizdraht landete. Es verbrannte im Handumdrehen und entwickelte gleichzeitig gewaltigen Rauch und einen durchdringenden Brandgeruch.

»Das nächste Mal röste ich mein Brot in der Pfanne, wie unsere Vorfahren!«, meinte Dolli trotzig, während Arthur, der den Geruch schon auf der Treppe wahrgenommen hatte, schnell herbeigeeilt war, um Toaster und Laune zu retten. Wie so oft gelang es ihm ziemlich schnell, die Brotreste aus dem Gerät zu fischen, aber Dolli war in Gedanken versunken. Nicht einmal das nächste, perfekt getoastete Brötchen konnte ihre Stimmung heben.

»Woran denkst du? Es kann ja wohl kaum das Küchengerät sein?« Er kannte seine Frau nur zu gut, es musste etwas Ernstes sein.

»Ich muss immer wieder daran denken, was ich letzten Winter beobachtet habe. Du weißt schon, am Nikolaustag.«

»Ja, du hast schon öfter darüber gesprochen. Es scheint dich nicht loszulassen.« Arthur nahm seinen Espresso, setzte sich Dolli gegenüber auf einen Stuhl und sah sie nachdenklich an: »Was da wohl passiert sein mag?«

»Das frage ich mich auch. Mit Sicherheit nichts Gutes, und so genau will ich es gar nicht wissen. Aber ich bin doch Zeugin einer, sagen wir's mal flapsig, zumindest einer blöden Geschichte geworden, wahrscheinlich aber eher einer Straftat. Und zwar einer ganz bösen. Ich habe es gesehen, ich habe es verstanden und ich habe wieder weggesehen. Wegschauen ist sicher eine der übelsten Arten, sich an einem Verbrechen zu beteiligen. Dem Täter kann man den Vorwurf der Schuld machen, bei dem, der wegsieht, ist das schon schwieriger. Aber ich weiß, dass ich es sogar abgenickt habe. Ich hätte ja auch das Fenster aufreißen und meine Hilfe anbieten können, oder fragen, was los ist.«

»Ja, das hättest du«, erwiderte Arthur, »oder vielmehr nein: du nicht. Du mischst dich nicht in anderer Leute Angelegenheiten, dazu bist du zu diskret. Du hast eben sehr viel Respekt vor der Privatsphäre anderer.«

»Oder ich bin viel zu präpotent, um mich um anderer Leute Probleme zu kümmern«, fügte sie voll Selbstironie hinzu, »und da stellt sich die nächste Frage: Wann hört etwas auf, eine Privatangelegenheit zu sein?«

»Dafür gibt es das Strafgesetzbuch!«

»Wo kein Kläger, da kein Richter, aber es ist dennoch geschehen!«

»Das ist dann allerdings eine philosophische Frage«, schloss Arthur.

Dolli schwieg eine Weile. Dann setzte sie nachdenklich fort: »Der Tod ist schon eine seltsame Sache.«

»Was heißt seltsame Sache? Ich habe Angst vor dem Tod und ich habe viele Jahre gebraucht, um mir das einzugestehen.«

»Ich weiß, Arthur, aber wir kommen an ihm nicht vorbei, deshalb habe ich beschlossen, mich einfach nicht damit zu beschäftigen. Aber manchmal haben wir ihn direkt vor Augen.«

»Du glaubst wirklich, dass Tod in dieser Geschichte eine Rolle gespielt hat?«

»Ich befürchte es, aber ich weiß es nicht genau.«

Sie schwiegen und gingen jeweils ihren Gedanken nach.

»Das Schlimmste daran ist«, fuhr Dolli fort, »dass ich keinerlei schlechtes Gewissen habe. Sie wird schon gewusst haben, was sie tut, die Hartl, und es war sicher anstrengend.«

»Wir werden wohl noch öfter darüber reden, ich weiß nur nicht, ob wir je zu einer Lösung kommen. Aber lass uns jetzt erst einmal fertig frühstücken und dann sollten wir uns wieder dem Leben zuwenden und mit unserer Sommerplanung beginnen, sonst vergeht der ganze Frühling, ohne dass wir irgendetwas organisiert haben.«

»Jawohl, Herr Doktor«, antwortete Dolli gehorsam. »Wann fahren wir an den See? Im Haus ist sicher einiges zu tun und wir waren länger nicht dort. Das Entree gehört dieses Jahr ausgemalt, beim letzten Mal ist schon die Farbe abgeblättert.«

»Ausgezeichnet, bei der Gelegenheit könnten wir gleich eine andere Farbe aussuchen, das blasse Grün ist ein bisschen öde!«

»Ja, das machen wir, und dabei könnten wir auch die Lehnstühle im Salon neu tapezieren lassen, der Stoff ist schon fadenscheinig …«

Sie verloren sich in Überlegungen, wie man das pittoreske Häuschen am See verschönern könnte. Da wäre noch die Küche, die in die Jahre gekommen war, von den Bädern ganz zu schweigen. So plauderten sie vor sich hin, während die Sonne immer höher stieg, um einem wolkenlosen Maitag Platz zu machen.

Es würde ein schöner Sommer werden.

Nachwort

Die Kastanienallee, so wie sie in diesem Buch beschrieben wird, gibt es natürlich nicht. Ebenso wenig gibt es den TC Leopoldshof und die dazugehörige Privatklinik. Wobei ein Tennisklub, der auf diese Weise geführt würde, wahrscheinlich wenig Überlebenschancen hätte, Privatspitäler wie die Klinik Leopoldshof gibt es allerdings einige. Die Trafik der Familie Hartl existiert allein in der Fantasie ihrer Erfinderin und ihrer Leserinnen, und auch das Altwarengeschäft von Herbert Matzka ist eine reine Erfindung. Man kennt sie allerdings, diese Trafiken und diese Altwarenhändler, sie sind aus dem Vorstadtbild nicht wegzudenken. Das Gleiche gilt selbstverständlich für alle Protagonistinnen dieses Kammerstücks, ja selbst die Autorin gibt es nicht, er oder sie verbirgt sich hinter einem Pseudonym, des Weiteren sind Ähnlichkeiten oder Übereinstimmungen mit realen Personen oder Ereignissen rein zufällig und nicht beabsichtigt. Wie schade, hat sich Louise K. nicht nur einmal im Lauf der Entstehung des Buches gedacht und dieses mit leiser Wehmut zu Ende gebracht. Alle geschilderten Episoden könnten allerdings tatsächlich passiert sein, denn wer kennt sie nicht, die Erbschleicher, die Playboys, die auf Kosten ihrer Frauen das große Wort führen, die Anwälte, die an ihren Aufgaben scheitern, sich permanent übernehmen, weil sie zu großspurig sind und glauben, etwas darstellen zu müssen, was sie gar nicht sind. Die Psychiater, die an ihren eigenen Problemen zugrunde gehen; meistens ist Alkohol oder auch eine andere Droge im Spiel. Die Frauen, die von ihren Männern verachtet und entwertet werden und sich aus ihrer Lebenstragik nicht befreien können. Diese Erzählung endet anders, die Frauen ergreifen die Initiative, wenn auch nicht immer auf legale Weise, und weil Louise K. alle darstellenden Personen ins Herz geschlossen hat, wird sie die Figuren weiterhin begleiten und berichten.

Es bleibt nur noch Dank auszusprechen an alle, die die Entstehung dieses Buches mit ihrem Fachwissen unterstützt haben. Mit Ärzten über verschiedene Todesarten und ihre Nachweisbarkeit zu philosophieren, mit Anwälten über die Möglichkeiten der Geldwäsche nachzudenken und mit Tennisexperten den idealen Tennisklub zu gestalten, war äußerst inspirierend. Ich bedanke mich herzlich.

Personen

Dolli Furtner
Bewohnerin des Hauses Kastanienallee 15, Privatière

Arthur Furtner
Psychologe, Privatdozent, Ehemann und Gefährte von Dolli

Rudi Staller
Bewohner und Erbe des Hauses Kastanienallee 17 mit kindlichem Gemüt, benötigt Unterstützung

Hermann Hartl
Trafikant, betreut Rudi Staller

Heidi Hartl
Ehefrau von Hermann

Jessica Hartl
Übellaunige Tochter von Heidi und Hermann

Günther »Krani« Krawanek
Anwalt in Schwierigkeiten, Treuhänder des Vermögens von Rudi Staller, Vorstandsmitglied und Kassier des TC Leopoldshof, mit Hans Freyenberg befreundet

Alexander Simonius
Psychiater, bewohnt die Wohnung im zweiten Stock der Kastanienallee 17

Julie Freyenberg
alteingesessen in der Kastanienallee, Erbin und Chefin der legendären Marmeladenproduktion ›Kaysers Konfitüren‹

Hans Freyenberg
Ehemann von Julie, Lebemann, Mitglied des Vorstands und Sekretär im TC Leopoldshof, Freund von Günther Krawanek

Gero Weiss
Kastanienallee 13, Immobilienbesitzer, Mitglied im TC Leopoldshof

Sylvia Weiss
Ungeliebte Ehefrau von Gero

Elinor Pächter
Freiberufliche Historikerin, Wissenschaftsjournalistin, arbeitslos

Herbert Matzka
Altwarenhändler mit bemerkenswertem Äußeren, Proust-Liebhaber

Frau Hilde
Haushälterin bei Dolli und Arthur Furtner

Franz Winkelmeier
erfolgreicher Geschäftsmann, Besitzer einer Baumarktkette, Mitglied des Vorstands im TC Leopoldshof

Bogdan und Mila Ricic
Betreiber des Restaurants im TC Leopoldshof

Karl Berger
Kriminalbeamter im Ressort »Vermisste«

Mit freundlicher Unterstützung von

Stadt Wien | Kultur

Verlag Kremayr & Scheriau GmbH & Co. KG, Wien
Rotenturmstraße 27/5, 1010 Wien
office@kremayr-scheriau.at
www.kremayr-scheriau.at

ISBN: 978-3-218-01481-6

Cover und Umschlaggestaltung: Tine Fischer
Unter Verwendung von: shutterstock.com 276971672 und 97387340
Typografische Gestaltung und Satz: Ekke Wolf, typic.at
Lektorat: Isabella Eckerstorfer
Druck und Bindung: Florjančič tisk d.o.o., Maribor